*Arsène Lupin*

15

# La Demeure mystérieuse

아르센 뤼팽 전집 15
**비밀의 저택**

**1판 1쇄 펴냄**  2016년  1월  1일
**1판 3쇄 펴냄**  2021년  4월  6일

**지은이**   모리스 르블랑
**옮긴이**   바른번역
**감수**     장경현, 나혁진
**펴낸이**   하진석
**펴낸곳**   코너스톤
**주소**     서울시 마포구 독막로 3길 51
**전화**     02-518-3919
**ISBN**     979-11-85546-78-0  04860

아르센 뤼팽
전집

# 15

Arsène Lupin

## 비밀의 저택

모리스 르블랑 지음  바른번역 옮김
장경현, 나혁진 감수

코너스톤
Cornerstone

# 차례

**아르센 뤼팽의 미발간 회고록에서 발췌**

나의 몇 가지 모험 이야기를 되도록 충실하게 들려주는 책들을 다시 읽다 보면 그 모험들이 전부 여인들의 뒤꽁무니를 정신없이 쫓아다니다 순간적인 충동으로 일어나게 된 것들이라는 생각이 든다. 내가 손에 넣으려 했던 것은 모양만 다를 뿐 언제나 황금 양털이었다. 뿐만 아니라 상황에 따라 이름과 성격을 바꿔야 했기 때문에 매번 새로운 인생을 시작한다는 느낌이었다. 새로운 인생을 살 때마다 그 이전에는 마치 한 번도 사랑해본 적이 없는 사람처럼, 이후에는 다시는 사랑에 빠지지 않을 사람처럼 행동했다.

잠시 과거를 추억해보면 칼리오스트로 백작부인, 소냐 크리슈노프, 돌로레스 케셀바흐, 혹은 초록 눈동자의 아가씨와 만난 남자는 아르센 뤼팽이 아니었다…. 바로 라울 당드레지, 샤르므라스 공작, 폴 세르닌, 혹은 리메지 남작이었다. 모두 나와는 다른 독립적인 사람들처럼 보인다. 이들이 경험한 다채로운 사랑을 생각하며 마치 남의 일처럼, 재미있어하기도 하고 불안해하기도 하고 미소를 짓기도 하고 고통스러워 하기도 한다.

이름을 알 수 없는 형제들처럼 나와 닮은 이 모험가들 중 가장 마음에 드는 이를 꼽으라면 항해사 신사, 탐정 신사인 데느리스 자작일 것 같다. 데느리스 자작은 파리의 아름다운 모델 아를레트의 마음을 얻기 위해 비밀의 저택을 둘러싼 싸움에 끼어들게 된다….

# 1
# 여배우 레진

　그 매력적인 아이디어는 자선 행사에 기꺼이 동참하려는 인정 많은 파리 시민들에게 엄청난 환영을 받았다. 그것은 바로 발레의 막간에 최고의 유명 디자이너들이 만든 옷을 연예계나 사교계의 예쁜 여성 스무 명에게 입혀 오페라극장의 무대에서 선보이자는 것이었다. 관객들의 투표를 통해 가장 아름다운 옷 세 벌을 선정해, 그 옷을 만든 양장점 세 곳에 그날 공연의 수익을 공평하게 나눠 주자는 얘기였다. 그렇게 되면 파리의 해당 양장점에서 일하는 많은 여직원들이 리비에라로 보름 동안 여행을 다녀올 수 있게 된다.

　즉각 뜨거운 반응이 일어났다. 행사장 좌석이 마흔여덟 시간 만에 가장 싼 좌석까지 전부 예약된 것이다. 공연이 열리는 날 저녁, 우아한 차림을 한 군중이 시시각각 커지는 호기심을 가득 품은 채 웅성거리며 서둘러 모여들었다.

　실제로 상황이 돌아가는 것을 보자면, 호기심의 대상과 대화의 주제는 하나로 모아지고 있었다. 대화에 끝없는 소재를 제공하는 주제이기도 했다. 모든 관심사는 소극장의 평범한 가수에 불과하지만 매우 아름다운 미모를 자랑하는 '경탄할 만한' 레진 오브리가 발므네 양장점의 드레스를 입고 그 위에 최고급 다이아몬드로 장식된 화려한 튜닉을 걸치고 나올까 였다.

마침 사람들 입에 한창 오르내리던 어느 문제와 맞물려 레진 오브리에 대한 대중의 흥미가 커지고 있었다. 수개월 전부터 부유한 보석상 반 우뱅의 구애를 받아온 '경탄할 만한' 레진 오브리가 다이아몬드의 황제라는 별명을 가진 반 우뱅의 열정에 마침내 넘어간 것일까? 모든 상황이 이런 생각이 들게끔 돌아가고 있었다. 전날 어느 인터뷰에서 경탄할 만큼 아름다운 레진이 이렇게 대답한 것이다.

"내일 다이아몬드가 달린 옷을 입으려고 합니다. 반 우뱅 씨가 선정한 직원 네 명이 제 방에서 가슴받이와 은색 튜닉에 다이아몬드를 붙이고 있는 중이죠. 디자이너 발므네 씨가 현장에서 작업을 총괄하고 있습니다."

레진은 자신의 차례를 기다리면서 칸막이 좌석에 앉아 있었고 사람들은 그 앞이 마치 우상 앞이라도 되듯이 줄지어 지나가고 있었다. 레진은 사람들이 언제나 이름 앞에 붙여주는 '경탄할 만한' 이라는 수식어가 잘 어울리는 존재였다. 레진의 얼굴은 고전적 아름다움인 고귀함과 청순함에 오늘날 우리가 사랑하는 우아함과 매력적인 감성이 조화를 이루어 야릇한 느낌을 주었다. 흰 담비 모피로 만든 외투는 레진의 유명한 어깨와 기적 같은 튜닉을 감싸고 있었다. 레진은 행복하고 기분 좋은 미소를 지었다. 통로의 문 앞에는 영국 경찰처럼 강인하고 진지한 표정의 탐정 세 명이 경비를 서고 있었다.

칸막이 안에는 두 남자가 서 있었는데 한 명은 통통한 체격의 바람둥이 반 우뱅으로 머리 모양과 붉게 화장한 광대뼈 때문에 마치 목신牧神처럼 우스꽝스러운 모습이었다. 반 우뱅이 정확히 어떻게 재산을 모았는지 아는 사람은 없었다. 옛날에는 모조진주를 파는 상인이었지만 긴 여행에서 돌아와서는 다이아몬드의 대가로 변신했다. 하지만 어떻게 된 일인지는 전혀 알 수 없었다.

레진 곁에 있는 또 한 남자는 어둠 속에 가려져 있었다. 호리호리하면서 당당한 체격의 청년인 듯했다. 이 남자는 그 유명한 장 데느리스로 석 달 전 모터보트 한 척에 홀로 몸을 싣고 떠난 세계 일주에서 돌아온 지 얼마 되지 않았다. 지난주에 장 데느리스를 알게 된 반 우뱅이 레진에게 그를 소개했다.

관객의 주목을 받으며 발레 공연 1부가 진행되었다. 막간이 되자 레진은 나갈 준비를 한 채 칸막이 좌석 구석에서 이야기를 나누었다. 레진은 반 우뱅에게는 다소 시니컬하고 공격적으로 대했지만, 데느리스에게는 반대로 한껏 애교를 떠는 여자처럼 친절하게 대했다.

반 우뱅이 데느리스에게 친절하게 대하는 레진의 모습이 거슬린 듯 말했다.

"어이! 어이! 레진. 그러다가 뱃사람인 데느리스 씨의 정신을 홀딱 빼앗기라도 하면 어쩌려고요. 1년을 물 위에서 지낸 남자라 쉽게 후끈 달아오를 수 있지 않습니까."

반 우뱅은 언제나처럼 상스러운 농담을 하며 자기 혼자 흥에 겨워 껄껄 웃었다.

레진이 한마디 했다.

"여보세요. 반 우뱅 씨가 그렇게 먼저 웃지 않았다면 그게 농담일 거라고는 생각하지 못했을 겁니다."

반 우뱅은 한숨을 쉬고 일부러 우울한 표정을 지었다.

"데느리스, 충고 하나 하죠. 이 여인에게 홀리지 말아요. 나는 그랬다가 돌멩이처럼 채여 꼴이 말이 아닙니다. 물론 보석 더미인지를 모르고 차는 것이지만…."

반 우뱅이 대충 얼버무려 말했다.

무대에서는 패션쇼가 시작되었다. 출전 모델은 약 2분 동안 무대 위에 서서 걷기도 하고 앉기도 하면서 의상실의 모델처럼 움직였다.

레진은 자기 차례가 오자 자리에서 일어났다.

"좀 떨리네요. 1등상을 타지 못하면 권총으로 머리를 쏴버릴 거예요. 데느리스 씨는 누구에게 표를 줄 건가요?"

데느리스는 허리를 숙이며 제일 아름다운 사람에게 표를 던질 것이라고 대답했다.

"의상 말이에요…."

"의상에는 관심 없습니다. 중요한 것은 아름다운 얼굴과 매력적인 몸매지요."

"아름다움과 매력이 기준이라면 지금 박수를 받고 있는 저 젊은 여자를 택하면 되겠군요. 언론에도 나온 적 있는 셰르니츠 양장점의 모델인데 자신이 직접 의상을 디자인하고 동료들에게 제작을 맡겼어요. 매력 넘치는 여자죠."

실제로 젊은 여자는 날씬하고 유연했으며 균형 잡힌 자태가 우아하게 보였다. 굴곡 있는 몸 위에 심플하면서 선이 깔끔한 옷이 덮여 완벽한 취향과 독창성을 드러내고 있었다.

장 데느리스가 프로그램을 보며 말했다.

"아를레트 마졸 아닙니까?"

"그래요."

그리고 레진은 샐쭉함이나 질투심 없이 덧붙였다.

"만일 내가 심사 위원이라면 고민하지 않고 아를레트 마졸을 1등으로 뽑을 거예요."

그러자 반 우뱅이 발끈했다.

"그럼 당신 튜닉은요, 레진? 저 모델의 싸구려 옷이 당신의 튜닉과 어떻게 비교가 된단 말입니까?"

"가격은 상관없어요…."

"가격은 무엇보다 중요합니다, 레진. 그렇기 때문에 정신 바짝 차리라고 부탁하는 겁니다."

"무엇 때문에요?"

"날치기 말입니다. 당신의 튜닉에 달린 것은 복숭아 씨앗 같은 하찮은 것이 아닙니다."

반 우뱅은 껄껄 웃었다. 그러나 이번에는 장 데느리스도 반 우뱅의 말에 동의했다.

"반 우뱅 씨 말이 맞습니다. 우리가 레진 양과 함께 가야 할 것 같습니다."

레진이 반박했다.

"말도 안 돼요. 아까 두 분 말씀은 잘 기억할게요. 하지만 나는 두 분과 무대에 같이 올라갈 정도로 멍청이는 아니에요."

"그리고 치안국 반장인 베슈 씨가 모든 것을 담당하고 있습니다."

반 우뱅의 말에 데느리스가 흥미 있어 하는 표정을 지으며 말했다.

"베슈를 아시나요? 짐 바르네트 탐정 사무소의 미스터리한 짐 바르네트와 협력하면서 유명해진 경찰 베슈 말입니까⋯."

"아! 베슈에게 그 빌어먹을 바르네트 얘기는 하지 마십시오. 그 이야기만 들으면 기분 나빠하니까요. 바르네트에게 된통 당한 것 같더군요!"

"예, 그런 이야기를 들은 적 있습니다⋯. 금니의 사나이 이야기와 베슈의 아프리카 탄광 주식(《바르네트 탐정 사무소》참조 - 옮긴이)에 관한 것이죠? 어쨌든 베슈가 반 우뱅 씨의 다이아몬드를 지키는 임무를 맡고 있다는 겁니까?"

"그렇습니다. 베슈 씨는 한 열흘 정도 여행을 떠난 상태지만 전직 경찰관이었던 남자 셋을 아주 비싸게 고용해 문 앞을 지키도록 해주었습니다."

그러자 데느리스가 초 치는 이야기를 했다.

"꿍꿍이수작을 꺾으려면 저 정도로는 어림없습니다. 저런 자들이 모인 부대 정도는 고용했어야 하는데 말이죠⋯."

레진이 탐정들의 에스코트를 받으며 일어나 무대 쪽으로 가기 위해 복도로 들어갔다. 레진은 열한 번째 차례로, 열 번째 출전자 다음에 약간 시간적 여유가 있었다. 모두들 레진이 입장하기를 엄숙하게 기다리고 있었다. 침묵이 흘렀다. 모두 자세를 바로 했다. 그리고 갑자기 엄청난 환호성이 울렸다. 레진이 무대로 나오고 있었다.

완벽한 아름다움과 최고의 우아함이 결합하면서 관객을 사로잡는 마력이 생겨났다. '경탄할 만한' 레진 오브리와 세련되고 화려한 의상이 자연스럽게 하나가 된 것이다. 이에 관객들은 알 수 없는 감동을 받았다. 특히 보석의 광채가 사람들의 시선을 사로잡았다. 치마 위 은색 실로 짠 튜닉을 허리에 맨 보석 벨트가 조이고 있었고, 오직 다이아몬드로만 이루어진 듯한 가슴받이가 더욱 화려하게 빛났다. 광채를 내뿜는 보석들이 서로 교차하면서 레진의 상체를 다채롭고 화려한 하나의 불꽃으로 휘감았다.

"대단해! 저 멋진 보석들, 성스러운 보석들이 너무나 잘 어울리는군! 기품 있지 않아요? 마치 여황제 같군!"

그리고 반 우뱅은 다소 빈정거리는 말투로 덧붙였다.

"데느리스, 비밀을 하나 알려주죠. 왜 내가 레진을 저 보석들로 치장했는지 압니까? 우선, 레진이 내게 손을 내미는 날, 저 보석을 전부 선물하기 위해서입니다…. 물론 왼손(내연의 여자가 된다는 허락 – 옮긴이)이지요(이 말을 하며 반 우뱅은 웃음을 터뜨렸다). 그러면 레진의 행동을 전부 보고할 감시자를 주변에 배치할 수 있게 됩니다. 레진에게 치근대는 남자들이 있을까 걱정되어서 그런 것은 아니고… 그냥 내가 뭐든 눈을 크게 뜨고 조심하는 성격이라서요!"

반 우뱅은 데느리스의 어깨를 탁탁 쳤는데 마치 '이봐, 아무한테나 들이대지 말라고'라며 눈치를 주는 것 같았다. 데느리스는 이를 눈치채고 반 우뱅을 안심시켰다.

"반 우뱅 씨, 나에 대해서는 안심하셔도 됩니다. 아무 여자에 게나 추근거리지도 않지만 친구의 여자라면 더욱 건드리지 않습니다."

반 우뱅은 얼굴을 찌푸렸다. 장 데느리스가 평소처럼 배배 꼬는 말투로 말하고 있어서 마치 모욕을 받는 것 같은 기분이 들어서였다. 반 우뱅은 솔직하게 나가기로 결심하면서 데느리스 쪽으로 몸을 기울였다.

"날 친구 중 하나로 보긴 합니까?"

이번에는 데느리스가 반 우뱅의 팔을 잡았다.

"조용히 해보시오…."

"뭐요? 뭐라고요? 이제 막 나가자는…."

"조용히요."

"무슨 일입니까?"

"뭔가 이상해요."

"어디가요?"

"무대 뒤쪽."

"뭐가요?"

"댁의 다이아몬드요."

반 우뱅이 자리에서 벌떡 일어났다.

"어떻게?"

"잘 들어봐요."

반 우뱅이 귀를 기울였다.

"아무 소리도 안 들립니다."

"내가 잘못 들은 것일 수도 있죠. 하지만 뭔가…."

데느리스는 말을 끝맺지 못했다. 데느리스의 관심을 끌었던 뭔가 이상한 일이 무대 뒤쪽 구석에서 진짜로 일어나고 있는 것처럼 오케스트라의 앞쪽 열과 무대 바로 앞의 객석이 웅성거렸던 것이다. 사람들이 너무도 놀란 표정으로 자리에서 일어났다. 정장을 입은 남자 두 명이 무대를 가로질러 달려가고 있었다. 갑자기 시끄러운 소리가 들렸다. 무대장치 기사가 소리를 질렀다.

"불이야! 불이야!"

오른쪽에서 빛이 터져 나왔다. 연기가 뭉게뭉게 피어올랐다. 무대에서는 단역 댄서들과 무대장치 기사들이 동시에 같은 방향으로 우왕좌왕하며 달려갔다. 그들 중 한 남자가 오른쪽에서 튀어나오더니 팔을 쭉 뻗어 모피 외투를 흔들어대며 자신의 얼굴을 가린 채 무대장치 기사들처럼 외쳤다.

"불이야! 불이야!"

레진은 무대에서 벗어나려고 했지만 힘이 빠져 털썩 주저앉았다. 모피 외투를 들고 있던 남자가 외투로 레진을 감싸더니 어깨를 잡고 일으켜 세워 혼잡한 군중 속으로 섞여 들었다.

장 데느리스는 행동을 시작하기 전에 칸막이 좌석 난간 위로 올라가서는 공포로 정신이 없는 1층의 관객들을 내려다보며 외쳤다.

"움직이지 마십시오! 계획적인 일입니다!"

데느리스는 레진을 데려가는 남자를 가리키며 외쳤다.

"저 남자를 잡아요! 저 남자요!"

그러나 이미 때는 늦었고 상황은 쥐도 새도 모르게 끝이 났다. 사람들은 좌석에 앉아 안정을 찾아갔다. 그러나 무대 위에서는 소란이 계속되었고, 그 속에서는 누구의 목소리도 제대로 들리지 않았다. 데느리스는 난간에서 훌쩍 뛰어내렸고, 객석과 오케스트라박스를 넘어서 힘들이지 않고 무대 위로 뛰어 올라갔다. 그리고 겁에 질린 사람들을 따라 배우 전용 출입구까지 가서 오스망 대로까지 이르렀다. 하지만 어디서 찾는단 말인가? 레진 오브리를 찾으려면 누구에게 물어봐야 하는가?

데느리스는 사람들에게 물었지만 아무도 본 사람이 없었다. 혼란스러운 상황에서 사람들이 모두 자기 생각만 했기 때문에, 침입자는 눈에 띄지 않은 채 레진 오브리를 데리고 복도와 계단을 지나 밖으로 나갈 수 있었다.

데느리스는 뚱뚱한 반 우뱅이 숨을 헐떡이며 다가오는 것을 보았다. 반 우뱅의 불그스름한 볼연지가 땀 때문에 양쪽 볼로 흘러내리고 있었다. 데느리스가 말했다.

"감쪽같이 사라졌습니다! 당신의 잘난 다이아몬드 덕분에…. 범인은 대기 중인 자동차에 레진 양을 태워 달아난 것 같습니다."

반 우뱅은 주머니에서 권총을 빼들었다. 데느리스는 반 우뱅의 손목을 비틀었다.

"자살이라도 하려는 겁니까?"

"당연히 아니죠! 놈을 죽여버릴 겁니다."

"놈이 누굽니까?"

"도둑놈 말입니다. 꼭 찾아낼 겁니다! 반드시 찾아내야 합니다. 꼭 찾아내야 한다고요. 천지를 뒤흔들어서라도!"

반 우뱅은 정신이 나간 듯 떠들썩하게 웃는 사람들 가운데서 빙빙 돌고 있었다.

"내 다이아몬드! 이대로 당하지는 않을 거야! 내게 감히 이럴 수는 없지! …정부가 책임져야 해…."

데느리스의 생각은 틀리지 않았다. 레진을 납치한 사내는 기절한 여자를 모피 외투로 덮어 오스망 대로를 지나 모가도르 거리로 향했다. 자동차 한 대가 그곳에 주차되어 있었다. 남자가 차에 다가가자 문이 열렸고 두꺼운 레이스로 얼굴을 가린 여자가 팔을 내밀었다. 납치범은 여자에게 레진을 넘겨주며 이렇게 말했다.

"성공했어… 정말 기적인데!"

남자는 문을 닫고 앞 좌석에 올라타더니 차를 출발시켰다.

얼마 후 레진은 정신이 들었다. 화재 혹은 화재라 생각한 상황에서 멀어지는 듯한 느낌을 받으며 정신이 돌아온 것이다. 구해준 사람에게 감사의 인사를 해야겠다는 생각이 맨 먼저 떠올랐다. 그러나 즉시 머리에 뭔가가 덮인 것 같은 답답함을 느꼈다. 숨을 잘 쉴 수 없었고 앞도 잘 보이지 않았다.

레진이 중얼거렸다.

"무슨 일이죠?"

어떤 여자가 아주 낮은 목소리로 레진의 귓가에 대고 말했다.

"움직이지 말아요. 도와달라고 해봐야 아가씨만 손해니까."

순간 레진은 어깨에 날카로운 통증을 느껴 소리를 질렀다.

그러자 여자가 말했다.

"별것 아니에요. 단도 끝이죠… 자, 좀 더 힘을 줘볼까요?"

레진은 더 이상 움직이지 않았지만, 머릿속은 차차 정리가 되었고 상황은 진짜 모습을 찾아가고 있었다. 레진은 얼핏 본 불꽃과 화재가 시작된 때를 떠올리며 생각했다.

'난 납치되었어…. 혼란한 틈을 타 어떤 남자에게 납치되었어…. 공범의 도움을 받아 날 납치한 거야.'

레진은 자유롭게 움직일 수 있는 손으로 몸을 더듬었다. 다이아몬드 가슴받이는 그대로였고 아무도 손을 대지 않은 것 같았다.

자동차는 전속력으로 달렸다. 컴컴한 감옥 속에 있는 것 같아서 그런지 레진은 어느 길로 가는지 전혀 짐작도 할 수 없었다. 자동차가 급커브를 하는 등 여기저기 돌아가는 것 같은 느낌이었는데, 추적이 있을지 몰라 따돌리거나 레진이 길을 기억하지 못하게 하려는 것 같았다.

어쨌든 톨게이트 앞에서 차가 멈춘 적이 없는 것으로 보아 아직 파리를 벗어나지는 않은 것 같았다. 또한, 전등 불빛이 차 안으로 들어오는 것 같은 느낌이 들었다.

모피를 쥐고 있던 여자의 손아귀 힘이 조금 느슨해지며 모피 외투가 살짝 벌어졌고, 레진은 그 틈을 타 여자의 손가락 두 개를 보았다. 그중 검지에는 삼각형으로 배열된 섬세한 작은 진주알 세 개가 박힌 반지가 끼워져 있었다.

차로 20분 정도 달린 것 같았다. 속도가 줄더니 차가 멈췄다. 앞 좌석의 남자가 차에서 내리더니 어떤 문의 양쪽 문짝이 묵직하게 차례로 열렸고 차는 안뜰 같은 곳으로 들어갔다.

여자는 레진이 보지 못하게 눈을 가리고는 공범인 남자의 도움을 받아 차에서 내리게 했다.

레진은 두 범인을 따라 여섯 개로 된 돌계단을 올라갔다.

이어서 타일을 깐 현관을 지나 낡은 난간에 양탄자가 깔린 계단 스물다섯 개를 올라 2층의 어느 방 앞에 오게 되었다.

이번에는 남자가 아주 낮은 목소리로 레진의 귓가에 말했다.

"다 왔습니다. 댁을 거칠게 다루고 싶지는 않습니다. 다이아몬드 튜닉만 넘겨준다면 해치지는 않을 겁니다. 알아들었습니까?"

레진이 강하게 저항했다.

"싫어요."

"강제로 빼앗는 것은 일도 아닙니다. 아까 차 안에서도 마음만 먹으면 빼앗을 수 있었죠."

"안 돼요, 안 돼. 이 튜닉은… 안 돼요…."

레진이 흥분하며 말하자, 남자도 대꾸했다.

"그 튜닉을 위해 모든 것을 감수했고 이제 손에 넣게 되었습니다. 반항해도 소용없어요."

하지만 레진은 격렬하게 버텼다. 그러자 남자가 다가와 이렇게 중얼거렸다.

"내가 직접 도와줘야 합니까?"

레진은 단단한 손 하나가 자신의 가슴받이를 움켜쥐고 어깨의 맨살을 더듬는 것을 느끼자 겁에 질렸다.

"내 몸에 손대지 말아요! 이러지 말라고요… 좋아요… 시키는 대로 할게요… 그대로 할 테니까 내 몸엔 손대지 말아요!"

남자는 약간 뒤로 물러났다. 모피 외투가 미끄러지듯 떨어졌고 레진은 그것이 자신의 옷임을 알아봤다. 레진은 기운이 빠져 털썩 주저앉았다. 이제 방 안의 모습이 눈에 들어왔다. 보석이 달린 가슴받이와 은색 튜닉을 벗기는 공범 여자는 얼굴을 베일로 가린 채 검은색 벨벳 줄무늬가 있는 자주색 옷을 입고 있었다.

전깃불로 환하게 밝은 방은 커다란 응접실이었다. 푸른색 비단 천을 두른 소파와 안락의자들이 있었고 태피스트리가 걸려 있었으며 콘솔과 여러 가지 목제 가구들이 감탄스러울 정도로 루이 16세 스타일을 보여주고 있었다. 도금된 청동 그릇 두 개와 초록색 대리석으로 된 원통형 추시계로 장식된 커다란 벽난로 위에 거울이 있었다. 벽에는 네 개의 벽등이, 천장에는 세공한 수정들로 화려하게 장식된 샹들리에 두 개가 걸려 있었다.

세세한 광경 모두를 레진이 자신도 모르게 머릿속에 입력하는 동안, 베일을 쓴 여자는 튜닉과 가슴받이를 벗겨내고 레진의 두 팔과 어깨가 드러나도록 은실로 가장자리를 수놓은 모피 외투를 걸쳐놓았다. 또 레진은 다양한 재질의 목재가 교차되어 깔린 마루와 등받이 없는 마호가니 의자도 관찰했다.

이제 작업이 끝났다. 갑자기 불이 꺼졌다. 어둠 속에서 레진은 이런 말을 들었다.

"이제 다 되었습니다. 잘했습니다. 다시 모셔다드리죠. 자, 모피 외투는 그대로 돌려드립니다."

레진의 얼굴은 가벼운 천으로 덮였다. 여자의 얼굴을 가린 레이스 베일과 비슷한 소재 같았다. 레진은 차 안으로 안내되었고 아까와 같은 커브 길을 돌며 차가 가고 있다는 것을 알았다.

남자가 문을 열어주며 레진을 내리게 했다.

"다 왔습니다. 보시다시피 아무런 해도 입히지 않았습니다. 찰과상 하나 없이 무사히 돌아가는 겁니다. 한 가지 충고하죠. 지금까지 얼핏 본 것이나 짐작한 것 들에 대해 한마디도 하지 말라는 것입니다. 당신의 다이아몬드는 도둑맞았습니다. 그게 전부이니 나머지는 잊어버려요. 그럼 이만 가보죠."

자동차가 빠르게 달려갔다. 베일을 거둔 레진은 현재 트로카데로 광장에 있다는 것을 알게 되었다. 아파트에서(레진은 앙리마르탱가 입구에 살고 있었다) 가까운 곳이기는 했으나 집으로 가기 위해선 엄청난 노력을 해야 했다. 다리가 후들거렸고 심장은 쿵쾅쿵쾅 뛰었다. 이러다가는 금방이라도 주저앉을 것만 같았다. 기운이 빠져나가던 그 순간, 레진은 누군가 자신을 향해 달려오는 것을 보았고 장 데느리스의 품에 그대로 안겼다. 데느리스는 레진을 한가한 거리의 벤치 위에 앉혔다.

데느리스가 아주 부드럽게 말했다.

"기다리고 있었습니다. 다이아몬드를 빼앗은 후 범인이 레진 양의 집 근처까지 다시 데려다줄 것이라 확신했습니다. 범인이 레진 양을 붙잡아둘 이유가 있겠습니까? 그건 너무 위험한 모험이죠. 어쨌든 조금 쉬십시오…. 그리고 이제 울지 마십시오."

레진은 거의 알지도 못하는 이 남자에게 갑자기 믿음이 가면서 긴장이 풀렸는지 울기 시작했다.

"무서웠어요, 아직도 무서워요… 그리고 그 다이아몬드들은…."

잠시 후 데느리스는 레진을 부축해 건물 안에 들어갔고 엘리베이터를 이용해 집으로 데려갔다.

두 사람은 겁에 질린 채 오페라극장에서 돌아온 하녀, 그리고 다른 하인들과 마주쳤다. 곧이어 휘둥그런 눈을 한 반 우뱅이 갑자기 들이닥쳤다.

"내 다이아몬드! 그거 가져온 거요, 레진? …죽는 한이 있어도 지켰겠지, 내 다이아몬드…?"

그러나 반 우뱅은 가슴받이와 튜닉이 사라진 것을 보며 발작을 일으키는 것처럼 펄펄 뛰었다. 장 데느리스가 지시했다.

"조용히 해요… 레진 양은 안정이 필요합니다."

"내 다이아몬드! 사라졌다고… 아! 베슈가 있었다면! 내 다이아몬드!"

"내가 찾아줄 테니 우리 좀 가만히 내버려 둬요."

소파에 앉은 레진은 탄식 같은 신음 소리를 내며 경련하듯 몸을 들썩였다. 데느리스가 레진의 이마와 머리카락에 입을 맞추기 시작했다. 침착하고 체계적인 가벼운 입맞춤이었다.

반 우뱅이 흥분해 소리쳤다.

"아니 뭡니까! 지금 뭐하는 겁니까?"

"가만히 있어요, 가만히. 기운을 찾게 해주는 가벼운 마사지일 뿐입니다. 신경계가 안정되고 혈액순환이 좋아져 혈관에 온기가 돌게 해줍니다. 최면요법과 비슷하죠."

반 우뱅이 눈을 부릅뜨고 지켜보는 가운데 데느리스는 가벼운 마사지를 계속했고 점차 생기를 되찾은 레진은 이 묘한 요법에 몸을 맡기는 듯했다.

# 2
# 모델 아를레트

그로부터 일주일이 지난 어느 늦은 오후였다. 유명 디자이너인 셰르니츠의 고객들이 몽타보르 거리의 큰 살롱들을 떠나기 시작했고, 스케줄에 여유가 있는 아를레트 마졸과 동료들은 모델 전용실에서 카드 점을 치거나 블롯(카드 게임 – 옮긴이)을 하거나 초콜릿을 먹는 등 각자 좋아하는 일을 하고 있었다.

동료 한 명이 큰 소리로 외쳤다.

"정말이지! 아를레트, 카드 패가 너한테 모험, 행복, 돈을 점쳐주기만 하잖아."

또 다른 동료가 말했다.

"사실이잖아. 아를레트의 행운은 오페라극장 경연 대회가 있던 지난 저녁에 이미 시작되기는 했지. 1등상을 탔으니까!"

그러자 아를레트가 선언하듯 말했다.

"내가 받을 상은 아니었어. 레진 오브리가 나보다 나았으니까."

"말도 안 돼! 너한테 표가 많이 갔잖아."

"사람들은 아무 생각 없이 표를 던진 거야. 화재가 발생하자

관객석의 4분의 3이 비어버렸어. 그러니 투표는 의미가 없지."

"넌 언제나 다른 사람들 앞에서 지나치게 자신을 낮추는 게 탈이야, 아를레트. 그런다고 레진 오브리의 마음이 편해지는 건 아냐!"

"아니, 그렇지 않아. 레진 오브리가 내게 와서는 힘껏 안아주었다고."

"'억지로' 안은 거겠지."

"레진 오브리가 무엇 때문에 질투를 하겠어? 너무나 아름다운 여자인데!"

'견습 재봉공'이 석간신문을 가져왔다. 아를레트가 신문을 펼치고 말했다.

"아! 이것 봐. '다이아몬드 도난 사건' 조사에 대한 기사가 실렸어…."

"읽어줘, 아를레트."

"그래, 그럴게. '오페라극장에서 벌어진 미스터리한 사건은 아직 수사 중에 있다. 검찰청과 경찰청은 이번 사건이 레진 오브리의 다이아몬드를 노린 계획적 범행이라는 가정에 가장 무게를 두고 있다. 아름다운 여배우 레진 오브리를 납치한 남자는 얼굴을 가렸기 때문에 인상착의는 전혀 알려진 바가 없다. 범인인 남자는 꽃 배달부로 변장해 극장 안으로 들어와 문짝 한쪽 옆에 커다란 꽃다발을 놓아둔 것으로 추정된다. 하녀는 남자를 얼핏 본 것 같다며 밝은색의 모직 반장화를 신고 있었다고 진술했다. 조화인 꽃다발에 인화 물질을 발라 쉽게 불을 붙일 수 있었던 것으로 보인다. 범인이 계획한 대로 화재가 발생해 분위기가 혼란스러워지자 하녀가 들고 있던 모피 외투를 낚아채 다음 작전을 실행한 듯하다. 레진 오브리는 이미 여러 번 조사에 응했지만 자동차로 갔던 길, 납치범과 공범의 인상착의를 자세히 이야기하지 못하고 있어 더 이상 정보가 나오고 있지 않다. 레진 오브리는 부차적인 부분만 기억하고 있고 보석이 달린 가슴받이를 빼앗긴 저택에 대해서만 묘사할 수 있는 상황이다.'"

젊은 모델 한 명이 말했다.

"그런 집에 범인 남녀하고만 있는 상황이라면 너무 무서웠을 것 같아! 넌 어때, 아를레트?"

"나도 그래. 하지만 좀 더 발버둥을 쳤을 것 같아… 순간적인 용기는 있는 편이라… 그다음에는 기절했겠지."

"그런데 용의자인 남자, 오페라극장에서 본 적 있어?"

"보다니… 전혀! …기껏해야 그림자야 봤겠지. 무슨 일인지 생각해볼 틈도 없었어. 일단 급한 상황을 피하느라 정신이 없었으니까. 생각해봐! 불이라고!"

"아무것도 본 게 없단 말이야…?"

"있긴 하지. 반 우뱅의 얼굴. 무대 뒤에서."

"그 사람 알아?"

"아니. 다만 반 우뱅 씨가 '내 다이아몬드! 1000프랑짜리 다이아몬드! 말도 안 돼! 재앙 중의 재앙이야!'라고 외쳤고 바닥이 뜨겁기라도 한 것처럼 여기저기 뛰어다녔어. 모두 배꼽을 잡았어."

아를레트가 자리에서 일어나 반 우뱅 흉내를 내며 껑충껑충

뛰었다. 허리를 조이는 검은색 서지 천 원피스에 불과했지만, 이런 단순한 옷으로도 아를레트는 오페라극장에서 화려한 의상을 선보였던 때와 마찬가지로 곡선이 있는 우아한 자태를 뽐내고 있었다. 날씬하고 호리호리하며 균형 잡힌 아를레트의 몸매는 세상에서 가장 완벽하다 해도 손색이 없었다. 섬세하고 세련된 얼굴, 투명한 피부, 곱슬거리는 아름다운 금발 머리.

"이왕 일어섰으니 춤을 춰봐. 아를레트, 춤!"

아를레트는 춤을 출 줄 몰랐지만 이제까지 경험했던 최고의 무대에서처럼 환상적인 포즈와 워킹을 선보였다. 재미있고 우아한 아를레트의 공연에 동료 모델들은 마음을 빼앗겼다. 모두 아를레트를 좋아했다. 그들에게 아를레트는 화려한 운명이 약속된 특별한 존재였다.

동료들이 외쳤다.

"브라보, 아를레트. 멋져!"

"넌 최고의 동료야. 네 덕분에 우리 세 명이 코트다쥐르로 포상 여행을 가게 되었으니까."

아를레트는 상기된 핑크빛 얼굴에 두 눈을 반짝이며 동료들 앞에 앉았다. 아를레트는 기분 좋은 흥분과 동시에 슬픔과 냉소가 섞인 차분한 말투로 동료들에게 말했다.

"난 너희들보다 뛰어나지는 않아. 이렌, 너보다 바르지도 않고, 샤를로트보다 진지하지도 않고, 쥘리보다 조신하지도 않아. 물론 나도 너희들처럼 만나는 남자들은 있어… 그러나 남자들은 내가 주고 싶은 것 이상을 요구해… 어쩔 수 없이 내가 주고 싶은 것보다 더 많은 것을 해주면서 기분을 맞춰주고 있어. 이렇게 해봐야 끝은 뻔하지. 하지만 어쩌겠어? 남자들은 우리 같은 여자와는 결혼까지 하려고 하지는 않아. 우리가 너무 예쁜 옷을 입고 있는 모습에 내심 부담스러워하며 겁을 먹고 있으니까."

모델 한 명이 말했다.

"뭐가 걱정이야? 카드 패는 네게 돈이 있을 거라고 점쳐주는데."

"무슨 수로? 돈 많은 노인? 끔찍하다. 하지만 성공은 하고 싶긴 해."

"어떤 성공?"

"모르겠어… 머릿속에서 모든 것이 소용돌이치고 있어. 사랑도, 돈도 갖고 싶어."

"둘 다 동시에? 아를레트! 뭐하러 그렇게까지?"

"행복하려면 사랑이 있어야 하니까."

"그럼, 돈은?"

"잘 모르겠어. 하지만 자주 이야기했듯이 내게는 꿈과 야망이 있어. 부자가 되고 싶어… 나를 위해서만은 아니고… 다른 사람들을 위해서… 너희들을 위해서… 부자가 되고 싶어…."

"계속해봐, 아를레트."

아를레트는 미소를 지으며 나지막하게 말했다.

"엉뚱한 생각이 있긴 해… 아이 같은 유치한 생각. 나만을 위해서가 아니더라도 마음대로 쓸 수 있는 돈이 많았으면 좋겠어. 예를 들어 큰 양장점의 임원이나 사장이 되고 싶어. 직원의 복지를 생각하는 새로운 양장점 말이야… 특히 여직원들에게 지참금을 나눠주는 거지… 그래, 너희들 모두 원하는 대로 결혼을 할 수 있도록 말이야!"

아를레트는 엉뚱한 꿈이라면서 부드럽게 미소 지었다. 그러나 동료들은 진지하게 듣고 있었다. 그중 한 명은 눈물을 훔치기도 했다.

아를레트가 계속 말을 이었다.

"그래, 지참금. 현금으로 주는 진짜 지참금… 난 교육을 제대로 받지 못했어… 자격증도 없고… 하지만 이런 나의 아이디어들을 숫자와 철자가 어설프기는 해도 글씨로 적어놓긴 했어. 스무 살에는 지참금을 준비하고… 그리고 첫아이의 출산 준비… 그리고….''

"아를레트, 전화 왔어요!"

작업실 지배인이 문을 열어 아를레트를 불렀다.

아를레트는 창백하고 걱정스러운 얼굴로 자리에서 벌떡 일어나 중얼거렸다.

"엄마가 편찮으시거든."

그랬다. 셰르니즈 양장점에서는 가족이 사망했다거나 아픈 것과 같은 심각한 소식이 있을 때만 직원들에게 통화가 허용되었다. 사생아인 아를레트는 어머니를 깊이 사랑했고, 전직 모델인 다른 두 자매가 모두 남자와 외국으로 도망간 상태라는 것은 동료들도 알고 있었다.

아를레트는 침묵 속에서 차마 앞으로 나갈 수가 없었다.

지배인이 재촉했다.

"서둘러요."

전화기는 옆방에 있었다. 모델들이 반쯤 열린 문으로 다가가 아를레트의 가련하게 떨리는 목소리를 들었다.

"엄마가 편찮으신 거죠? 심장 쪽인가요? 그런데 전화 거신 분은 누구시죠? …루뱅 부인인가요? 목소리를 못 알아듣겠어요… 그럼, 의사 선생님? 어떤 선생님이요? 브리쿠 선생님… 몽타보르가 3-2번지? …연락이 되었다고요? 선생님과 함께 와야 한다고요? 알겠어요, 그렇게 할게요."

아를레트는 아무 말 없이 몸을 떨며 벽장 속 모자를 집어 들고 밖으로 나갔다. 동료들은 서둘러 창가로 가 아를레트를 지켜보았다. 아를레트는 가로등 불빛 속에서 번지수를 보며 뛰어가고 있었다. 3-2번지로 보이는 왼쪽 건물 앞에서 아를레트가 멈춰 섰다. 자동차가 한 대 서 있었다. 보도 위에는 밝은색의 신발을 신고 있는 남자가 어렴풋이 보였다. 남자는 아를레트에게 다가가 말을 걸었다. 아를레트는 자동차에 올랐다. 남자도 자동차에 탔다. 자동차는 길 맞은편을 따라 달려갔다.

모델 한 명이 말했다.

"이상하다. 매일 저 앞을 지나가는데 의사의 간판이 달린 건물을 본 적이 없어. 3-2번지에 사는 브리쿠 박사 알아?"

"아니, 하지만 마차가 지나가는 정문의 구리 간판에 있을지도 모르지."

지배인이 끼어들었다.

"어쨌든 전화번호부를 뒤져봐요… 파리 사교계 인명록이라도 찾아보든가."

모델들은 서둘러 옆방으로 가서는 떨리는 손으로 탁자에서 두 권의 책을 집어 펼쳐 들었다.

모델 한 명이 말했다.

"**3-2번지**에 브리쿠 선생이나 다른 의사가 산다면 전화는 없다는 뜻이지."

그런데 또 다른 모델이 맞받았다.

"파리 사교계 인명록에는 브리쿠 박사라는 이름이 없어. 몽타보르가든 어디든 그런 이름은 없네."

동요가 일었고 불안한 분위기가 감돌았다. 각자 자신의 생각을 말했다. 그럴수록 이야기는 모호해졌다. 지배인은 즉시 셰르니츠 양장점 윗선에 알려야겠다는 생각을 했다. 디자이너 셰르니츠가 나타났다. 약해 보이는 체격에 투박하게 생긴 데다 짐꾼 같은 옷을 입고 있었지만 엄연히 대표 디자이너였다. 셰르니츠는 일단 침착해야 하며 이런 돌발 상황일수록 어떤 행동을 해야 할지 정확히 판단해야 한다고 평소에도 주장해오곤 했다.

셰르니츠가 말했다.

"생각할 필요 없어요. 말보다는 바로 행동에 들어가는 겁니다."

셰르니츠는 냉정하게 수화기를 집어 들고 어떤 전화번호를 연결해달라고 요청했다. 연결이 되자 셰르니츠가 말했다.

"여보세요… 레진 오브리 부인 댁입니까? …레진 오브리 부인께 디자이너 셰르니츠가 전할 말씀이 있다고 전해주시겠습니까? 알겠습니다."

셰르니츠는 기다렸고 다시 통화가 이어졌다.

"예, 부인, 디자이너 셰르니츠입니다. 비록 저희 고객으로 모시고 있지는 않지만 지금 상황에서는 전화를 드려야 한다고 생각했습니다. 우리 양장점에서 모델로 고용한 젊은 여성 하나가… 여보세요? 예, 아를레트 마졸입니다… 정말 친절하시군요. 전 부인께 투표했습니다. 그날 저녁 입으신 옷은… 용건부터 말하라고요? 아를레트 마졸이 아무래도 납치를 당한 것 같습니다. 부인을 납치했던 그 남자에게 납치당한 것 같습니다. 부인뿐만 아니라 주변에서 돕는 사람들도 이번 일에 관심을 가질 것 같아서요… 여보세요? 베슈 반장님을 기다리고 있다고요? 알겠습니다… 지금 찾아뵙고 필요한 모든 정보를 알려드리겠습니다."

디자이너 셰르니츠가 수화기를 내려놓았다.

"우리가 할 수 있는 일은 여기까지야."

레진 오브리에게 일어났던 일이 아를레트 마졸에게도 똑같은 순서로 일어났다. 자동차 안에는 여자 한 명이 있었다. 자칭 의사라고 한 남자가 여자를 소개했다.

"브리쿠 부인입니다."

여자는 두꺼운 베일을 쓰고 있었다. 더구나 날이 어두워졌고 아를레트는 어머니 생각뿐이었다. 아를레트는 브리쿠 박사를 쳐다보지 않고 곧바로 질문부터 했다. 박사는 고객 중 한 명인 루뱅 부인이 이웃 중에 치료를 받아야 하는 환자가 있으니 급히 와달라는 전화를 했고, 그 환자의 딸과 함께 와달라고 했다며 쉰 목소리로 대답했다.

자동차는 리볼리가를 지나 콩코르드 광장 쪽으로 달렸다. 그런데 광장을 지나면서 여자가 아를레트를 덮개 같은 것으로 씌워 목덜미를 세게 쥐고 어깨에 단도를 들이댔다.

아를레트는 몸부림쳤지만 공포스러운 가운데서도 조금 안심이 되었다. 어머니가 아프다는 것은 자신을 불러내기 위한 핑계에 지나지 않으며 납치한 이유는 따로 있을 것이라는 생각이 들어서였다. 그래서 아를레트는 얌전한 태도로 귀를 기울이며 주변을 관찰했다.

레진이 느꼈던 것을 아를레트도 느꼈다. 파리의 외곽을 빠르게 달리는 자동차. 갑작스러운 급커브, 모두 똑같았다. 아를레트는 베일 쓴 여자의 손가락은 보지 못했지만, 끝이 매우 뾰족한 구두를 신은 것을 얼핏 보았다. 또한 아를레트는 두 공범이 아주 작은 소리로 주고받는 대화를 얼핏 들었는데 이들은 아를레트에게 자신들의 말이 들리지 않을 것이라 확신하는 듯했다. 하지만 아를레트의 귀에 여자가 하는 말 하나가 정확히 들렸다.

여자가 말했다.

"틀렸어. 틀렸다고… 그것에 신경 쓸 때도 몇 주 기다려야 했어… 오페라극장 사건 이후에 너무 이르다고."

아를레트는 이 문장의 의미를 알아들었다. 자신을 납치해 가는 이들은 레진 오브리가 사법 당국에 신고한 그 남녀가 틀림없었다. 가짜 브리쿠 박사는 오페라극장 방화범이었다. 하지만 다이아몬드 가슴받이도, 그 어떤 보석도 지니지 않아 탐낼 만한 것이 없는 여자를 왜 납치하는 것일까? 이런 생각이 들자 아를레트는 안심이 되었다. 크게 걱정할 것이 없으며, 착오라는 것을 알게 되면 풀려날 것 같았다.

묵직한 문이 소리를 내며 움직였다. 아를레트는 레진의 이야기를 기억하며 포석이 깔린 안마당으로 차가 들어가고 있음을 느꼈다. 현관 앞에서 아를레트는 두 공범에 의해 차에서 내리게 되었다. 아를레트는 계단 여섯 개를 세었다. 이어서 현관 바닥의 타일이 느껴졌다.

지금 아를레트는 마음이 안정되고 배짱도 생겨 본능을 억누르지 못하고 신중하지 못한 행동까지도 저지를 수 있을 것만 같았다. 남자가 현관문을 밀고 들어가는 동안 공범 여자는 타일 바닥을 미끄러지듯이 걸었다. 공범 여자가 잠시 아를레트의 어깨를 놓은 순간을 틈타 아를레트는 재빨리 머리의 천을 벗어 앞으로 내달렸고, 서둘러 계단을 올라가 대기실을 지나 응접실로 들어갔다. 그리고는 조심스럽게 문을 잠갔다.

두꺼운 전등갓이 씌워진 전기 램프에서 나온 빛이 둥근 모양으로 비치는 방이었다. 무엇을 해야 할까? 어디로 도망쳐야 할까? 아를레트는 구석에 있는 창문 두 개 중 하나를 열려고 했으나 잘 되지 않았다. 공범인 남녀가 이미 문 앞에 왔고 곧 들이닥칠 것이라는 생각이 들자 무서워지기 시작했다.

실제로 문이 덜그럭거리는 소리가 들렸다. 아를레트는 어딘가에 숨어야 했다. 안락의자 등받이에 올라가 커다란 벽난로 위로 쉽게 올라갔다. 그곳에 놓인 거울을 따라 반대편 끝까지 걸어갔다. 거기에 높은 서가가 있었다. 아를레트는 과감하게도 청동 그릇을 밟고 올라가 서가 모서리의 쇠시리 장식을 잡았다. 어떻게 이런 생각이 났는지 아를레트도 알 수 없었다. 두 공범이 들어왔을 때 아를레트는 서가 위 쇠시리 장식에 반쯤 가려진 채 엎드려 있었다.

두 공범이 고개만 들어도 아를레트의 모습을 어렴풋이 볼 수 있는 상황이었다. 하지만 그들은 그냥 응접실의 아랫부분, 소파와 안락의자 아래, 커튼 뒤만 살폈다. 아를레트는 맞은편 커다란 거울을 통해 두 납치범의 움직임을 볼 수 있었다. 그러나 얼굴은 제대로 보이지 않았고 대화 내용도 너무 작은 소리로 이야기해 잘 들리지 않았다.

마친내 남자가 여자에게 말했다.

"여기에 없어."

여자가 물었다.

"정원으로 뛰어내린 걸까?"

"그럴 리가 없지. 창문은 둘 다 잠겨 있으니까."

"그럼 알코브(방 한쪽에 설치한 오목한 장소로 침실, 서재, 서고 등으로 사용한다 - 옮긴이)?"

왼쪽 벽난로와 창문 사이에 알코브로 사용되는 구석진 공간이 하나 있었다. 지금처럼 이동식 칸막이로 차단되기 전에는 거실과 연결되었던 것 같았다. 남자가 칸막이를 치웠다.

"없어."

"그럼, 어떻게 된 거야?"

"모르겠어. 큰일이군."

"왜?"

"만일 탈출했다면?"

"무슨 수로 탈출해?"

"그렇긴 하지. 아! 말괄량이 같으니, 잡히기만 해봐라."

둘은 전깃불을 끈 후 밖으로 나갔다.

벽난로의 추시계가 7시를 알렸다. 조금 거슬릴 정도로 구식에 금속성이 느껴지는 소리였다.

아를레트는 추시계가 8시, 9시, 10시를 울릴 때까지 꼼짝하지 않았다. 그럴 엄두도 나지 않았다. 잡히면 가만두지 않을 것이라고 한 남자의 위협 때문에 잔뜩 겁에 질려 떨고 있었다.

자정이 되어서야 마음이 안정된 아를레트는 움직여야겠다는 생각을 하며 서가에서 내려왔다. 청동 그릇이 흔들리더니 요란한 소리를 내며 바닥에 떨어졌다. 소스라치게 놀란 아를레트는 걱정스러운 마음에 그대로 얼어 있었다. 그러나 아무도 들어오지 않았다. 아를레트는 청동 그릇을 제자리에 놓았다.

밖에서 환한 빛이 들어왔다. 아를레트는 창문으로 다가가 달빛 아래 관목들이 늘어선 잔디 정원을 바라봤다. 아까와 달리 이번에는 창문을 열 수 있었다.

아를레트는 고개를 내밀어 밖을 살폈다. 건물 바로 밑은 바닥의 흙이 약간 높아져서 땅까지의 거리가 1층 높이도 안 되었다. 아를레트는 주저하지 않고 발코니로 가 자갈이 깔린 바닥으로 뛰어내렸다. 특별히 아프지는 않았다.

아를레트는 구름이 달을 가릴 때까지 기다렸다가 탁 트인 공간을 가로질러 관목들이 우거진 어두운 곳에 다다랐다. 허리를 숙인 채 줄지어 있는 관목들을 따라 건너기 쉽지 않을 정도로 높은 담벼락 아래에 도착했다. 담벼락은 달빛 속에 환하게 드러나 있었다. 오른쪽 가까이에는 아무도 살고 있지 않은 듯한 별채가 있었다. 창문의 덧문은 모두 닫혀 있었다. 아를레트는 조심조심 다가갔다. 별채까지 가기 전에 벽에 단단히 잠긴 문이 있었다. 자물쇠에는 큰 열쇠가 꽂혀 있었다. 아를레트는 빗장을 빼고 열쇠를 돌려 뽑았다.

아를레트는 순식간에 문을 열어 거리로 뛰어나갔다. 뒤를 보니 그림자 하나가 뒤따라 달려오고 있었다.

거리에는 아무도 없었다. 약 50보 이상 도망친 아를레트는 다시 뒤를 돌아봤다. 그림자가 속도를 내며 쫓아오는 것 같았다. 공포에 휩싸인 아를레트는 심장이 뛰고 다리가 후들거렸지만 아무도 자신을 붙잡지 못할 것이라는 오기가 발동했다.

덧없는 오기였던 듯했다. 아를레트는 갑자기 힘이 빠지면서 무릎이 꺾였고 곧 넘어질 것 같았다. 지나가는 사람들이 북적이는 거리에 도착했다. 택시 한 대가 멈췄다. 아를레트는 주소를 이야기하고 얼른 올라타 문을 닫았다. 창문 뒤로 보니 쫓아오던 그림자 역시 다른 차를 타고 곧 출발했다.

거리에서… 거리로… 아직도 쫓아오고 있을까? 아를레트는 알 수 없었고 알려고도 하지 않았다. 갑자기 접어들게 된 작은 광장에는 주차 중인 차들이 들어서 있었다. 아를레트가 운전석의 유리창을 두드렸다.

"멈춰주세요, 기사님. 여기 20프랑 드릴 테니 계속해서 빨리 달려주세요. 제 뒤를 쫓아오는 사람을 따돌려야 해요."

아를레트는 다른 택시에 냉큼 타고는 새로운 기사에게 주소를 알려주었다.

"몽마르트르, 베르드렐가 55번지요."

아를레트는 위험에서 벗어났지만 너무 지친 나머지 정신을 잃었다.

자신의 작은 방 소파 위에서 눈을 뜬 아를레트 곁에 처음 보는 남자가 무릎을 꿇고 그녀를 바라보고 있었다. 어머니는 초조하고 근심 어린 표정으로 아를레트를 불안하게 바라보고 있었다. 아를레트는 어머니에게 미소를 지으려 했다. 남자가 어머니에게 말했다.

"아직은 아무 질문도 하지 마십시오, 부인. 아뇨, 아가씨, 아무 말도 하지 말아요. 우선 내 말을 들으십시오. 아가씨의 양장점 셰르니츠 대표가 레진 오브리 양에게 전화해서 아가씨 역시 같은 방법으로 납치당했다고 알려주었습니다. 경찰은 즉각 비상이 걸렸습니다. 잠시 후에 날 친구로 믿고 있는 레진 오브리 양을 통해 소식을 듣게 되었죠. 아가씨 어머님과 나는 저녁 시간 내내 밖에서 망을 봤습니다. 그자들이 레진 오브리 양을 풀어준 것처럼 아가씨도 풀려나길 기대하고 있었습니다. 마침 아가씨를 태우고 온 기사에게 어디서 오는 길이냐고 물었습니다. '빅투아르 광장에서 오는 겁니다'란 말 외에 다른 정보는 없었습니다. 아뇨, 움직이지 말아요. 이야기는 내일 들려주십시오."

아를레트는 열에 들뜨고 악몽처럼 괴로운 기억이 떠올라 신음했다. 아를레트는 눈을 감은 채 속삭였다.

"누가 계단을 올라오고 있어요."

정말로 누군가 초인종을 눌렀다. 아를레트의 어머니는 문간으로 갔다. 두 남자의 목소리가 들렸는데 그중 한 명이 이렇게 말하고 있었다.

"반 우뱅이라고 합니다, 부인. 반 우뱅. 다이아몬드 튜닉의 반 우뱅입니다. 따님의 납치 소식을 들었고 마침 여행에서 돌아온 베슈 반장과 추적에 들어갔습니다. 여러 경찰서를 들러서 여기에 오게 되었습니다. 관리인이 아를레트 마졸 양이 집으로 돌아왔다고 알려주었지요. 그래서 베슈 반장과 전 따님께 뭘 좀 물어보려고 이렇게 오게 되었습니다."

"하지만…."

"매우 중요한 일입니다, 부인. 이번 사건은 제가 도둑맞은 다이아몬드와 관계가 있습니다. 같은 일당의 짓입니다… 1분도 지체해서는 안 됩니다…."

반 우뱅은 허락을 기다리지 않고 베슈를 대동한 채 방으로 들어왔다. 그런데 눈앞에 펼쳐진 광경에 반 우뱅은 깜짝 놀랐다. 장 데느리스가 소파 앞에 무릎을 꿇고 축 늘어진 젊은 여자 곁에서 이마, 눈꺼풀, 볼에 섬세하면서도 점잖게 입맞춤을 하고 있었다.

반 우뱅이 더듬거리며 말했다.

"데느리스! …당신! …거기서 뭐하는 겁니까?"

데느리스가 팔을 뻗어 조용히 하라는 신호를 보냈다.

"쉿! 조용히… 젊은 여성분을 진정시키고 있습니다… 더 좋은 방법이 없죠. 얼마나 편히 있는지 모릅니다…."

"하지만…."

"내일, 내일요… 레진 오브리 양 댁에서 만납시다. 지금 환자에게는 안정이 필요합니다… 신경을 자극해서는 안 됩니다…

내일 아침에 만납시다…."

반 우뱅은 얼떨떨한 표정을 지었다. 아를레트 마졸의 어머니도 뭐가 어떻게 돌아가는지 알 수 없어 했다. 하지만 그 누구보다 놀라고 어리둥절해 하는 사람은 베슈 반장이었다.

작은 키에 창백한 안색의 베슈 반장은 깡마른 체구에도 불구하고 두 팔만은 우람했지만 태도는 점잖았다. 베슈 반장은 눈을 크게 뜨고 장 데느리스를 바라봤다. 마치 끔찍한 유령의 출현을 목격이라도 하듯이 말이다. 베슈는 데느리스를 보며 어디서 본 것 같기도 하고 아닌 것 같기도 한 듯 아리송한 모양이었다. 데느리스의 젊고 미소 짓는 얼굴 뒤로 악마 같은 모습이 숨어 있는 것은 아닌지 열심히 알아내려고 했다.

반 우뱅이 소개했다.

"베슈 반장… 장 데느리스 씨… 베슈, 데느리스를 아는 것 같군요?"

베슈는 뭔가 말을 하고 질문을 하고 싶었지만 그럴 수가 없었다. 자신만의 묘한 치료법을 계속하는 데느리스의 태연한 모습을 눈을 크게 뜨고 바라볼 뿐이었다….

# 3
# 탐정 신사 데느리스

이렇게 정해진 모임은 오후 2시에 레진 오브리의 집 살롱에서 이루어졌다. 반 우뱅은 도착하자마자 데느리스가 제집처럼 편하게 앉아 레진 오브리와 아를레트 마졸을 상대로 농담하고 있는 모습을 보았다. 세 사람은 매우 즐거워 보였다. 아를레트 마졸은 다소 피곤해 보였지만 신나하는 모습을 보니 전날 그리 불안한 밤을 보낸 것 같지도 않았다. 또한 아를레트는 레진과 마찬가지로 데느리스에게서 눈을 떼지 못하고 데느리스가 하는 이야기에 전부 호응을 했으며 그의 태도가 재미있는지 웃고 있었다.

다이아몬드를 잃어버려 인생이 비극적으로 느껴지던 반 우뱅은 화가 난 목소리로 소리쳤다.

"빌어먹을! 세 사람 모두 상황이 그리도 재미있나 보지요?"

데느리스가 말했다.

"이런, 끔찍한 상황도 아니죠. 사실, 모든 일이 제대로 돌아갔으니까요."

"이런! 도둑맞은 다이아몬드가 댁의 것이 아니라 상관없다이겁니까? 아를레트 양만 해도 오늘 아침 신문마다 기사가 실렸더군요. 졸지에 유명해졌고! 이번 재수 없는 사건에서 망한 사람은 나뿐인 거지."

레진이 말했다.

"아를레트, 반 우뱅 씨의 말에 기분 나빠할 것 없어요. 교양 없는 사람이니 신경 쓸 필요 없어요."

반 우뱅이 으르렁거렸다.

"이보다 더한 이야기를 해드릴까요, 레진?"

"말해보세요."

"그러죠. 어젯밤에 당신의 잘난 데느리스가 아를레트 양 앞에 무릎을 꿇고 열흘 전에 당신에게 기운을 준 그 치료법을 그대로 하더군요. 내가 다 봤습니다."

"마침 데느리스 씨가 우리 둘에게 그 이야기를 해주었어요."

"뭐! 뭐라고요? 질투 나지 않습니까?"

"질투라뇨?"

"이런! 데느리스가 당신에게 치근거리는 거 아닙니까?"

"아주 열을 내고 있죠."

"그런데도 괜찮다?"

"데느리스의 치료법은 대단해요. 그런 치료법은 사용해야지요."

"즐거움이겠죠."

"그럼 데느리스 씨에게는 더 잘된 일이네요."

반 우뱅은 울상이 되었다.

"아! 데느리스, 저 작자 운 한번 좋군! 당신을 제멋대로 요리

하니까… 아니, 모든 여자를 말이지."

"모든 남자들이 그렇죠, 반 우뱅 씨. 데느리스가 싫다고 해도 다이아몬드 때문에 의지할 수밖에 없으니까요."

"그래요, 하지만 저 사람의 도움 없이 해결하기로 했습니다. 베슈 반장이 있으니까요. 그리고…."

반 우뱅은 말을 끝내지 못했다. 뒤를 돌아보다가 마침 문턱을 넘어 들어오던 베슈 반장을 본 것이다.

"오셨습니까, 반장님?"

"좀 전에요."

베슈는 레진 오브리에게 고개 숙여 인사했다.

"문이 열려 있더군요…."

"내가 한 말, 들었습니까?"

"예."

"내 결정을 어떻게 생각합니까?"

베슈 반장은 인상을 찌푸리고 뭔가 호전적인 태도를 보이며 전날처럼 장 데느리스를 훑어보며 말했다.

"반 우뱅 씨, 제가 없는 동안 다이아몬드 사건이 동료 형사 한 명에게 맡겨지긴 했지만 수사에는 제가 직접 참여할 것입니다. 이미 아를레트 마졸 양의 가택을 수색하라는 지시도 받았습니다. 여기서 분명히 밝혀두자면 반 우뱅 씨의 친구들 중 그 누구의 협조도 공개적이든 비공개적이든 받아들이지 않을 겁니다."

장 데느리스가 웃으며 말했다.

"분명하군요."

"아주 분명하죠."

데느리스는 매우 침착하면서도 놀라움을 감추지 않았다.

"이런, 베슈 반장, 누가 보면 제게 반감이라도 있는 줄 알겠습니다."

베슈가 거침없이 말했다.

"솔직히 그렇습니다."

베슈가 데느리스에게 다가와 얼굴을 마주 봤다.

"정말로 우리가 한 번도 만난 적이 없는 것이 맞습니까?"

"아뇨, 딱 한 번 있었죠. 23년 전에 샹젤리제에서 함께 굴렁쇠 놀이를 했습니다… 제가 장난을 치는 바람에 반장님이 넘어졌는데 절대 용서를 안 해주더군요. 반 우뱅 씨, 베슈 반장 말이 맞습니다. 우리 사이에는 협조가 가능하지 않습니다. 반 우뱅 씨 좋을 대로 하십시오. 난 나대로 움직일 테니까요. 이만 가보셔도 좋습니다."

반 우뱅이 말했다.

"우릴 보고 가라고?"

"이런! 여긴 레진 오브리 양의 집입니다. 두 분을 부른 건 저고요. 하지만 서로 협력할 수 없으니 작별 인사를 해야죠! 어서 가보시죠!"

데느리스는 두 여자 사이의 소파 위로 몸을 던져 아를레트 마졸의 손을 잡았다.

"아름다운 아를레트, 이제 진정이 되었으니 더 이상 주저하지 말고 당신에게 일어났던 일을 이야기해주십시오. 사소한 것 하나도 빼먹지 말고요."

아를레트가 주저하자 데느리스가 다시 덧붙였다.

"저 두 신사분에 대해서는 신경 쓸 필요 없습니다. 없다고 생각하세요. 이미 나간 셈 치십시오. 그러니 어서 이야기해봐, 아를레트. 갑자기 말을 놓는 이유는 벨벳보다 부드러운 당신의 볼을 내 입술로 애무했으니 이만하면 연인의 자격이 있어서 하는 말이야."

아를레트의 얼굴이 빨개졌다. 레진은 웃으면서 아를레트에게 어서 말을 해보라고 부추겼다. 대화 내용을 알고 싶었던 반 우뱅과 베슈는 밀랍 인형처럼 그 자리에 못 박힌 듯이 서 있었다. 아를레트는 자신은 물론 이 자리에 있는 그 누구도 맞설 수 없는 이 남자의 요청을 고분고분 따르며 이야기를 털어놓았다.

데느리스는 아무 말 없이 들었다. 레진은 가끔 맞장구를 쳐주었다.

"그래, 현관 계단은 여섯 개였지… 그래, 현관 바닥은 흑백 타일로 되어 있었어… 그리고 2층 정면에는 푸른색 비단으로 덮인 가구들이 있는 응접실이고."

아를레트의 말이 끝나자 데느리스는 뒷짐을 지고 방 안을 왔다 갔다 하다가 유리창에 이마를 대고 한참 생각에 잠겼다. 그러고는 마침내 잇새로 이렇게 말했다.

"어려워… 어려워… 하지만 빛이 조금 느껴져… 터널의 출구를 가리키는 희미한 빛이 느껴지기 시작했어."

데느리스는 다시 소파에 앉아 레진과 아를레트에게 말했다.

"두 사건 모두 비슷합니다. 과정도 비슷하고 범인들도 똑같지요. 범인 커플이 같은 인물임은 부인할 수 없습니다. 이 두 사건을 구별할 수 있는 차이점을 찾아내야 합니다. 그리고 확실한 단서를 이끌어내기까지 그 차이점을 끈질기게 분석해야 합니다. 하지만 곰곰이 생각해보니 당신들을 납치한 동기가 다른 것 같습니다."

데느리스는 잠시 말을 멈춘 후 웃기 시작했다.

"방금 말한 내용은 별것 아니거나 뻔한 사실일지도 모릅니다. 하지만 분명 말하지만 그것도 쉬운 일은 아닙니다. 상황이 갑자기 단순해지는군요. 레진의 경우는 반 우뱅을 울고불고하게 만든 다이아몬드 때문에 납치당한 것이 분명합니다. 베슈 반장이 이 자리에 있었다면 나와 같은 생각이었을 겁니다."

베슈는 한마디도 하지 않고 그다음 말을 기다렸다. 장 데느리스가 아를레트 쪽을 바라봤다.

"아를레트, 벨벳보다 부드러운 볼을 지닌 당신의 경우는 왜 납치를 당한 걸까? 당신이 손에 쥔 것은 한 줌도 되지 않을 텐데 말이야?"

데느리스가 말한 대로 벨벳보다 부드러운 볼을 가진 아를레트가 두 손바닥을 보여주었다.

데느리스가 큰 소리로 말했다.

"정말 빈털터리군. 그렇다면 당신에게서 뭔가를 빼앗기 위해 납치한 것은 아닌 것 같고 유일한 동기는 사랑, 복수 혹은 당신이 도움이 되거나 방해가 되는 어떤 계획을 실행하기 위한 것이라 볼 수 있지. 내가 무례해도 용서해요. 아를레트, 솔직히 대답해줘. 지금까지 누군가를 사랑해본 적 있어?"

"없는 것 같아요."

"사랑을 받아본 적은?"

"모르겠어요."

"하지만 누군가 추근거린 적은 있지 않아? 피에르라든지 필립이라든지."

아를레트가 순진하게 반박했다.

"아뇨, 옥타브와 자크였어요."

"그 옥타브와 자크는 성실한 남자들인가?"

"그래요."

"그렇다면 음모에 가담할 리는 없겠군?"

"그럴 리가 없죠."

"그렇다면?"

"그렇다면 뭐요?"

데느리스는 부드러우면서도 압도적인 태도로 아를레트 쪽으로 몸을 기울이고 중얼거렸다.

"잘 생각해봐, 아를레트. 겉으로 보이는 사건을 기억하라는 게 아냐. 당신에게 깊은 영향을 준 사람들, 당신이 사랑하거나 사랑하지 않는 사람이 아니라 머릿속을 어렴풋이 스치며 잊어버리게 되는 그런 일들을 생각해보라고. 뭔가 특별한 것, 남다른 것이 기억나지는 않나?"

아를레트가 미소를 지었다.

"아뇨, 아뇨… 전혀요…."

"있을 거야. 아무 이유 없이 당신을 납치했을 리가 없잖아. 분명히 사전 준비가 있었을 거야. 당신이 모르는 새에 나타났을 거고… 잘 생각해봐."

아를레트는 온 힘을 집중했다. 데느리스가 요구하는 대로 잠자고 있는 기억을 끄집어내기 위해 애를 썼다. 데느리스가 자세하게 방향을 유도해주었다.

"누군가 주위에 어슬렁대는 것을 느낀 적은 없었어? 알 수 없는 것과 접했을 때처럼 불안감으로 떨었던 적 있어? 실제 위험이 아니라 애매모호한 위협을 말하는 거야. 예를 들어 '이런… 뭐지? 무슨 일이지? 어떻게 되어가는 거야?' 같은 것 말이야."

아를레트의 얼굴이 약간 찌푸려졌다. 그 눈이 어느 한 점을 뚫어지게 바라봤다. 데느리스가 외쳤다.

"그래! 그거야. 아! 베슈와 반 우뱅이 이 자리에 없어 유감이군… 설명해줘, 나의 아를레트."

아를레트가 생각에 잠긴 얼굴로 말했다.

"하루는 어느 남자가…."

장 데느리스는 첫마디부터 흥분해서는 아를레트를 소파에서 일으켜 함께 춤추기 시작했다.

"드디어! 동화처럼 시작이 되는 거지. 하루는 이런 일이 있었다… 이런! 당신 멋져, 부드러운 볼을 가진 아를레트! 그래서 당신의 그 남자가 어쨌다는 거지?"

아를레트가 다시 소파에 앉아 차분한 목소리로 말을 이었다.

"3개월 전, 어느 날 오후에 그 남자가 여동생과 함께 온 적이 있었어요. 패션쇼를 보기 위해 사람들이 많이 왔었죠. 그때는 별로 관심 있게 보거나 하지는 않았어요. 그런데 동료가 내게 '저기, 아를레트, 너 한 건 한 것 같아. 멋진 남자가 널 뚫어지게 바라보고 있어. 지배인 말로는 사회사업을 하는 남자래. 너 돈 구하고 있는 참인데 마침 잘됐다'라고 했죠."

데느리스가 끼어들었다.

"돈을 구하고 있었다고?"

"친구들이 놀리려고 농담하는 거예요. 작업실을 지원하고 모델들 결혼 지참금을 위해 회사를 세우고 싶다는 꿈을 이야기한 적이 있어서요. 어쨌든 키 큰 신사 한 분이 출구에서 날 기다리다가 따라오고 있어서 잘 구워삶을 수도 있다고 생각했어요. 그런데 지하철역에서 그 사람이 걸음을 멈췄어요. 그다음 날에도 같은 수법이었고 며칠 동안 계속 그랬어요. 헛물켠 거죠. 그리고 일주일 후에 그 신사는 더 이상 보이지 않았어요. 며칠이 지나고 어느 날 저녁…."

"어느 날 저녁…?"

아를레트가 목소리를 낮추었다.

"가끔 집에서 저녁을 먹고 집안일을 끝낸 다음 외출해서 몽마르트르 언덕 꼭대기에 사는 친구를 만나러 가곤 해요. 친구 집에 도착하기 전에 아주 컴컴한 골목으로 돌아가게 되어 있어요. 밤 11시에 집으로 돌아올 때쯤에는 아무도 없어요. 그런데 바로 그곳에서, 마차가 드나드는 정문에서 어떤 남자의 그림자를 세 번이나 연달아 봤어요. 두 번째까지는 움직이지 않다가 세 번째에는 튀어나와 내 길을 가로막는 거였어요. 전 소리를 지르고 달아나기 시작했어요. 남자는 더 이상 쫓아오지 않았고요. 그 후로 그 길로는 가지 않아요. 이게 다예요."

아를레트는 아무 말도 하지 않았다. 베슈와 반 우뱅은 이 이야기에 별로 관심이 없는 것 같았다. 하지만 데느리스는 아를 레트에게 질문을 던졌다.

"이 두 가지 사소한 이야기를 털어놓는 이유는 뭐지? 그 두 가지 이야기 사이에 연관성이 있나?"

"예."

"그게 뭐지?"

"날 엿보다가 쫓아왔던 남자가 처음에 절 따라다녔던 남자라고 생각하거든요."

"그렇게 생각하는 이유는?"

"몽마르트르 언덕에서 만난 남자가 밝은색 계통의 반장화를 신고 있는 걸 봤거든요."

장 데느리스가 흥분하며 외쳤다.

"처음에 당신을 쫓아왔던 신사도 같은 반장화를 신었다는 거야?"

"예."

반 우뱅과 베슈는 당황한 눈치였다. 레진도 어쩔 줄 몰라 하며 물었다.

"아를레트, 오페라극장에서 날 납치한 남자도 그런 반장화를 신었는데, 생각나는 것 없나요?"

"사실… 사실…. 거기까지 생각 못 했어요."

"아를레트를 납치했던 남자… 어제의 남자… 가짜 브리쿠 박사 말이에요…."

"그래요, 솔직히 비교하지를 않았어요… 갑자기 자세히 기억이 난 거죠."

"아를레트, 마지막으로 한 번 더 노력해봐요. 그 남자 이름은 아직 말하지 않았는데… 아는 남자입니까?"

"예."

"이름이?"

"멜라마르 백작."

레진과 반 우뱅은 몸을 떨었다. 장은 놀라는 표정을 애써 참았다. 베슈는 어깨를 으쓱했고 반 우뱅은 이렇게 외쳤다.

"말도 안 돼! 아드리앵 드 멜라마르 백작… 척 보면 아는 사람이라고! 자선 위원회에서 가까이 앉은 적도 있으니까. 악수를 한다면 황송할 정도의 완벽한 신사라고! 멜라마르 백작이 다이아몬드 도둑이라니!"

아를레트가 끼어들었다.

"하지만 멜라마르 백작이 범인이라는 뜻은 아니에요. 단지 이름을 말한 것뿐이라고요."

레진이 힘주어 말했다.

"아를레트 말이 맞아요. 질문을 받았으니 대답을 하는 거죠. 하지만 백작과, 그리고 함께 사는 여동생에 대해 세상 사람들이 아는대로, 멜라마르 백작은 길에서 아를레트를 엿보거나 아를레트와 날 납치할 사람은 아니에요. 분명히요."

"멜라마르 백작은 밝은색 반장화를 신습니까?"

"모르겠어요… 그런 것 같은데… 가끔…."

반 우뱅이 분명히 말했다.

"거의 늘 신지요."

반 우뱅의 말 뒤에 침묵이 흘렀다. 반 우뱅은 말을 이었다.

"뭔가 오해가 있겠죠. 다시 한 번 말하지만, 멜라마르 백작은 완벽한 신사입니다."

데느리스가 말을 툭 던졌다.

"그럼, 백작을 만나보시죠. 반 우뱅 씨, 경찰인 친구가 있지 않습니까, 베슈 반장이라고? 베슈 반장과 함께라면 들여보내 줄 겁니다."

베슈가 발끈했다.

"아니, 그런 사람들 집에 들어갈 수 있다고 봅니까? 영장도, 정식 고소도, 사전 조사도 없이 지금 들은 멍청한 말들을 질문하라는 겁니까? 그래요, 바보 같은 질문 말입니다. 30분 동안 들은 이야기들은 모두 바보 같은 얘기들뿐이군요."

데느리스가 중얼거렸다.

"저런 멍청이와 굴렁쇠 놀이를 했다니! 정말 후회되는군!"

데느리스는 레진 쪽으로 고개를 돌렸다.

"죄송한데, 전화번호부를 보고 아드리앵 드 멜라마르 백작 번호로 통화를 부탁해주겠습니까? 베슈 선생 없이 할 수 있을 겁니다."

데느리스는 자리에서 일어났다. 잠시 후 레진 오브리가 데느리스에게 수화기를 건네주었다.

"여보세요! 멜라마르 백작의 댁이죠? 데느리스 자작이라고 합니다… 멜라마르 백작 본인이십니까? 실례해서 죄송합니다만 2~3주 전에 신문에서 광고를 보았습니다. 백작님이 도둑맞은 물건들을 찾는 광고를 내셨더군요. 핀셋 손잡이, 은제 촛농받이, 자물쇠 부속품, 푸른색 비단으로 된 초인종 손잡이의 띠

반쪽… 평범한 것들이지만 백작님에게는 특별히 소중한 것들이라고… 제가 잘못 알고 있는 것은 아니죠… 괜찮으시면 찾아뵙고 싶습니다. 이에 대해 유용한 정보를 드릴 수 있을 것 같군요… 오늘 2시요(앞서 이 모임이 오후 2시에 열린 것으로 보아 작가의 시간 오류로 보임 – 옮긴이)? 좋습니다… 아! 한 말씀만 더 드리겠습니다. 여성 두 분과 함께 찾아뵈어도 괜찮을까요? … 두 여성분의 방문 이유는 찾아뵙고 설명을 드리겠습니다. 정말 친절하시군요. 감사합니다."

데느리스가 전화를 끊었다.

"베슈 선생이 있었다면 언제든 남의 집을 방문할 수 있다는 것을 보게 될 텐데 말입니다. 레진, 전화번호부에서 백작의 주소는 본 거죠?"

"뒤르페가 13번지."

"그럼, 생제르맹 외곽이군."

레진이 물었다.

"그 물건들은 어디에 있는 거죠?"

"내가 갖고 있습니다. 광고가 실린 날, 전부 샀습니다. 기껏해야 13프랑 50상팀의 헐값으로."

"그렇다면 왜 백작에게 물건들을 돌려주지 않은 거죠?"

"멜라마르라는 성에서 뭔가가 생각나 혼란스러웠기 때문입니다. 19세기에 '멜라마르 사건'이라 불렸던 사건이 있었습니다. 당시에는 조사할 시간이 없었습니다. 하지만 조만간 사건의 전모가 밝혀지게 될 겁니다. 레진, 아를레트. 2시 10분 전까지 팔레 부르봉 광장으로 나오십시오. 오늘 모임은 여기까지."

정말로 유익한 모임이었다. 30분 만에 데느리스는 주변 공간을 정리하고 어떤 문을 어떤 문을 두드려야 할지 안 것이나 다름없었다. 그림자 속에서 윤곽이 드러난 것이다. 문제가 좀 더 정확하게 제기되었다. 이번 사건에서 멜라마르 백작의 역할은 무엇인가?

레진은 아를레트를 붙잡고 점심을 하자고 했다. 데느리스는 반 우뱅과 베슈가 자리를 뜬 지 1~2분 만에 자리를 떴다. 하지만 3층 층계참에서 베슈가 갑자기 흥분한 듯 반 우뱅의 윗도리 옷깃을 붙잡는 모습을 보았다.

"안 됩니다. 분명 재앙으로 이르는 길을 따라가는 것인데 그대로 놔둘 수는 없습니다. 아뇨! 반 우뱅 씨가 사기꾼의 제물이 되는 것을 바라지 않습니다. 저자가 어떤 사람인지 압니까?"

데느리스가 앞으로 나섰다.

"내 이야기를 하는 것이겠죠, 분명. 베슈 선생이 비밀을 털어 놓으려 하는 거군요."

데느리스는 명함을 꺼내며 반 우뱅에게 말했다.

"항해사 장 데느리스 자작입니다."

베슈가 외쳤다.

"말도 안 돼! 댁은 데느리스 자작도, 항해사도 아냐."

"친절하시군요, 베슈 선생. 그럼 도대체 내가 누구란 말입니까?"

"당신은 짐 바르네트야! 짐 바르네트라고! …변장해봐야 소용없어. 가발을 쓰지 않고 낡은 프록코트를 입지 않았다 해도, 사교계 인사와 스포츠맨의 모습을 하고 있어도 그 뒤에 숨겨진

정체는 알아볼 수 있어. 당신이 맞아! 짐 바르네트 탐정 사무소의 짐 바르네트. 열두 번 협력한 나를 골탕 먹인 짐 바르네트. 지긋지긋해. 사람들이 자네에게 속지 않도록 알려주는 것이 내 의무지. 반 우뱅 씨, 저 사람에게 넘어가서는 안 됩니다!"

당황한 반 우뱅은 여유 있게 담배에 불을 붙이는 장 데느리스를 바라보며 물었다.

"베슈 반장의 말이 사실인가요?"

데느리스가 미소를 지었다.

"글쎄요… 잘 모르겠습니다. 데느리스 자작이라는 내 신분증 서류는 조작된 것이 맞습니다. 하지만 친한 친구였던 짐 바르네트의 이름으로 된 서류를 갖고 있지 않다고 확신할 수도 없어서요."

"그렇다면 모터보트를 타고 세계 일주를 하긴 한 겁니까?"

"아마도요. 기억이 가물가물해서요. 그게 반 우뱅 씨에게 무슨 소용이 있습니까? 다이아몬드를 되찾는 일이 중요하죠. 저 경찰의 말대로 내가 바르네트라면 성공은 보장된 거죠, 친애하는 반 우뱅 씨."

베슈가 으르렁거렸다.

"반 우뱅 씨, 또 한 번 도둑맞을 겁니다. 그래요, 성공하겠죠. 그래, 우리가 함께 협력한 열두 번의 경우에 바르네트는 문제를 해결했고, 범인을 잡았고, 도난당한 물건을 찾았지만 되찾은 도난품의 일부 혹은 전부를 가로채 갔습니다. 예, 저자는 반 우뱅 씨의 다이아몬드를 찾아줄 겁니다. 하지만 반 우뱅 씨의 코앞에서 전부 가로챌 겁니다. 분명 그렇습니다. 저자는 이미 반 우뱅 씨에게 마수를 뻗쳤고 반 우뱅 씨는 꼼짝도 못하고 있죠. 저자가 반 우뱅 씨를 위해 일하는 것으로 보이는 것은 아니겠죠? 저자는 자신을 위해서 일합니다! 짐 바르네트이건 데느리스건, 신사건 탐정이건, 항해사건 도둑이건, 저자의 유일한 관심은 이익을 어떻게 불리느냐입니다. 저자를 이번 수사에 참여시킨다면 반 우뱅 씨의 다이아몬드는 영영 못 찾게 됩니다."

반 우뱅이 발끈했다.

"아, 됐어요! 그만해요. 그렇다면 이쯤에서 그만둡시다. 내 다이아몬드를 되찾고도 빼앗기게 된다면 그만두는 게 낫죠! 데느리스, 당신 일에나 신경 쓰십시오. 내 일은 내가 알아서 할 테니까요."

데느리스가 웃기 시작했다.

"그런데 지금은 내 일보다 반 우뱅 씨의 일이 더욱 흥미롭습니다."

"내가 허락하지 않습니다…."

"무엇을 허락하지 않는다는 겁니까? 누구나 다이아몬드 사건에 관심을 가질 수 있습니다. 잃어버린 다이아몬드니까요. 나도 다른 사람처럼 다이아몬드를 찾아볼 권리가 있습니다. 반 우뱅 씨라고 어떻게 막을 수 있습니까? 이 모든 사건이 정말로 흥미롭습니다. 그리고 사건에 얽힌 여성들도 너무나 아름답고요! 레진, 아를레트! 매력적인 여성들이죠… 솔직히 말해 반 우뱅 씨의 다이아몬드를 손에 넣기 전까지는 이번 판을 포기하지 않을 겁니다!"

베슈도 화를 내며 으르렁거렸다.

"나도 당신을 잡아 가두기 전까지는 이 판을 떠나지 않을 거라고, 짐 바르네트."

"그럼, 재미있어지겠군요. 그럼 이만, 친구들. 행운을 빕니다. 또 혹시 알아요? 언젠가 또 만나게 될지."

데느리스는 담배를 문 채 경쾌한 걸음걸이로 멀어져갔다.

아를레트와 레진은 데느리스가 기다리고 있는 조용하고 아담한 팔레 부르봉 광장에서 도착해 차에서 내렸다. 두 여자의 얼굴이 창백했다.

레진이 데느리스에게 말했다.

"말해보세요, 데느리스. 설마 그 멜라마르 백작이 우리를 납치했다고 생각하고 있는 것은 아니죠?"

"왜 그런 질문을 하는 겁니까, 레진?"

"모르겠어요… 그냥 예감이 좀 무서워요. 아를레트도 마찬가지일 거예요. 안 그래요, 아를레트?"

"그래요. 가슴이 조여드는 것 같아요."

"그래서요? 설령 두 사람이 의심하는 범인이 그자라 해도 그 사람이 당신들을 잡아먹기라도 할까 봐요?"

오래된 뒤르페 거리가 가까이 있었고 주변은 18세기 스타일의 오래된 저택들이 늘어서 있었다. 박공벽에는 역사적인 이름들이 새겨져 있었다. 드 라로슈페르테 저택… 두르프 저택… 우중충한 외관, 낮은 중이층十二層, 높은 마차 출입구, 포석이 허술하게 깔린 안마당 깊숙한 곳에 있는 본채 건물, 저택들은 하나같이 비슷하게 생겼다. 멜라마르 저택도 다르지 않았다.

데느리스가 초인종을 누르려 할 때 택시 한 대가 도착하더니 반 우뱅과 베슈가 서두르며 차례로 내렸다. 두 사람 모두 겸연쩍으면서도 거만한 표정을 하고 있었다.

데느리스가 팔짱을 끼며 씩씩거렸다.

"정말 얼굴이 두껍군, 저 두 사람 말이야! 한 시간 전만 해도 날 내팽개치더니 지금은 우리에게 달라붙는군!"

데느리스는 등을 돌리며 초인종을 눌렀다. 1분쯤 지나 문짝이 하나 열리면서 짧은 바지에 기다란 갈색 옷을 입은 허리가 잔뜩 굽은 노인이 나타났다. 데느리스가 이름을 대자, 이렇게 말했다.

"백작님께서 선생님을 기다리고 계십니다. 괜찮으시다면 저쪽으로…."

노인은 마당의 맞은편에 있는 차양에 가려진 중앙 계단을 가리켰다. 갑자기 레진이 휘청대며 중얼거렸다.

"여섯 개의 계단… 여섯 개의 현관 계단."

아를레트도 떨리는 목소리로 중얼거렸다.

"그래요, 여섯 계단… 똑같은 계단… 똑같은 안마당… 말도 안 돼! 여기예요! …여기."

# 4
# 형사 베슈

데느리스는 두 여자의 팔꿈치 아래를 붙잡아 일으켜 세웠다.

"이런, 진정해요! 처음부터 그렇게 비틀대면 아무것도 할 수 없습니다."

늙은 집사는 조금 앞서 가면서 길을 안내했다. 한편 베슈와 함께 안마당으로 들어간 반 우뱅은 베슈의 귀에 대고 속삭였다.

"음! 냄새가 나는군. 이곳에 잘 온 겁니다! 다이아몬드를 지켜야 합니다… 데느리스에게서 눈을 떼지 말아요."

데느리스 일행은 울퉁불퉁한 큰 포석이 깔린 안마당을 지났다. 다른 이웃 저택들의 벽이 창문 하나 없이 썰렁하게 좌우를 둘러싸고 있었다. 안쪽으로 높은 창문틀이 있는 저택이 그 웅장한 모습을 드러냈다. 모두 여섯 개의 계단을 올랐다.

레진 오브리가 더듬거렸다.

"바닥 타일까지 흑백으로 되어 있다면 현기증이 날 것 같아."

데느리스가 말했다.

"이런!"

타일은 흑백으로 되어 있었다.

하지만 데느리스가 때마침 두 여자의 팔을 단단히 잡은 덕에 레진과 아를레트는 후들거리는 다리로 겨우 자세를 유지할 수 있었다.

데느리스가 웃으면서 말했다.

"이런, 이러면 아무것도 안 됩니다."

레진이 중얼거렸다.

"계단의 양탄자도 똑같아요."

아를레트가 신음하듯 중얼거렸다.

"정말… 똑같아요…. 층계 난간도 똑같고…."

데느리스가 말했다.

"그래서요?"

"응접실까지 우리가 본 것과 똑같다면…?"

"그곳으로 가는 것이 중요합니다. 만일 백작이 범인이라면 우리를 응접실로 안내하려 하지 않을 겁니다."

"그러면요?"

"억지로라도 갈 수 있는 상황을 만들어야죠. 아를레트, 용기를 내요. 절대 입을 뻥긋해선 안 돼요!"

바로 그때, 아드리앵 드 멜라마르 백작이 손님들을 맞으러 왔고 서재로 사용하는 루이 16세풍의 방으로 안내했다. 1층에 있는 서재는 마호가니 나무로 만든 가구들로 장식되어 있었다. 멜라마르 백작은 마흔다섯 살 정도 되어 보였고 머리가 희끗했으며 몸집이 어느 정도 있었는데, 호감 가는 얼굴은 아니었다. 백작의 눈빛은 순간적으로 흔들리며 애매모호한 느낌을 주어 다른 사람들을 조금 당황스럽게 했다.

멜라마르 백작은 레진에게 인사를 했고 아를레트를 보자 살짝 몸을 떨었지만 곧바로 예의를 차렸다. 신사적인 겉치레가 있는 예의였다. 장 데느리스는 자기소개를 했고 레진과 아를레트를 소개했다. 하지만 베슈와 반 우뱅에 대해서는 한마디도 하지 않았다.

반 우뱅이 좀 더 과장해 허리를 숙이고는 고상한 척을 하며 말했다.

"보석상 반 우뱅입니다… 오페라극장에서 다이아몬드를 도둑맞은 반 우뱅이죠. 이쪽은 저를 돕는 베슈 씨입니다."

백작은 생각지 못한 방문객인 반 우뱅과 베슈에 대해 놀라는 것 같았지만 내색은 하지 않았다. 백작은 인사를 하고 기다렸다.

반 우뱅, 오페라의 다이아몬드, 베슈, 이 모든 것이 백작에게는 전혀 의미가 없어 보였다.

완전히 침착해진 데느리스는 당황한 기색 없이 말을 시작했다.

"우연이 일을 만들기도 합니다. 사실 작은 도움을 드리고자 이곳을 방문하기로 한 오늘, 명사 인명록을 훑어보다가 백작님과 제가 친척 관계라는 것을 알게 되었습니다. 수르댕 출신인 저희 외증조모께서 멜라마르 생통즈 가문의 분파 가문 쪽 한 분과 결혼을 하셨더군요!"

백작의 얼굴이 밝아졌다. 족보 이야기에 대해 관심을 갖는 것 같았다. 백작은 데느리스와 대화를 하며 친척으로서의 연대감이 생겨났다. 레진과 아를레트도 원래의 기운과 정신을 조금씩 찾아갔다. 반 우뱅이 조그만 소리로 베슈에게 속삭였다.

"뭐지, 멜라마르 가문에 붙으려고 하는 것 같군요!"

베슈가 으르렁거렸다.

"저자가 멜라마르 가문 사람이라면 난 교황의 후손일 겁니다."

"저런 식이라면 저 사람, 보통이 아니군!"

"이제 시작일 뿐입니다."

데느리스는 점점 더 대담하게 나오고 있었다.

"백작님의 인내심을 너무 이용하고 있는 것 같군요. 친척 간 아닙니까. 괜찮다면 본론으로 들어가 어떤 우연으로 인해 여기까지 오게 되었는지 말씀드리겠습니다."

"부디 말씀해주시지요, 선생."

"어느 날 아침 지하철 안에서 신문을 읽다가 백작님이 실은 광고를 보게 되었습니다. 조판도 인상적이었지만 찾는다는 물건이 너무 사소한 것들이라 놀랐습니다. 푸른색 띠 조각, 자물쇠 부속품, 촛농받이, 핀셋 손잡이 등 신문에 광고까지 내며 찾기에는 이해가 잘 가지 않는 물건들이었습니다. 잠시 후 더 이상 그 일은 생각하지 않았습니다. 어떤 일이 계기가 되지 않았다면 계속 그랬을 겁니다…."

데느리스는 잠시 호흡을 고르더니 말을 이었다.

"벼룩시장을 아시겠죠. 여러 잡동사니가 뒤죽박죽 재미있게 섞여 있는 시장입니다. 거기서 꽤 좋은 물건을 발견할 때가 많았죠. 벼룩시장을 둘러보는 걸 후회하지 않을 정도입니다. 예를 들어, 그날 아침에는 옛날 루앙에서 사용하던 질그릇 성수

반을 발견했는데 금이 가고 깨진 것을 땜질한 상태지만 스타일은 여전히 멋졌습니다… 수프 그릇… 골무 한 개… 귀한 물건들을 얻었습니다. 그런데 문득 도로의 포석 위에서 대충 쌓여 있는 잡동사니 가운데 띠 조각이 눈을 사로잡았습니다… 그래요, 친척 양반. 낡고 바랜 푸른색 비단으로 된 초인종 손잡이 띠였습니다. 그 옆에는 자물쇠 부속품, 은으로 된 촛농받이가 있었습니다…."

멜라마르의 태도가 갑자기 변했다. 매우 흥분하면서 소리친 것이다.

"그 물건들이 맞습니다! 이럴 수가! 내가 찾던 물건들이죠! 어디에 있습니까? 어떻게 하면 찾을 수 있나요?"

"내게 그냥 부탁하면 됩니다."

"뭐라고요? …그것들을 구입한 겁니까? 얼마예요? 그 두 배, 세 배로 값을 드리겠습니다! 제발…."

데느리스가 백작을 진정시켰다.

"그냥 드리죠. 전부 합해서 13프랑 50상팀에 샀으니까요!"

"집에 있습니까?"

"여기 내 주머니에 있습니다. 아까 집에 들러서 가져왔죠."

멜라마르 백작은 주저하지 않고 손을 내밀었다.

장 데느리스가 쾌활하게 말했다.

"잠깐만요. 작은 보상은 받고 싶습니다…. 오! 아주 작은 겁니다. 원래 호기심이 아주 많아서 그렇습니다만… 이 물건들이 원래 있던 자리를 보고 싶습니다. 왜 이 물건들에게 큰 애착을 보이시는지도 궁금하고요."

백작은 망설였다. 엉뚱한 부탁이라 의심이 들었던 것이다. 하지만 굳이 망설일 필요도 없지 않은가! 마침내 백작이 대답했다.

"어려울 것 없죠, 선생. 나를 따라 2층 응접실로 가시죠."

데느리스는 레진과 아를레트에게 이런 메시지를 담은 눈짓을 보냈다.

'봐요… 두드리면 열립니다.'

그러나 데느리스가 보니 레진과 아를레트의 표정은 굳어져 있었다. 이 두 여자에게 응접실은 공포를 안겨준 두려운 장소였다. 그곳에 다시 간다는 것은 기억 속의 두려움을 눈으로 직접 확인하게 되는 일이었다. 반 우뱅도 이해하고 있었다. 새로운 단계를 밟게 되리란 사실 말이다. 한편, 베슈 반장도 흥분했다. 베슈는 백작의 뒤를 바짝 따랐다.

백작이 말했다.

"실례합니다. 이쪽으로 가시죠."

모두 서재를 나와 현관의 타일 바닥을 밟고 지나갔다. 층계를 따라 발소리가 울려 퍼졌다. 레진은 올라가면서 계단을 세기 시작했다. 스물다섯… 스물다섯! 정확히 같은 숫자였다. 레진은 이번에는 진짜로 심각한 현기증이 일어 비틀댔다.

모두 서둘러 주위로 달려들었다. 무슨 일이지? 어디 아픈 건가?

레진이 눈을 감고 중얼거렸다.

"아뇨, 아니에요… 그냥 어지러워서… 죄송해요."

백작이 응접실 문을 밀며 말했다.

"앉으셔야겠습니다."

반 우뱅과 데느리스가 레진을 소파에 앉혔다. 이번에는 아를레트가 들어와 응접실 안을 보더니 비명을 질렀고 빙그르 돌면서 안락의자에 털썩 주저앉았다.

모두 놀라며 한바탕 소동이 일었다. 뭔가 우스꽝스러운 소동이었다. 모두 정신없이 왼쪽, 오른쪽으로 돌았다. 백작이 누군가를 불렀다.

"질베르트! …게르트루드! …빨리! 각성제… 각성제. 프랑수아, 게르트루드를 부르게."

가장 먼저 온 프랑수아는 이곳 저택을 관리하는 집사였는데, 아내 게르트루드와 함께 저택의 단 둘뿐인 하인인 듯했다. 게르트루드 역시 프랑수아만큼 나이가 들었으나 주름은 더 많았다. 게르트루드는 프랑수아를 뒤따라왔다. 이어서 질베르트라 불린 여인이 들어왔다. 백작이 질베르트에게 외쳤다.

"여기 두 여성분들께서 몸이 불편하신 것 같아."

질베르트 드 멜라마르(이혼을 하면서 다시 가족의 성으로 불렸다)는 키가 크고 갈색 머리카락에 거만한 인상이었고, 아직은 젊고 단정한 얼굴이었지만 옷차림과 태도는 조금 고리타분하게 느껴졌다. 오빠보다 더 부드러워 보이기는 했다. 매우 아름다운 검은 눈동자에는 진지한 표정이 감돌았다. 데느리스는 질베르트가 자주색 바탕에 검은색 벨벳 줄무늬 옷을 입고 있는 것을 눈여겨봤다.

눈앞에 보이는 광경이 매우 희한해 보였을 텐데도 질베르트는 침착함을 유지했다. 질베르트는 아를레트의 이마를 화장수로 씻어낸 다음 게르트루드에게 아를레트를 돌봐달라고 했다. 그리고 반 우뱅이 곁에서 호들갑을 떨고 있는 레진에게 다가왔다. 장 데느리스는 예상했던 사태를 가까이서 보기 위해 반 우뱅을 밀어냈다. 질베르트 드 멜라마르는 레진 쪽으로 몸을 숙여 물었다.

"어떠세요? 그렇게 심각한 건 아니죠? 기분이 어떠신가요?"

질베르트는 각성제병을 레진의 코에 가져갔다. 레진은 눈을 뜨기 시작했고 질베르트, 그리고 질베르트가 입은 자주색 바탕에 검은색 벨벳 무늬의 드레스와 여자의 손을 바라보더니 갑자기 공포에 잔뜩 질려 비명을 지르며 몸을 일으켰다.

"반지! 진주알 세 개! 내 몸에 손대지 말아요! 그날 밤에 본 여자군요! 그래, 당신이야… 그 반지 기억나… 당신 손도 기억나고… 이 응접실… 푸른색 비단으로 감싼 저 가구들… 바닥… 벽난로… 태피스트리… 등받이 없는 마호가니 의자… 아! 날 내버려 둬요, 내 몸에 손대지 말라고요."

레진은 알아들을 수 없는 말을 몇 마디 더 중얼거리더니 처음처럼 비틀거리다가 다시 기절했다. 정신이 든 아를레트도 역시 지난번 자동차에서 본 여자의 뾰족한 구두코를 알아보고 추시계에서 나는 날카로운 금속성 소리를 듣자 신음하듯 말했다.

"아! 저 소리, 똑같아, 그때 그 여자야… 무서워!"

레진과 아를레트가 너무 공포에 떨자 아무도 움직이지 않았다. 제삼자가 봤다면 피식 웃을 만큼 통속극의 한 장면 같은 광경이었다. 실제로 장 데느리스도 가느다란 입술을 살짝 히죽이며 상황을 즐기고 있었다.

반 우뱅은 데느리스와 베슈에게 차례로 어떻게 생각하냐고
물었다. 베슈는 아무 말 못 하고 가만히 서 있는 백작 남매를 유
심히 바라봤다.

"이게 다 무슨 소리입니까? 반지라뇨? 이 여성분이 헛것을
보시는 것 같습니다."

백작의 중얼거림에 데느리스가 끼어들어 이 모든 소동이 별
것 아니라는 듯 가볍게 말했다.

"친척 양반, 말 한번 잘했습니다. 내 친구인 이 두 여성분들
은 발작 증세를 동반한 열병 같은 것을 앓고 있어서 알 수 없는
소리를 할 때가 있습니다. 여기 오기 전에 알려드렸듯이 설명
을 하려고 했습니다. 시간 좀 주시겠습니까? 우선 내가 수집한
물건들에 대한 궁금증부터 해결하고요."

멜라마르 백작은 즉각 대답을 하지는 않았다.

대신 노골적으로 불안이 섞인 당황스러움을 드러냈고 말끝
을 흐리며 중얼거렸다.

"이게 무슨 일이지? 이 상황을 어떻게 생각해야 하는 거야?
도대체 뭐가 뭔지….."

백작은 여동생을 한쪽으로 데려가더니 함께 뭔가를 열심히
이야기했다. 그런데 데느리스가 백작 쪽으로 다가가 엄지와 검
지로 작은 구리판을 들어 보였다. 날개를 펼친 나비 두 마리가
새겨져 있었다.

"여기 자물쇠 부속품이 있습니다. 이 책상 서랍 중 하나에 있
어야 할 자물쇠 같은데요? 나머지 두 개와 똑같이 생겨서요."

데느리스가 구리판을 직접 제 위치에 끼웠는데 안쪽의 뾰족한 부분 두 군데가 원래 있던 구멍과 딱 맞아 들어갔다. 그다음으로 데느리스는 주머니에서 푸른색 띠를 꺼냈다. 역시 구리로 된 초인종 손잡이에 매달렸던 띠였다. 데느리스는 끝이 잘린 푸른색 띠가 벽난로를 따라 길게 늘어진 곳으로 갔다. 역시나 띠가 잘려 나간 부분이 딱 들어맞았다.

"잘 되어가는군요. 그럼 이 촛농받이는 어디에 두어야 하지요?"

멜라마르 백작이 무뚝뚝하게 대답했다.

"저기 가지 달린 장식 촛대의 촛농받이입니다. 여섯 개가 있었지만 지금은 보시다시피 다섯 개뿐입니다… 모두 똑같죠. 이제 핀셋 손잡이만 남았군요. 그것도 맞춰보면 거기에서 빠져나온 것이라는 사실을 알게 될 겁니다."

장은 마치 주머니에서 끝없이 뭔가를 꺼내는 마술사처럼 말했다.

"여기 있습니다. 친척 양반, 이제 약속을 지켜야죠? 왜 이런 별것 아닌 물건들이 그토록 소중한지, 왜 이 물건들이 제자리를 떠나 있었는지를 말씀해주십시오."

데느리스가 마술처럼 보여준 행동 때문이었는지 백작은 마음이 차분해진 듯했다. 백작은 레진의 날카로운 반응과 아를레트의 겁에 질린 소리도 잊은 듯 짧게 대답했는데, 마치 해괴한 부탁을 하는 귀찮은 존재를 떨쳐내려는 듯했다.

"선조에게서 물려받은 것은 전부 애착이 갑니다. 말씀하셨듯이, 하찮게 보이는 물건들이라도 저와 여동생에게는 최고의 진귀한 물건들보다 신성한 것들입니다."

설명은 그럴듯했다. 장 데느리스는 계속 물었다.

"그렇다면 애착을 가질 만하군요. 나도 가문의 추억이 얼마나 귀한지는 아주 잘 아니까요. 그런데 이 물건들은 어쩌다가 사라진 겁니까?"

"모르겠습니다. 어느 날 아침 이 촛농받이가 없어졌다는 것을 깨달았습니다. 여동생과 집 안을 샅샅이 찾아봤습니다. 그런데 자물쇠 부속, 초인종 손잡이 띠, 핀셋도 없어졌더군요."

"도둑인가요?"

"물론 도둑이 든 겁니다. 한 번에 털어간 거죠."

"이런! 저 사탕 그릇, 세밀화, 추시계, 은제품처럼 값이 나가는 물건들도 있는데… 굳이 더 보잘것없는 물건을 선택한 이유는 무엇일까요?"

"모르겠습니다."

백작은 같은 말을 무뚝뚝하게 되풀이했다. 질문들도 성가신 데다가 방문의 목적도 뚜렷하지 않아 보인 것이다.

"자, 친척 양반, 내가 왜 여기 두 여성분들을 여기에 모시고 왔는지, 왜 이 두 여성분들이 아까와 같은 반응을 보였는지 설명을 해드리겠습니다."

"괜찮습니다. 나와는 관계없는 일이니까요."

멜라마르 백작이 분명하게 말했다.

백작은 이런 상황을 서둘러 끝내려는 듯 문 쪽으로 움직였다. 그러나 앞을 막아선 베슈와 마주하게 되었다.

"백작님, 백작님과 관계가 있습니다. 몇 가지 문제는 지금 밝혀져야 합니다. 반드시 그래야 합니다."

웬만해서는 물러설 것 같지 않았다. 베슈가 갑자기 긴 팔을 뻗어 문을 가로막았기 때문이다.

백작이 큰 소리로 말했다.

"댁은 누구십니까?"

"치안국 소속 베슈 반장입니다."

멜라마르 백작은 그 자리에서 펄쩍 뛰었다.

"경찰이라고? 무슨 이유로 내 집에 들어온 겁니까? 여기에 경찰이! 멜라마르 저택에!"

"여기 와서 베슈라는 이름으로만 소개를 드렸지만 상황을 보고 들으니 제 반장이라는 직책을 알려드리지 않을 수 없었습니다."

멜라마르 백작이 얼굴 표정을 일그러뜨리며 더듬거렸다.

"무엇을 보고… 무엇을 들었단 말입니까? 선생, 내가 허락하지 않…"

베슈는 예의도 내팽개친 듯 통명스럽게 대답했다.

"상관없습니다."

백작은 다시 여동생에게 갔고 둘은 열띤 대화를 나눴다. 질베르트 드 멜라마르 역시 오빠 못지않게 흥분해 있었다. 두 사람은 심각한 공격을 감지한 사람들처럼 경계하는 태도로 서로 의지한 채 기다렸다.

반 우뱅이 데느리스에게 작은 목소리로 말했다.

"베슈 반장이 발동 걸렸군요."

"그렇군요. 점점 흥분하는 것처럼 보이기는 했습니다. 저 친구는 내가 잘 알죠. 두 눈을 감고 고집을 부릴 겁니다. 그다음에 갑자기 폭발하겠죠."

아를레트와 레진은 자리에서 일어나 데느리스를 방패막이로 삼듯 그 뒤에 서 있었다.

베슈가 입을 열었다.

"그리 오래 걸리지 않을 겁니다, 백작님. 몇 가지 질문에 솔직히 대답해주시길 바랍니다. 어제 몇 시에 댁에서 나와 외출했습니까? 멜라마르 부인도요."

백작은 어깨를 으쓱할 뿐 대답하지 않았다. 좀 더 융통성이 있어 보이는 백작의 여동생은 대답하는 것이 더 나을 것이라 판단한 것 같았다.

"오빠와 전 오후 2시에 외출했다가 차를 마시러 4시에 들어왔어요."

"그러고는요?"

"집에만 있었습니다. 저녁에는 전혀 외출하지 않거든요."

베슈가 빈정댔다.

"그건 또 다른 문제입니다. 제가 알고 싶은 것은 어제 8시에서 자정 사이에 여기에서 어떻게 시간을 보냈냐입니다."

멜라마르 백작은 화를 내며 거칠게 발을 굴렀고 여동생에게 입을 다물라고 눈치를 주었다. 베슈는 세상의 그 어떤 힘도 이두 사람의 입은 열 수 없을 거라는 사실을 깨달았다. 이런 확신이 들자 화가 치민 베슈는 더 이상 질문하지 않고 몰아붙였다. 절제하던 목소리는 점점 거칠어지고 떨렸다.

"백작님, 어제 백작님과 여동생분은 오후 내내 댁에 있지는 않았죠. 바로 몽타보르가 3-2번지 앞에 있었으니까요. 브리쿠 박사로 분해 어느 아가씨를 유인해 자동차에 태웠고 여동생분은 담요로 여자를 덮었습니다. 그리고 두 분은 그 여자를 이리로 데려왔죠. 여자는 탈출했습니다. 두 분은 여자를 찾아 거리로 달려갔지만 잡지를 못했습니다. 여기까지입니다."

백작이 입술을 일그러뜨리고 주먹을 쥐며 말했다.

"미쳤군요! 미쳤어! 이렇게 정신 나간 사람이 있나?"

"난 미치지 않았습니다!"

베슈가 소리쳤다. 베슈의 말은 점점 신파적인 장황한 어투가 되어갔는데, 그 천박하고 과장된 말투에 데느리스는 재미있어 했다.

"난 오직 진실만을 말합니다. 증거요? 증거야 주머니 안에 가득하죠. 댁이 아는 아를레트 마죌 양, 댁이 셰르니츠 양장점 입구에서 기다리고 있던 아를레트 마죌 양이 증언해줄 겁니다. 당시에 아를레트 양은 벽난로 위로 올라가 서가 위에 납작 엎드려 있었다고 합니다. 여기 도자기를 실수로 넘어뜨리기도 했고 마침내 창문을 열어 정원으로 지나갔다고 합니다. 아를레트 양은 어머니를 두고 맹세할 겁니다. 그렇죠, 아를레트 마죌 양, 어머니를 두고 맹세할 수 있죠?"

데느리스는 반 우뱅에게 귓속말을 했다.

"제정신이 아니군요. 자기가 뭔데 예심판사 노릇을 하는 겁니까? 정말로 한심한 예심판사로군요! 혼자서만 신나게 떠들고 있어요. 내가 하라고 할 때는 나서지 않고…."

베슈는 백작 앞에서 계속 소리를 질렀다. 백작은 눈이 휘둥

그레진 채 매우 당황한 표정이었다.

"이게 다가 아닙니다! 이게 다가 아니란 말입니다. 아직 멀었다고요! 또 있긴 합니다! 이 여성… 이 여성…(베슈는 레진 오브리를 가리켰다) 알고 있죠? 어느 날 저녁 오페라극장에서 납치당했던 여성입니다. 누구에게 납치를 당한 걸까요? 누구에게 이끌려 여기 응접실로 오게 되었을까요… 레진 양, 여기 가구들이 기억나죠? 안락의자들… 등받이 없는 걸상… 이 바닥… 누가 레진 양을 여기로 데리고 왔을까요? 누가 레진 양에게서 다이아몬드 가슴받이를 빼앗아갔을까요? 바로 멜라마르 백작 아니겠습니까? 그리고 그 여동생 질베르트 드 멜라마르… 증거요? 바로 진주 세 알이 박힌 저 반지입니다… 그 외에도 증거야 너무 많습니다. 결정은 검찰이 할 겁니다. 그리고 내 상관들이…"

베슈는 말을 끝맺지 못했다. 화가 머리끝까지 난 멜라마르 백작이 베슈의 목덜미를 붙들고 욕설을 해댔기 때문이다. 백작의 손에서 빠져나온 베슈는 뒤로 물러서서는 백작에게 주먹을 보이며 또다시 일방적인 의견을 줄줄 이야기했다. 주어진 사실들과 이 사건에서 자신이 맡은 역할에 자신감을 얻은 데다 상관과 대중들에게 주목받는다는 생각에 정신이 팔린 베슈는 데느리스가 말한 대로 제정신이 아닌 것처럼 보였다. 어느 순간 베슈도 자신이 너무 나갔다 싶었는지 말을 멈췄고 이마에 구슬처럼 맺힌 땀을 닦았다. 그러고는 갑자기 침착해져서 차분하게 말했다.

"제가 주제넘게 나선 부분도 있군요. 제 관할은 아니니 경찰청에 전화하겠습니다. 경찰청에서 지시가 내려올 때까지 기다려주십시오."

백작은 더 이상 스스로 방어할 수 없는 사람처럼 털썩 주저앉아 두 손으로 머리를 감쌌다. 하지만 질베르트 드 멜라마르는 베슈가 가는 길을 막아섰다. 질베르트는 어이없다는 표정을 지었다.

"경찰! 경찰이 여기로 올 거라고요? …이 저택에? 말도 안 돼… 말도 안 돼… 있을 수 없는 일이에요. 어떻게 이런 일이 있을 수 있지… 그럴 권리는 없어요… 이건 범죄라고요."

승리감에 취한 베슈는 갑자기 예의가 발라졌다.

"유감입니다, 멜라마르 부인."

하지만 질베르트는 베슈의 팔을 잡고 애원했다.

"제발요. 오빠와 나는 엄청난 오해의 희생자라고요. 오빠는 나쁜 짓을 할 줄 모르는 사람이에요… 제발요…."

베슈는 꿈쩍도 하지 않았다. 건넌방에 전화기가 있는 것을 봐두었던 베슈는 그리로 가 전화를 한 다음 돌아왔다.

상황은 빠르게 전개되었다. 점점 기고만장해진 베슈가 데느리스와 반 우뱅 앞에서 열심히 떠들어댔고 레진과 아를레트는 두려움과 동정이 섞인 눈으로 백작 남매를 바라봤다. 그러는 동안 30분이 흘러 치안국장이 형사들을 대동하고 나타났고 이어서 예심판사, 서기, 검사도 도착했다. 베슈의 전화가 효력을 발휘한 것이다.

간략한 조사가 이루어졌다. 늙은 하인 부부가 먼저 조사를 받았다. 하인 부부는 여기서 떨어진 숙소에 머물며 묵묵히 자신의 일만 하는 사람들이었다. 이들은 일이 끝나면 정원으로 통하는 방이나 주방으로 물러나 있었다.

하지만 레진과 아를레트의 증언이 워낙에 확실했기 때문에 단지 기억을 떠올리는 것만으로도 충분했다. 특히 아를레트는 탈출할 때 간 길에 대해 증언했는데 정원의 관목들과 담벽, 외딴 별채, 문이 있는 장소, 인적이 드문 거리로 통하는 또 다른 번잡한 거리를 정확하게 기억해서 묘사하고 있었다.

더구나 베슈 덕에 더욱 확실한 증거가 발견되었다. 베슈는 서가 안쪽을 한번 훑어보다가 오래전에 제본된 4절지 책 세트가 꽂혀 있는 것을 보았다. 베슈는 책을 꼼꼼히 살폈는데 속은 비어 있고 상자처럼 되어 있는 빈껍데기 책들이었다. 그중 한 권에는 은색 튜닉과 가슴받이가 들어 있었다.

레진이 큰 소리로 외쳤다.

"내 튜닉! 내 가슴받이…!"

반 우뱅도 다시 도난이라도 당한 것처럼 흥분해 소리쳤다.

"하지만 다이아몬드가 없어! 내 다이아몬드, 어떻게 한 겁니까? 아! 당장 돌려줘요…."

멜라마르 백작은 이 광경을 태연하게 쳐다봤지만 표정은 묘했다. 예심판사가 백작 쪽으로 와서 튜닉, 그리고 다이아몬드가 떼어진 가슴받이를 보여주자 백작은 고개를 설레설레 흔들었고 입술을 씰룩이며 쓸쓸한 미소를 지었다.

백작이 주위를 둘러보며 중얼거렸다.

"내 여동생은 여기에 없습니까?"

그러자 늙은 하녀가 대답했다.

"아씨는 침실로 가신 것 같습니다."

"여동생에게 내 대신 작별 인사를 전해줘요. 그리고 내 뒤를 따르라고 말해줘요."

그리고 순간, 백작은 호주머니에서 권총을 꺼내 관자놀이를 겨누고는 방아쇠를 당겼다.

하지만 백작을 주의 깊게 관찰하고 있던 데느리스가 얼른 팔꿈치를 치는 바람에 총알은 비껴가 창문 유리창 하나를 박살 냈다. 동시에 형사들이 멜라마르 백작에게 달려들었다. 예심판사가 말했다.

"백작, 당신을 정식으로 체포합니다. 멜라마르 부인 역시 체포합니다…."

그러나 아무리 찾아도 질베르트 드 멜라마르의 모습은 보이지 않았다. 침실에도, 살롱에도 없었다. 저택 전체를 샅샅이 뒤졌지만 없었다. 도대체 어디로 도망친 것일까? 누구의 도움을 받아서?

질베르트가 자살이라도 한 건 아닐까 하고 걱정한 데느리스가 혼자 열심히 찾아봤지만 소용없었다.

베슈가 입을 뗐다.

"지금 그게 중요한 것이 아닙니다. 반 우뱅 씨의 다이아몬드는 조만간 찾게 될 겁니다. 내가 열심히 노력한 덕에 상황이 나아지지 않았습니까."

"장 데느리스도 노력했죠, 솔직히."

베슈가 반 우뱅의 말에 반박했다.

"그자는 중간에 과감함이 부족했죠. 전부 내가 백작을 몰아

붙여 여기까지 오게 된 겁니다."

몇 시간 후, 반 우뱅은 오스망 대로에 위치한 자신의 화려한 아파트로 돌아왔다. 반 우뱅은 레스토랑에서 베슈와 저녁을 먹고 서로의 공통 관심사인 이번 사건에 대해 좀 더 이야기하기 위해 베슈를 집으로 데려왔다.

대화를 하던 중, 반 우뱅이 갑자기 다른 말을 꺼냈다.

"그런데 말입니다. 아파트 끝에서 무슨 소리가 들린 것 같습니다. 하인들은 그쪽에서 잠을 자지 않는데…."

두 사람은 함께 긴 복도를 걸었다. 복도 끝에는 중앙 계단 쪽으로 전용 출구가 있는 작은 거처가 있었다.

반 우뱅이 말했다.

"방 두 개가 완전히 독립된 공간으로 나뉘어져 있습니다. 가끔 친구들을 초대하는 곳이죠."

베슈가 귀를 쫑긋 세웠다.

"정말로 안에 누군가 있습니다."

"이상하군요. 열쇠를 가진 사람이 없는데…."

반 우뱅과 베슈는 권총을 쥔 채 문을 벌컥 열고 들어갔다. 반 우뱅은 비명을 질렀다.

"이런…!"

이에 베슈는 또 다른 비명으로 답했다.

"젠장!"

소파 위에 여자 한 명이 축 늘어져 있었고, 그 여자 앞에 장 데느리스가 무릎을 꿇고 앉아 특별한 치료법에 따라 이마 위에서부터 머리카락까지 가볍게 입을 맞추고 있었다.

반 우뱅과 베슈가 다가가 보니 눈을 감은 질베르트 드 멜라마르가 백지장처럼 창백해져서는 가슴이 들썩거릴 정도로 헐떡이고 있었다.

데느리스는 방해꾼들 앞에 서서 화를 냈다.

"또 댁들인가! 젠장! 조용히 있을 수가 없군그래! 두 사람이 여긴 무슨 일로 온 겁니까?"

반 우뱅이 외쳤다.

"뭐라고, 우리가 뭘 하러 오다니? 여긴 내 집이오!"

베슈도 화를 내며 소리쳤다.

"그러게요! 자네도 참 뻔뻔하군! 질베르트 드 멜라마르를 저택에서 이리로 빼돌린 것이 바로 자네인가?"

갑자기 데느리스가 침착해지더니 그 자리에서 빙그르르 돌았다.

"자네에게는 아무것도 숨길 수가 없군, 베슈. 그래, 내가 한 거야."

"감히!"

"이런 친구, 정원에 형사들을 배치하는 것을 깜빡했더군. 그래서 그쪽으로 여자를 도망치게 했어. 이웃 거리에서 자동차를 타라고 미리 알려주었지. 나는 거창한 예심이 끝나고 여자와 합류했고 지금까지 잘 간호해주고 있는 거지."

반 우뱅이 데느리스에게 물었다.

"제길, 그나저나 누가 댁을 들여보낸 겁니까? 여기에 들어오려면 열쇠가 필요한데!"

"필요없습니다. 집게만 있으면 어떤 문이든 어렵지 않게 열죠. 반 우뱅 씨의 집은 여러 번 드나들었지만 질베르트 드 멜라마르 부인이 숨어 있기에는 구석진 여기밖에 없다는 생각을 했죠. 반 우뱅 씨가 질베르트 드 멜라마르 부인을 숨겨주고 있다고 누가 상상이나 하겠습니까? 아무도 없죠. 베슈도 상상하지 못했겠죠! 사건이 해결될 때까지 여자는 반 우뱅 씨의 보호 아래에서 조용하게 생활하게 될 겁니다. 시중드는 하녀는 반 우뱅 씨의 새로운 여자친구일 거라 여길겁니다. 레진은 이미 물 건너갔으니까요."

베슈가 소리쳤다.

"이 여자는 내가 체포한다! 경찰에 신고하겠어!"

데느리스가 웃음을 터뜨렸다.

"아! 정말 재미있군! 이봐. 이 여성의 몸에 손을 댈 수 없다는 것은 자네도 나만큼 잘 알 텐데. 성스러운 여성이니까."

"그렇게 생각하는 건가, 정말로?"

"당연하지. 내가 보호하고 있으니까."

베슈가 펄펄 뛰며 흥분했다.

"이런, 도둑을 보호하겠다?"

"도둑이라니, 무슨 근거로 그렇게 함부로 이야기하는 건가?"

"뭐라고! 자네 때문에 체포된 남자의 여동생이잖아?"

"이런, 큰일 날 소리! 백작을 체포하도록 한 것은 내가 아니야. 바로 베슈 자네지."

"어쨌든 자네가 먼저 의심했지. 그리고 확인해보니 범인이 맞았고."

"뭘 알고 하는 소리인가?"

"이런! 더 이상 확신이 없나보지?"

장 데느리스가 매우 빈정대는 말투로 말했다.

"아니. 이 모든 일에 뭔가 찝찝한 것이 있단 말이지. 그렇게 점잖은 백작이 도둑이라고? 내가 머리카락밖에는 감히 입을 못 맞출 정도로 정숙함이 넘치는 이 여자가 도둑이라고? 이봐, 베슈. 솔직히 자네가 너무 성급하게 단정 짓는 것은 아닌지가 의문인데, 잘못된 방향으로 일을 이끌어가고 있는 것은 아닌가? 만일 그랬다가는 어떻게 책임을 지려고 그래, 베슈!"

듣고 있던 베슈는 비틀거리더니 얼굴이 파랗게 질렸다. 반우뱅은 불안 때문에 가슴을 졸이며 다이아몬드의 행방이 다시 한 번 묘연해지는 것 같은 기분을 느꼈다.

장 데느리스는 여자 앞에 예의 바르게 무릎을 꿇고는 속삭였다.

"당신은 범인이 아니죠? 당신 같은 여성이 도둑질을 했다는 것은 믿기 힘든 일입니다. 당신과 오빠분에 대한 진실을 제게 말해주겠다고 약속해주십시오…."

# 5
# 적인가?

　예심 과정의 상세한 이야기야말로 지루함 그 자체다. 특히 이번 사건처럼 모든 사람이 이야기하고 각자 나름대로 정확한 의견을 내놓는 유명한 사건이라면 더욱 그렇다. 그래서 이번 장에서는 대중이 잘 알지 못하고 사법 당국이 밝혀내지 못한 부분을 집중적으로 다루려고 한다. 장 데느리스, 바로 아르센 뤼팽의 행적에 대한 이야기다.

　조사라는 것이 얼마나 쓸데없는 것이었는지 그간의 일을 생각만 해도 충분하다. 늙은 하인 부부는 20년 동안 섬겨온 백작 남매가 의심을 받는다는 사실에 화를 내면서 문제가 될 말은 단 한 마디도 하지 않았다. 게르트루드는 아침에 장을 보기 위해 주방에서 나온 것 빼고는 외출하지 않았다고 했다. 프랑수아도 평소 워낙에 방문하는 손님이 없다 보니 초인종이 울리자 놀라서 급히 옷을 입고 문을 열어주었다고 했다.

　꼼꼼한 조사 결과 비밀 출구는 전혀 없는 것으로 나왔다. 응접실에 딸린 작은 구석 공간은 전에는 알코브였지만 지금은 잡동사니를 넣어두는 창고처럼 사용되고 있었다. 수상하거나 미심쩍은 부분은 하나도 없었다.

안뜰에는 숙소가 전혀 없었고 차고로 사용할 만한 곳도 없었다. 백작이 운전을 할 줄 안다는 사실은 확인되었지만 만일 자동차가 있다면 그 차를 어디에 주차시키는 것일까? 차고는 도대체 어디에 있는가? 해답을 찾을 수 없는 질문만이 가득했다.

한편, 멜라마르 백작의 여동생은 아직 행방불명이었고 백작도 입을 꾹 다문 채 사생활은 물론 사건에 관해서 침묵만을 지키고 있었다.

그러나 한 가지 사실이 주목을 끌었는데 이는 이번 사건을 전반적으로 지배했고 사법 당국뿐만 아니라 언론과 대중의 머릿속에도 통념으로 퍼져갔다. 이 사실이란 원래 장 데느리스가 처음부터 관심을 갖고 알아내다가 결국 밝혀낸 것으로, 따로 덧붙이는 것 없이 그 내용을 있는 그대로 밝히려고 한다. 1840년, 현재 백작의 증조부인 쥘 드 멜라마르는 멜라마르 가문에서 가장 뛰어난 인물로 나폴레옹 밑에서 장군으로 있다가 왕정복고 시절에는 대사까지 지냈는데, 절도와 살인죄로 체포되었다. 결국 그는 뇌출혈로 독방에서 세상을 뜨고 말았다.

이 문제를 좀 더 자세히 살펴보고 오래된 자료들을 파헤치자 몇 가지 사실이 드러났다. 특히 아주 중요한 자료 하나가 세상에 공개되었다. 1868년, 쥘 드 멜라마르의 아들이며 아드리앵 드 멜라마르 백작의 할아버지인 알퐁스 드 멜라마르는 나폴레옹 3세의 전속부관이었는데 역시 절도와 살인죄 선고를 받았다. 알퐁스 드 멜라마르는 뒤르페 거리에 위치한 자신의 저택에서 머리에 권총을 발사해 자살했다. 황제는 이 사건에 대해 언급하지 말라고 명했다.

충격적인 두 사건이 밝혀지면서 큰 화제가 되었다. 현재의 상황을 분명하게 정의하고 요약하는 단어가 있었다. 바로 격세유전. 백작 남매는 재산이 많지는 않아도 파리에 대저택을 갖고 있는 데다 투렌에는 성채도 소유하고 있고 여러 자선사업에 투자를 하고 있었다. 따라서 오페라극장 사건과 다이아몬드 절도 사건의 동기를 물욕이라고만은 설명할 수 없었다. 그러므로 격세유전이었다. 멜라마르 가문은 도벽을 물려받았을 것이다. 백작 남매도 조상으로부터 그러한 기질을 물려받았을 것이다. 백작 남매가 다이아몬드를 훔친 이유는 재산보다 많은 돈을 써보기 위해서일 수도 있지만 매우 강력한 유혹, 특히 격세유전의 운명도 있었을 것이다.

할아버지 알퐁스 드 멜라마르와 마찬가지로 아드리앵 백작도 자살하려 했었다. 격세유전의 운명은 여전했다.

다이아몬드에 대해, 레진과 아를레트의 납치에 대해, 두 여인을 각기 납치한 시간 사이에 무엇을 했는지의 알리바이, 서가에서 발견된 튜닉 등 이번 사건들의 미스터리한 점에 대해 백작은 전혀 모르는 일이라고 했다. 이 모든 문제를 다른 세계의 일로 여기는 것 같았다.

그런데 백작은 아를레트 마졸에 대해서는 결백을 주장하지 않았다. 백작은 사실 어느 유부녀와의 사이에 딸을 하나 두었는데 매우 사랑했지만 몇 년 전에 저세상으로 갔다고 했다. 이 때문에 너무 고통스러웠고 공교롭게도 아를레트가 죽은 딸과 너무 비슷하게 생겨서 한두 번 자신도 모르게 뒤를 밟은 적은 있다고 했다. 죽은 딸이 그리워서였다고 주장했다. 그러나 아를레트 마졸이 증언했던 인적 드문 거리에서 갑자기 불쑥 나타난 남자는 자기가 아니라고 강하게 주장했다.

보름이라는 시간이 흘러갔다. 그동안 베슈 반장은 화를 삭이며 매우 쓸모없고 복잡한 활동을 계속해나갔다. 늘 베슈 반장을 따라다니던 반 우뱅도 우는 소리를 할 정도였다.

"틀렸어. 틀렸다고!"

그러면 베슈가 주먹을 불끈 쥐고 흔들며 말했다.

"다이아몬드? 그건 손아귀에 넣은 것이나 마찬가지입니다. 멜라마르 남매를 잡았으니 다이아몬드는 곧 찾을 겁니다."

"데느리스의 도움은 필요 없는 거죠?"

"당연하죠! 그자의 도움을 필요로 하니 차라리 일을 망치는 것이 낫습니다."

그러나 반 우뱅은 한마디로 잘라 말했다.

"말 한번 잘하는군요! 하지만 반장님의 자존심보다는 내 다이아몬드가 우선입니다."

사실 반 우뱅은 장 데느리스를 매일 만나 다이아몬드 좀 찾아달라고 보채고 있었다. 그리고 질베르트 드 멜라마르가 몸을 숨기고 있는 숙소도 찾아갔다. 그때마다 장 데느리스가 질베르트의 발밑에 앉아 백작을 반드시 구하고 실추된 명예를 찾아줄 것이라면서 위로와 희망을 불어넣지만 정작 그 어떤 정보나 단서도 얻지 못하는 모습을 보기만 할 뿐이었다.

그러다 반 우뱅이 레진 오브리에게 돌아와 레스토랑에 데려갈 생각이라도 할라치면 역시 장 데느리스가 레진에게 아부 떠는 모습을 보게 되었다.

아름다운 여배우가 말했다.

"우리를 좀 내버려 두세요, 반 우뱅 씨. 요즘 일어난 사건들 이후로 당신 얼굴은 보고 싶지 않다고요."

하지만 반 우뱅은 성을 내지 않고 데느리스를 한쪽으로 데려가 물었다.

"자, 친애하는 친구. 내 다이아몬드는?"

"지금 머릿속이 다른 일로 가득합니다. 레진과 질베르트 사이를 왔다 갔다 해야 하니 시간이 없군요. 한 명은 오후, 또 한 명은 저녁에 돌봐야 하니까."

"그럼 오전은…?"

"아를레트를 찾아가지요. 사랑스러운 여자입니다. 섬세하고 지적이며 직관력이 있고 유쾌하고 감수성이 풍부하니까요. 어린아이처럼 순수하면서도 진짜 성숙한 여인처럼 신비합니다. 그리고 얼마나 조신한지 모릅니다! 첫날 저녁에 아를레트의 볼에 기습적으로 입을 맞출 수 있었는데 그것으로 끝이었습니다! 반 우뱅, 난 아를레트가 제일 맘에 드는 것 같습니다."

데느리스의 말은 사실이었다. 레진에 대한 데느리스의 변덕은 따뜻한 우정으로 변해 있었다. 또한 질베르트에게서 정보를 얻어낼 희망은 점점 옅어지고 있었다. 그러나 아를레트 곁에서는 기분 좋은 아침 시간을 보내고 있었다. 아를레트에게는 독특한 매력이 있었다. 그 매력은 깊은 곳에서 나오는 천진난만함, 그리고 삶에 대한 자신감이었다. 동료들에게 도움을 주겠다는, 허무맹랑하게 들리는 꿈도 아를레트가 미소를 지으며 이야기할 때는 이룰 수 있는 계획처럼 느껴졌다.

데느리스가 아를레트에게 말했다.

"아를레트, 아를레트… 당신처럼 명쾌하면서도 미스터리한 여성은 처음 봐."

"내가 미스터리하다고요?"

"그래, 가끔. 당신을 다 이해하는 것 같으면서도 도무지 알수 없다는 생각이 들기도 해. 이상한 것은 당신에게 처음 접근했을 때는 그런 기분을 느끼지 못했다는 거야. 그런데 나날이 수수께끼가 커지는군. 감정적인 수수께끼 같아."

아를레트가 웃으면서 말했다.

"그럴 리가요?"

"맞아, 감정적인… 혹시 누군가를 사랑하고 있어?"

"내가 누군가를 사랑한다고요? 그야 모든 사람을 사랑하죠!"

"아냐, 아냐. 당신 인생에 새로운 뭔가가 생겼어."

"새로운 것이 생긴 것 같긴 해요! 납치당하며 여러 가지 일을 겪었고, 경찰 조사와 심문도 받았어요. 많은 사람들이 나에 대해 기사를 쓰고, 내 주변에 대해 너무 많은 이야기가 떠돌고 있어요! 이 모두가 보잘것없는 모델인 나 같은 사람을 어리둥절하게 만드는 것들이죠!"

데느리스는 고개를 끄덕이며 점점 커지는 애정이 가득 어린 눈길로 아를레트를 바라봤다.

한편, 검찰의 조사는 진전되지 못하고 있었다. 멜라마르 백작을 체포한 지 20일이 지났지만 도움이 안되는 증언을 모으기에 바빴고 가택수사는 계속했지만 성과는 없었다. 넘겨짚은 모든 흔적은 오류로 판명이 났고 가설을 세울 때마다 문제가 있었다. 멜라마르 백작의 저택에서 빅투아르 광장까지 아를레트를 처음으로 태운 운전기사도 찾을 수 없었다.

반 우뱅은 핼쑥해져갔다. 백작을 체포했으나 도난당한 다이아몬드와의 연관성을 밝혀내지 못하는 베슈를 보며 그의 능력을 의심하기 시작했다.

그러던 어느 날 오후, 몽소 공원 근처 건물 1층, 데느리스가 사는 곳 문 앞에 남자 두 명이 초인종을 울렸다. 하인이 문을 열어 안내해주었다.

데느리스가 둘을 큰 소리로 맞이했다.

"어쩐 일인가요! 반 우뱅! 베슈! 둘 다 풀이 죽어 있군그래!"

반 우뱅과 베슈는 상황이 곤란하다고 털어놓았다. 베슈 반장이 처량할 정도로 힘없이 말했다.

"이번 사건은 느낌이 안 좋아. 마가 낀 것 같아."

"자네처럼 멍청한 사람들에게나 마가 끼는 거지. 자, 이제 내가 두목이 되는 거야. 그러니 절대 복종하는 거지? 셔츠 차림으로 목에 밧줄을 감은 칼레의 시민들(영국과 프랑스의 백년전쟁 시기, 영국 왕이 칼레를 공격해 시민을 모두 죽이려고 할 때 대표로 목숨을 내놓겠다고 나선 사람들 - 옮긴이)처럼 말이야?"

데느리스의 농담에 다시 기분이 좋아진 반 우뱅이 대꾸했다.

"알겠소."

"그럼, 자넨, 베슈?"

베슈가 우울한 목소리로 대답했다.

"명령만 내리게."

"경찰청은 제쳐둬. 검찰청에도 신경 끄라고 해. 경찰청과 검찰청은 이번 사건에 대해 할 일이 전혀 없다고 선언하고 내게도 확실한 보장을 해줘."

"무슨 보장?"

"충실히 협조하겠다는 보장. 그쪽은 어디까지 일이 진행되고 있는 건가?"

"내일 백작, 레진 오브리, 아를레트 마졸 사이에 대질심문이 있을 거야."

"젠장! 서둘러야겠어. 대외비 같은 것은 없는 건가?"

"거의 없어."

"하나라도 있다면 말해보라고."

"멜라마르 백작이 받은 쪽지 하나가 독방에서 발견이 되었어. 내용은 이랬지. '모든 것이 잘될 겁니다. 제가 보장하죠. 용기를 내십시오.' 나는 조사를 벌였지. 그리고 오늘 아침에 알아낸 사실에 따르면 쪽지를 전한 사람은 백작에게 식사를 대주는 식당 종업원이고 백작도 답장을 했다는 것이지."

"쪽지를 보낸 사람의 정확한 인상착의는 확보한 거겠지?"

"그래."

"좋아! 반 우뱅, 자동차 가져왔습니까?"

"그래요."

"갑시다."

"어디로요?"

"가보면 압니다."

셋은 자동차에 올랐다. 자동차 안에서 데느리스가 말했다.

"베슈, 자네는 간과했지만 내가 보기에는 아주 중요한 점이 있어. 사건이 발생하기 몇 주 전에 백작이 신문에 낸 광고가 무슨 의미일까? 왜 그런 하찮은 물건에 신경을 썼던 것인지 말이야. 뒤르페가의 저택에는 귀중품이 가득한데 하필 왜 그런 대수롭지 않은 것들이 도난당한 것일까? 이 문제를 밝혀줄 유일한 방법은 촛농받이와 초인종 손잡이 띠, 잡동사니를 단돈 13프랑 50상팀에 내게 판 아주머니를 찾아가 물어보는 거였어. 물론 난 그렇게 했고."

"그랬더니?"

"지금까지는 상황이 부정적이었지만 이제 점점 좋은 쪽으로 풀려갈 것 같아. 벼룩시장에서 만난 아주머니는 사건이 일어난 바로 다음 날 찾아갔을 때만 해도 그 물건들을 판 사람을 똑똑히 기억하고 있었지. 잡동사니를 취급하는 방물장수인데 가끔 들러 물건을 판다고 했어. 이름? 주소? 안타깝게도 모르더군. 하지만 그 방물장수를 자신에게 데려다준 그라댕 선생이라면 알고 있을 것이라고 했어. 그래서 그라댕 선생이 살고 있다는 센 강 좌안으로 달려갔어. 그런데 마침 여행을 가고 없다는 거야. 오늘 돌아온다고 하더군."

자동차는 곧이어 그라댕 선생의 집에 도착했다. 그라댕 선생은 주저하지 않고 질문에 답했다.

"트리아농 할멈이 분명해요. 생 드니가에서 운영하는 '프티 트리아농'이라는 가게 이름을 본따 그렇게 부릅니다. 조금 희한한 할멈입니다. 말도 잘 안 통하고 성격은 괴팍하기 이를 데

없죠. 쓸데없는 물건을 팔다가도 가끔은 어디서 구매했는지 알
수 없는 아주 괜찮은 가구들도 가져오곤 했습니다. 그중에는
루이 16세풍의 멋진 마호가니 가구도 있었습니다. 18세기 최
고 가구 세공인 샤퓌의 자필 서명이 새겨진 귀중품이죠."

"그걸 되판 것이군요?"

"그렇습니다. 미국으로 수출했습니다."

데느리스, 반 우뱅, 베슈는 매우 흥분한 채 밖으로 나왔다. 샤
퓌의 서명은 멜라마르 백작의 가구 대부분에 새겨져 있지 않은
가.

반 우뱅이 기쁜 듯 손을 비비며 말했다.

"절묘한 우연의 일치군요. 내 다이아몬드도 그 '프티 트리아
농'에 있는 어느 가구의 비밀 서랍에서 찾아낼 수 있을지도 모
르죠. 데느리스, 신경 좀 써줄 거라 믿습니다…."

"반 우뱅 씨에게 다이아몬드를 안겨 달라는 거죠? …당연하
지요."

자동차는 '프티 트리아농'과 어느 정도 떨어진 곳에 멈췄고
데느리스와 반 우뱅은 베슈를 문 앞에 남겨두고 가게로 들어갔
다. 비좁고 기다란 구조였으며 각종 골동품, 금이 간 화병, 이가
빠진 도자기, 중고 모피, 찢어진 레이스 조각, 그 외 방물장수가
다룰 수 있는 각종 잡동사니가 가득했다. 잿빛 머리카락에 뚱
뚱한 몸집의 트리아농 할멈은 뒤쪽 구석에서 마개가 없는 물병
을 들고 있는 어느 남자와 이야기를 하고 있었다.

반 우뱅과 데느리스는 마치 좋은 물건을 찾기 위해 두리번거
리는 중고품 애호가처럼 진열대 사이를 어슬렁거리며 돌아다

넀다. 데느리스는 물건을 사러 온 것 같지는 않아 보이는 어느 남자를 흘끔 바라봤다. 키가 훤칠하고 금발에다 나이는 30대 정도로 보이는 우아하고 세련된 외모의 사내였다. 남자는 이야 기를 더 나누더니 마개 없는 물병을 제자리에 놓고 문 쪽으로 걸어갔다. 남자 역시 골동품을 이것저것 살펴보면서 반 우뱅과 데느리스를 흘끔거렸다.

반 우뱅은 이를 눈치채지 못한 채 트리아농 할멈 쪽으로 다 가갔다. 데느리스가 꾸물거리니 자신이 직접 할멈과 이야기를 나눠도 될 것이라 생각한 듯했다. 반 우뱅은 할멈에게 다가가 조그만 소리로 말했다.

"제가 도둑맞은 물건들이 어쩌다 이곳에 팔려 나왔을지도 몰라서 말이죠… 예를 들어…."

데느리스는 반 우뱅의 촐싹거림을 눈치채고 얼른 입을 다물 라는 신호를 보냈지만 소용없었다.

"예를 들어 자물쇠 부속품, 푸른 비단 천으로 된 초인종 손잡 이 조각 같은 것…."

할멈은 귀를 쫑긋이 세우더니 잽싸게 이쪽으로 고개를 돌린 남자와 눈빛을 교환했다. 남자는 눈살을 찌푸렸다.

"이런, 그런 일은 없는데요…. 하지만 물건들을 한번 찾아보 세요…. 마음에 드시는 물건을 찾을지도 모르니까요."

할멈이 머뭇거리면서 말하고 있을 때 남자는 조심하라는 듯 한 눈길을 보내며 서둘러 가게를 나갔다.

데느리스는 서둘러 문 쪽으로 갔다. 남자는 부랴부랴 택시를 탔고 기사에게 조그만 목소리로 가는 방향을 알렸다. 그런데 그 순간 베슈 반장이 그 옆을 붙어 지나가고 있었다.

데느리스는 재치 있게 남자가 눈치채지 못하도록 어느 정도의 시간 동안 가게를 나가지 않고 가만히 살폈다. 남자가 탄 택시는 모퉁이를 돌아 사라졌고 그제야 데느리스는 베슈 쪽으로 갔다.

"뭐 들은 것 있나?"

"그래, 포부르 생토노레에 있는 콩코르디아 호텔이라고 하더군."

"자네도 그 남자를 예의 주시했나 보지?"

"창문 너머로 보니 누군지 알겠더군. 그자였어."

"그자라니?"

"감방 안의 멜라메르 백작에게 쪽지를 넣어준 사람."

"백작과 연락한 사람이라고? 그런데 그런 자가 멜라마르 저택에서 훔친 물건을 판 여자와 이야기를 나눈다? 이야! 베슈, 대단한 우연 아닌가!"

그러나 데느리스의 기쁨은 얼마 가지 못했다. 콩코르디아 호텔에서 확인해봤지만 문제의 남자와 인상착의가 비슷한 손님은 들어온 적이 없다는 것이었다. 데느리스는 일단 기다리기로 했지만 갈수록 초조했다.

"그자가 엉터리 주소를 부른 것 같아. 우리를 '프티 트리아농'으로부터 떨어뜨리려고 한 것이겠지."

"그럴 이유라도?"

"시간을 벌려고 했겠지… 가게로 돌아가자고."

데느리스의 생각은 틀리지 않았다. 생 드니 거리에 들어서자마자 세 사람은 가게 문이 잠겨 있는 것을 보았다. 덧문에 빗장까지 내리고 맹꽁이자물쇠로 잠겨 있었다.

주변에서도 어떤 단서조차 얻지 못했다. 이웃들은 모두 트리아농 할멈을 알기만 할 뿐 얘기를 나눠본 적이 없다는 것이었다. 다만 아까 10분 전에 여느 때 저녁보다 한두 시간 가게 문을 일찍 닫는 것을 본 것이 전부라고 했다. 할멈은 어디로 간 것일까? 할멈이 어디에 사는지 아는 사람은 없었다.

베슈가 으르렁거렸나.

"조만간 알게 될 거야."

"그렇지 않을 거야. 트리아농 할멈은 분명 그 남자의 영향력 아래에 있어. 그자, 보통이 아닌 듯해. 어떤 공격이라도 따돌리고 먼저 공격을 해올 인물이라고. 자네도 당했다고 느끼지 않나, 베슈?"

"그래. 하지만 놈이 먼저 방어를 해야 할걸."

"공격이 최고의 방어이긴 하지."

"놈이 우리에게 뭘 하지는 못해. 누구를 상대로 공격을 하겠나?"

"누구를 공격하냐고…."

데느리스는 잠시 생각을 하더니 갑자기 자동차에 올라타 반 우뱅의 운전기사를 밀치고 운전대를 잡았다. 어찌나 쏜살같이 차를 출발시키는지 반 우뱅과 베슈는 겨우 올라탔을 정도였다. 데느리스는 놀라운 솜씨로 혼잡한 거리를 빠져나갔고 구역 검문소를 통과해 외곽 도로로 빠져나갔다. 르픽 거리를 오른 자동차는 아를레트의 집 앞에 멈췄다. 데느리스는 관리인의 숙소로 난입해 물었다.

"아를레트 마졸 양, 집에 있나요?"

"외출했습니다, 데느리스 씨."

"언제요…?"

"15분 전에요."

"혼자 나갔나요?"

"아뇨."

"어머니와요?"

"아뇨. 부인은 장을 보러 갔기 때문에 따님이 외출한지도 모르고 있을 겁니다."

"그럼 누구와 나간 겁니까?"

"자동차를 타고 온 어느 남자분이요."

"키가 큰 금발의 남자?"

"예."

"전에도 본 적 있습니까?"

"이번 주에 매번 저녁 식사 후 아를레트 마졸 양과 어머니를 보러 왔었죠."

"그 남자 이름을 압니까?"

"예, 파즈로 씨, 앙투안 파즈로 씨예요."

"감사합니다."

데느리스는 실망과 분노를 감추지 않으며 말했다.

"예상은 했었어. 아! 그놈이 우릴 엿 먹였어! 주도권을 놈이 쥐고 있다고. 빌어먹을, 아를레트를 건드리지만 말아라!"

베슈가 반박했다.

"그런 목적은 아닌 것 같군. 전에도 왔었고 여자도 스스로 따라간 것으로 봐서는."

"그래. 그런데 어떤 함정이 있는 걸까? 왜 아를레트는 그 남자가 여러 번 찾아왔다는 것을 말해주지 않은 거지? 그 파즈로라는 작자가 원하는 건 도대체 뭐야?"

갑자기 데느리스는 무슨 생각이 났는지 아까 쏜살같이 자동차에 탔던 것처럼 이번에는 재빨리 길을 달리더니 근처 우체국에 들어가 레진에게 전화했다.

"레진 오브리 양 계십니까? 데느리스라고 전해주십시오."

하녀가 대답했다.

"마님은 방금 외출하셨어요."

"혼자서요?"

"아뇨. 아를레트 양이 오셔서 함께 나갔습니다."

"외출 약속이 되어 있었나요?"

"아뇨. 갑자기 외출하기로 하셨어요. 오늘 아침에 아를레트 양에게서 전화가 오기도 했고요."

"두 분이 어디로 갔는지 아나요?"

"모릅니다, 선생님."

이렇게 두 여인은 처음에는 강제로 납치되었으나 지금은 20분 만에 스스로 사라져버렸다. 분명 새로운 함정과 무서운 위협이 강도를 더해가는 듯했다.

# 6
# 멜라마르 가문의 비밀

이제 장 데느리스는 겉보기에는 침착했다. 더 이상 화도 내지 않고 거친 말도 내뱉지 않았다. 하지만 속은 부글부글 끓고 있었다!

데느리스는 손목시계를 확인했다.

"7시군요. 저녁이나 먹읍시다. 저기 그리 비싸지 않은 식당이 하나 있군요. 그리고 8시에 행동을 개시하죠."

베슈가 물었다.

"왜 지금 하면 안 되는 건가?"

데느리스는 일단 한쪽 구석, 평범한 직장인들과 택시 기사들 사이로 비집고 들어가 베슈의 질문에 대답했다.

"왜냐고? 당장은 그럴 상황이 아니니까. 사실, 먼저 허를 찔릴지도 모른다는 예상은 어느 정도 했지만, 가능한 한 피해 가자고 안일하게 생각하며 행동했을 뿐이야. 하지만 돌이키기에는 이미 늦었어. 된통 당한 거라고. 그래서 일단 기운부터 차리고 뭐가 어떻게 되어가고 있는지 생각 좀 해봐야 해. 왜 그 파즈로라는 자가 레진과 아를레트를 집 밖으로 유인한 걸까? 그자에 대해 상상할 수 있는 건 전부 찜찜한 것뿐이거든."

"이렇게 한 시간 동안 있으면 무슨 수라도 생긴다는 건가…?"

"마냥 좌충우돌할 수는 없으니까. 이봐, 베슈, 일단 시간을 정하면 그때까지 뭔가 방법을 찾게 된다고."

사정 모르는 사람이 본다면 데느리스는 아무 걱정이 없다고 생각할 정도로 그는 아주 잘 먹었고 사건과 별 관계없는 얘기들을 열심히 떠들어댔다. 하지만 유심히 보면 동작 하나하나가 신경질적이어서 실제로는 머릿속으로 얼마나 초조해 하는지를 짐작케 했다. 데느리스는 상황을 심각하게 생각하고 있었다. 저녁 8시가 되어 자리에서 일어서려는 그때, 데느리스는 반우뱅에게 말했다.

"백작의 여동생이 지금 어쩌고 있는지 전화로 알아봐 주십시오."

1분 정도 지나 카페 안 공중전화 부스에서 돌아온 반 우뱅이 말했다.

"시중을 담당하는 하녀 말로는 별일 없답니다. 잘 있다더군요. 지금 저녁 식사를 하는 중이랍니다."

"갑시다!"

베슈가 물었다.

"어디로 말인가?"

"나도 몰라. 일단 걷자고. 이렇게 해서라도 움직여야지. 그래야 해, 베슈. 두 여인이 그자의 수중에 있다는 생각만 하면 가만히 있을 수가 없어."

데느리스 일행은 몽마르트르의 언덕 꼭대기에서부터 오페

라극장 앞 광장까지 터벅터벅 걸어갔다. 그렇게 걸으면서 데느리스는 열을 내며 짤막한 문장으로 분노를 토로했다.

"그놈의 앙투안 파즈로, 만만한 상대가 아냐! 그자와 맞서려면 고생 좀 해야겠어! 우리가 헛물켜는 동안 놈은 치밀하게 행동을 했단 말이지… 그것도 아주 당당하게 말이야! 대체 그자가 원하는 것이 뭘까? 정체가 뭐지? 발견된 쪽지 내용처럼 그냥 백작의 친구인 걸까? 아니면 적? 공범 아니면 원수? 그건 그렇다 쳐도 두 여인을 집에서 불러낸 이유는 뭐지? 이미 차례로 납치한 적이 있는 두 여인을 말이지… 이번에 두 사람을 모두 데려가 뭘 하려는 걸까? 그리고 아를레트는 왜 나한테 그동안의 일을 이야기하지 않은 거야?"

그리고 데느리스는 오랫동안 입을 다물었다. 깊이 생각에 빠진 것이었다. 가끔 데느리스는 얼쩡대는 행인들을 팔꿈치로 밀치고 발을 동동 구르기도 했다.

그런 데느리스에게 베슈가 갑자기 말을 걸었다.

"지금 여기가 어딘지 알아?"

"알아, 콩코르드 다리 위지."

"뒤르페가와 그리 멀지 않다는 말이군."

"뒤르페가뿐만 아니라 멜라마르 가문의 저택과도 가깝지. 나도 알고 있어."

"이제 어쩔 생각인가?"

데느리스가 베슈의 팔을 잡고 말했다.

"이봐, 베슈, 이번 사건은 다른 때와 달리 단서를 전혀 발견할 수가 없어. 지문도, 특별한 수치나 증거도 없어. 발자국도 없고… 아무것도… 아무것도 없다고. 우리에겐 생각하는 두뇌, 아니 직감만이 있을 뿐이야. 나도 직관에 따라 그저 여기까지 온 거라고. 생각해봐. 모든 사건이 저곳에서 벌어졌어. 레진, 그리고 아를레트가 바로 저기로 끌려갔다고. 왠지 타일 깔린 현관 바닥이나 스물다섯 개의 계단, 응접실 등이 떠오르고 있단 말이네…."

데느리스 일행은 하원 의원 건물을 따라 걸었다. 갑자기 베슈가 외쳤다.

"아무래도 이해가 안 가! 그자가 무엇 때문에 다른 사람이 저지른 짓을 똑같이 따라 하겠나? 더구나 더 불리한 상황에서…."

"내가 걱정하는 것도 그 때문이야, 베슈! 그런 위험까지 감수하면서 이루려는 계획이 있다면 그 계획이 얼마나 위협적이겠느냐 이 말이지!"

베슈가 다른 의견을 꺼냈다.

"하지만 저 건물은 그냥 마음대로 드나들 수 있는 곳도 아니지 않은가?"

"나한테 그건 문제도 아니라고, 베슈. 그동안 밤낮으로 바닥에서부터 천장까지 속속들이 살펴봤으니까. 물론 하인인 프랑수아가 눈치채지 못하게 말이지."

"앙투안 파즈로는? 그자가 자네처럼 저곳을 마음대로 드나들 수 있을 것이라고 어떻게 확신하나? 더구나 여자 둘을 데리고?"

데느리스가 빈정대며 대꾸했다.

"프랑수아의 도움이 있었겠지."

데느리스는 저택이 가까워질수록 발걸음을 재촉했다. 마치 돌아가는 상황이 점점 명확히 이해되어 앞으로 펼쳐질 일이 더 초조하게 느껴지는 것 같았다.

데느리스는 뒤르페가로 가지 않고 저택을 둘러싼 건물들을 돌아 뒤쪽 정원과 가까이 있는 인적 드문 거리로 들어섰다. 외진 곳에 있는 별채 너머로 아를레트가 도망쳐 나왔던 쪽문이 보였다. 그런데 데느리스가 쪽문뿐만 아니라 별도로 설치된 자물쇠와 빗장을 열 수 있는 열쇠를 갖고 있는 것을 보고 베슈는 깜짝 놀랐다. 데느리스는 한 번에 문을 열었다. 안은 어두침침했고 정원이 있었다. 저쪽으로는 불빛 하나 없는 저택의 모습이 어렴풋하게 보였다. 목제 블라인드가 모두 닫혀 있었다.

데느리스는 아를레트가 도망쳐 나왔을 때 밟았던 진한 색의 관목들과 반대 방향으로 걸어갔다. 그런데 갑자기 건물 앞 10미터 못 미친 거리에서 누군가의 손이 데느리스의 어깨를 잡았다.

데느리스가 방어 자세를 취하며 말했다.

"아니! 뭐야!"

"나요."

"나라니 누구? 아! 반 우뱅… 이런, 또 뭡니까?"

"내 다이아몬드…."

"다이아몬드가 어쨌다고요?"

"데느리스 씨가 내 다이아몬드를 찾아낼 것 같아서 말이죠… 그래서 맹세를…."

데느리스가 짜증을 냈다.

"우리 좀 내버려 둬요!"

데느리스는 반 우뱅을 덤불 속에 넘어뜨리며 말했다.

"거기에 조용히 있어요. 방해하지 말고… 망이나 보라고요."

"그래도 맹세를 받아놔야…."

데느리스는 반 우뱅의 중얼거림을 듣지 않고 베슈와 계속 가던 길을 갔다. 응접실의 목제 블라인드는 예상대로 단단히 닫혀 있었다. 데느리스는 발코니까지 기어올라 안을 엿보면서 잠시 귀를 기울이고는 아래로 뛰어내렸다.

"안에 불빛이 있긴 한데 여기서는 안이 보이지도 않고 소리도 들리지 않아."

"그럼 잘못 짚은 건가?"

"멍청하긴…."

아래에 문이 하나 보였다. 정원에서 지하실로 바로 통하는 문이었다. 데느리스는 계단을 내려간 후 손전등을 켜고 화병과 상자들이 어수선하게 널브러진 지하실 공간을 지나갔다. 이어서 마침내 둥근 전등불로 환하게 비춰진 현관으로 나갔다. 아무도 없었다. 데느리스는 베슈에게 조용히 하라고 주의를 주며 중앙 충계를 살금살금 올라갔다. 충계참을 올라가니 앞에 응접실이 보였다. 응접실 오른쪽으로는 거의 사용하지 않는 살롱이 있었다. 데느리스가 이미 자세히 살펴봐서 익숙한 살롱이었다.

데느리스는 살롱으로 들어가 캄캄한 어둠 속에서 이웃 공간과 마주 보는 벽을 더듬어 갔다. 그리고 평소에도 닫혀 있는 두 개의 문짝을 소리 하나 내지 않고 복사해놓은 열쇠로 열기 시작했다. 문을 여니 벽걸이용 태피스트리가 앞을 가리고 있었다. 데느리스가 이미 인지하고 있는 사항이었다. 군데군데 구멍이 난 천을 이중으로 덧대 만들어서 그런지 여기저기 벌어진 틈새로 저 너머를 엿볼 수 있었다.

바닥을 이리저리 오가는 사람들의 발소리가 들렸다. 그러나 그 외의 소리는 들리지 않았다.

데느리스는 베슈의 어깨를 살짝 잡았다. 그렇게 해서 순간순간 감정을 전달하기 위해서였다.

태피스트리는 공기의 힘을 받아 살짝 흔들렸다. 데느리스와 베슈는 태피스트리가 흔들리는 것을 멈출 때까지 기다렸다가 얼굴을 바짝 들이대 그 너머를 살폈다.

그런데 데느리스가 목격한 것은 뜻밖에도 갑자기 들이닥치거나 공격해야 할 상황이 아니었다. 나란히 소파에 앉은 아를레트와 레진은 키가 큰 금발의 신사가 방을 서성이는 모습을 조용히 바라보고 있었다. 신사는 '프티 프리아농'에서 마주쳤던 남자, 멜라마르 백작과 편지를 주고받았다는 그 남자였다.

세 사람은 아무 말도 하지 않고 있었다. 두 여성에게 불안한 표정은 전혀 없었으며 앙투안 파즈로도 험악하거나 위협하는 표정이 아니었고 기분도 그리 나빠 보이지 않았다. 세 사람은 뭔가를 기다리는 듯 귀를 기울이며 층계참 쪽 문을 종종 바라보기도 했다. 앙투안 파즈로는 직접 문을 열고 귀를 기울이곤 했다.

레진이 입을 열었다.

"걱정되는 건 아니죠?"

앙투안이 대답했다.

"전혀요."

아를레트가 덧붙여 말했다.

"확실히 약속을 해주어서 내가 더 강조할 필요가 없었어요. 다만 하인이 초인종 소리를 잘 들어야 할 텐데 그게 좀 신경 쓰이네요."

"우리가 부를 때도 잘 듣던걸요. 너구나 하인의 아내도 마당에 함께 있고 내가 문도 살짝 열어두었습니다."

순간 데느리스가 베슈의 어깨를 꽉 잡았다. 앞으로 무슨 일이 일어날지, 아를레트와 레진이 저렇게 기다리는 사람이 과연 누구일지 궁금해 견딜 수가 없었다.

앙투안 파즈로는 아를레트 곁으로 다가앉아서 나지막한 목소리로 열심히 이야기를 나누고 있었다. 두 사람은 꽤 친밀한 관계 같았다. 특히 파즈로는 꽤 흥분하며 아를레트 쪽으로 필요 이상으로 몸을 기울이며 열심히 이야기했고 아를레트도 전혀 부담스러워하지 않는 눈치였다. 잠시 후 파즈로는 자리에서 벌떡 일어났다. 밖에서 초인종 소리가 똑똑히 두 번 울렸고 잠시 뜸을 들였다가 다시 두 번 더 울린 것이다.

"드디어 신호가 왔어!"

파즈로가 이렇게 외치며 얼른 층계참으로 달려갔다.

1분 정도 지나서 대화를 주고받는 두 사람의 목소리가 들렸다. 잠시 후 돌아온 파즈로의 곁에는 데느리스와 베슈가 모두 아는 여성이 함께 있었다. 바로 멜라마르 백작의 여동생이었다!

베슈는 어깨를 누르는 데느리스의 손힘이 너무 강해서 고통스러운 신음 소리를 낼 뻔했으나 억지로 참아야 했다. 여기에 백작의 여동생이 나타나다니! 데느리스와 베슈는 너무 당황스러웠다. 데느리스는 대충 각오한 상태였으나 백작의 여동생이 은신처를 떠나 적이 마련한 자리에 나타난 것은 전혀 상상도 못 한 일이었다.

백작의 여동생은 창백한 얼굴로 숨을 헐떡이고 있었다. 더구나 손까지 약간 파르르 떨었다. 사건이 일어나고 처음 돌아온 방에서 여자는 멍한 눈으로 불리한 증언을 해서 자신을 도망치게 만들고 오빠를 감옥으로 보낸 레진과 아를레트를 번갈아 바라봤다. 그러더니 이렇게 말했다.

"앙투안, 애써줘서 고맙습니다. 우리의 옛 우정을 생각해 노력한 점을 인정할게요…. 물론 많은 것을 바라는 건 아닙니다."

파즈로가 대답했다.

"믿으십시오, 질베르트. 벌써 이렇게 당신을 찾아내지 않았습니까."

"어떻게?"

"마졸 양이 도와주었습니다. 내가 아예 집으로 찾아가 당신 편으로 만들었습니다. 내 부탁으로 마졸 양이 반 우뱅에게서 질베르트가 있는 은신처를 들은 레진 오브리 양에게 물어본 겁니다. 오늘 아침에 나 대신 전화를 걸어 이리로 나와달라고 부탁한 것도 바로 아를레트 마졸 양입니다."

질베르트는 약간 고개를 숙여 감사의 인사를 한 후 말했다.

"몰래 온 겁니다. 지금까지 날 보호해준 남성분은 모르고 있어요. 그분에게 알리지 않고는 그 어떤 행동도 하지 않겠다고 약속했거든요. 아는 분이죠?"

"장 데느리스 말인가요? 아를레트 마졸 양이 이야기해주어 압니다. 마졸 양 역시 몰래 행동하는 것을 내켜 하지 않았지만 어쩔 수 없었어요. 모든 이들을 조심해야 하니까요."

"하지만 그분은 경계하지 않아도 됩니다, 앙투안."

"아뇨, 그 누구보다도 경계해야 할 사람입니다. 그러지 않아도 지난 몇 주 동안 방물장수 가게를 찾아다녔는데 그 가게에서 데느리스와 마주쳤습니다. 백작님이 도둑맞은 물건들을 가지고 있던 방물장수의 가게죠. 그런데 그 가게에 데느리스가 와 있었습니다. 반 우뱅과 베슈 반장과 함께 있더군요. 데느리스의 적의에 찬 눈빛이 불편했습니다. 심지어 날 따라오려 했습니다. 왜 그랬을까요?"

"글쎄요, 어쩌면 도움을 주려고 했을 수도 있죠…."

"아뇨, 전혀 그렇지 않습니다! 어디서 온지도 모르는 그런 불량스러운 사람과 협조를 하라니… 당신을 마음대로 붙잡아 두려고 하는 음흉한 돈 후안 같은 자와 협력하라고요? 아뇨, 절대 아니요! 더구나 그 사람과 나는 추구하는 목표도 다릅니다. 진실을 바로 세우는 것이 나의 목표라면 그의 목표는 다이아몬드를 손에 넣는 것이죠."

"어떻게 알죠?"

"안 봐도 뻔하죠. 데느리스가 하는 일은 뻔히 보입니다. 특별히 정보도 따로 수집했는데 반 우뱅과 베슈 반장도 데느리스에 대해 나와 같은 생각을 갖고 있더군요."

아를레트가 끼어들었다.

"그럴 리가 없어요."

"그럴지도 모르죠. 하지만 난 사실이라고 여기며 행동에 나설 겁니다."

데느리스는 이 모든 대화 내용을 열심히 들었다. 파즈로가 자신에 대해 한 험담을 그대로 갚아주고 싶다는 마음이 본능적으로 들끓었다. 더구나 꾸밈없는 솔직한 얼굴과 여자들에게 보이는 성실한 태도를 무시하고 지나갈 수 없기에 더더욱 파즈로가 싫었다. 그러다 보니 파즈로에 대한 반감이 더욱 커졌다. 질베르트와 파즈로 사이에는 무슨 일이 있었던 것일까? 파즈로가 질베르트를 사랑했던 것일까? 그리고 파즈로는 무슨 수작을 부렸기에 아를레트를 마음대로 조종할 수 있는 것일까?

백작의 여동생은 한참 동안 아무 말 없이 있다가 마침내 이렇게 중얼거렸다.

"어떻게 해야 하는 거죠?"

파즈로는 아를레트와 레진을 가리키며 말했다.

"불리한 증언을 했던 이 두 여성분의 마음을 돌려야죠. 지금까지는 나 혼자 확인하면 되는 줄 알고 저 두 분의 마음속 오해를 풀어줄 생각을 하지 못했습니다. 그러나 오해를 풀기 위해 오늘 이 자리를 마련한 겁니다. 이 일을 마무리 지을 수 있는 사람은 질베르트 당신뿐입니다."

"어떻게…?"

"속 시원히 말해주십시오. 이 미스터리한 사건을 더 미스터리하게 만드는 사실들이 있습니다. 문제는 사법 당국이 그 사실에 주목하여 돌이킬 수 없는 결정을 내리려 한다는 겁니다. 질베르트… 알고 있는 게 있죠?"

"아무것도 몰라요."

"아뇨, 뭔가 알고 있습니다… 적어도 백작과 당신이 결백하다고 했으면서도 스스로를 방어하지 못한 이유라도 있을 것 같군요."

질베르트가 풀이 죽은 목소리로 말했다.

"그래 봐야 소용없어서…."

파즈로가 열을 내며 큰 소리로 말했다.

"스스로 방어하라고 하는 것이 아닙니다, 질베르트! 왜 방어를 할 수 없는지 그 이유를 들려달라는 겁니다. 오늘에 와서 벌어진 사실에 대해서는 아무 말도 하지 맙시다. 좋아요. 하지만 질베르트, 당신의 정신과 영혼 속 밑바닥에 자리한… 장 데느리스가 캐내려고 노력했으나 성공하지 못한 그 모든 이야기 말입니다…. 이 저택과 깊은 관련이 있고, 당신 가까이에서 산 적이 있는 나는 어느 정도 추측할 수 있는 그 모든 이야기를 이제 직접 말해봐요. 멜라마르 가문의 비밀에 대해서는 어느 정도 짐작이 가고 내 입으로 모든 이야기를 할 수도 있지만, 당신이 직접 털어놓아야 합니다. 질베르트, 그래야 여기 있는 아를레트 마졸과 레진 오브리가 모든 것을 믿을 수 있어요."

질베르트는 무릎에 팔꿈치를 괴고 두 손으로 머리를 감싸며 중얼거렸다.

"그래 봐야…!"

"그래 봐야라뇨, 질베르트? 이건 확실한 정보인데 내일 이 두 여성은 백작과 대질심문을 한다고 합니다. 그런데 만일 두 여성이 전보다 더 머뭇거리며 증언을 제대로 못 하게 되면 사법 당국도 현실적인 증거로써 더는 효력이 없다고 생각하지 않을까요?"

질베르트는 여전히 우울한 표정으로 아무 말도 하지 않고 있었다. 이 모든 논의가 질베르트에게는 별로 중요하지 않은 것 같았다. 질베르트의 입에서 나온 말은 이것뿐이었다.

"아니에요… 아나… 그래 봐야 소용없어요… 그냥 아무 말도 안 할 수밖에."

"그럼 죽음뿐이죠."

질베르트가 고개를 바짝 들었다.

"죽음이라니요?"

파즈로는 질베르트 쪽으로 몸을 잔뜩 기울여 심각한 말투로 얘기했다.

"질베르트, 백작과 편지를 주고받았습니다. 당신과 백작, 모두를 구하겠다고 했고 답장도 받았습니다."

"답장이요, 앙투안?"

질베르트가 감정에 북받쳐 눈빛이 반짝였다.

"백작이 보낸 쪽지입니다. 몇 줄 안 되지만 한번 읽어봐요."

질베르트는 오빠의 글을 읽었다.

고맙소. 그럼, 화요일 저녁까지 기다리겠소.
만일 잘 되지 않는다면….

질베르트는 비틀거리며 더듬더듬 말했다.

"화요일이라면… 바로 내일…."

"그래요, 내일입니다. 내일 저녁 대질심문이 끝나면 아드리앵 드 멜라마르 백작은 풀려나거나 아니면 독방에서 목숨을 끊을 겁니다. 그러니 백작을 구하려면 무슨 시도라도 해야죠. 그렇지 않나요, 질베르트?"

질베르트는 열이 오른 것처럼 부르르 떨었고 고개를 푹 숙이며 얼굴을 파묻었다. 그런 질베르트를 아를레트와 레진은 가여워하며 바라봤다. 데느리스도 가슴이 아팠다. 단단히 버텨온 여인의 입을 열기 위해 데느리스도 얼마나 노력했던가! 이제야 질베르트가 입을 열려고 하는 것 같았다. 질베르트는 겨우 알아들을 수 있는 개미 같은 목소리로 말하기 시작했다.

"멜라마르 가문의 비밀이란 건 없어요… 지난 세기 우리 가문 사람들과 우리 남매가 저질렀다고 오해받는 죄목을 무마하기 위해 비밀이 있는 것처럼 하는 것뿐입니다. 하지만 우리는 아무 잘못도 저지르지 않았습니다… 마찬가지로 쥘과 알퐁스 드 멜라마르 역시 결백합니다… 증거는 댈 수 없지만요. 앞으로도 그럴 겁니다. 발견된 증거는 모두 우리에게 불리하니까요. 유리한 증거를 하나도 내세울 수 없죠. …하지만 우리는 알아요. 우리 가문에서 도둑질을 한 사람은 한 명도 없습니다… 너무나 당연한 말 아닌가요? 아드리앵 오빠도, 나도 저 두 젊은 여성을 이리로 데려온 적이 없습니다… 다이아몬드와 튜닉도 숨긴 적이 없어요… 우린 잘 알고 있어요. 우리 할아버지와 증조할아버지도 나쁜 짓을 한 적이 없다는 것을요. 두 분 모두 결백하다는 것을 우리 집안 사람은 누구나 항상 알고 있었어요. 아버지가 모함을 받은 두 어르신에게 전해 듣고 우리에게도 알려주었습니다. 그것이야말로 신성한 진실이죠… 정직과 명예는 멜라마르 가문의 가풍이에요… 가문의 역사를 아무리 살펴봐도 문제가 되는 점은 없을 겁니다. 그런데 왜 갑자기 아무 이유도 없이 죄를 저지르겠어요? 모두 부유하고 명예도 있었는데. 우리 남매가 왜 아무 이유 없이 가문의 역사가 오해를 받고 있다고 하겠어요?"

질베르트가 잠시 말을 멈추었다. 너무나 격정적이고 처절한 어조로 단숨에 말해서 그런지 아를레트와 레진은 바로 마음이 움직인 것 같았다. 아를레트가 긴장한 얼굴로 앞으로 나와 말을 걸었다.

"그래서요, 부인… 그래서요?"

"우리는 도저히 알지 못하는 일로 피해를 입고 있습니다… 비밀이 있다면 우리를 괴롭히는 누군가가 알고 있겠죠. 극장에서 비극 작품을 보면 한 가문이 운명의 장난으로 수 세대에 걸쳐 피해를 입는 내용이 나옵니다. 마찬가지로 우리 가문 역시 한 세기 동안 운명의 장난에 시달렸습니다. 처음에 쥘 드 멜라마르도 억울한 비난에 스스로 방어하고 싶어 했지만 결국에는 분노를 이기지 못하고 감방 안에서 뇌출혈로 세상을 떠났습니다. 그로부터 25년 후, 그 아들 알퐁스는 아버지의 경우와는 다르기는 해도 역시 중상모략을 당했습니다. 저항조차 못 했죠. 사방에서 몰아세우자 견디지 못하고 무기력해졌고 역시 아버지의 고난과 시련을 생각하며 자결해버렸습니다."

질베르트 드 멜라마르가 다시 입을 다물었다. 아를레트가 다시 그 앞에서 계속 말해달라고 했다.

"그래서요? …이야기를 계속해주세요."

질베르트가 말을 이었다.

"그렇게 해서 우리 가문에 전설 같은 것이 생겨났습니다… 저주받은 전설로 부자가 대를 이어오면서 똑같은 시련을 겪으며 그 불행이 이 저택을 짓누르기 시작했다는 거죠. 남편의 명복을 위해 마음을 강하게 먹어야 했으나 그러지 못한 저희 할머니는 친정 부모가 사는 시골로 피신했습니다. 거기서 아들을 키웠는데 그 아들이 바로 저희 아버지죠. 할머니는 어린 아버지에게 파리는 무서운 곳이라고 알려주었고 다시는 멜라마르 저택의 문을 열고 들어가지 않겠다는 약속을 해달라고 다짐시켰습니다. 결혼도 시골 아가씨와 시켰죠… 그렇게 해서 남은 아들만이라도 저주스러운 운명에서 구하려고 한 거죠."

"저주스러운 운명이라니… 정말 그런 것이 있다고 본 겁니까?"

백작의 여동생이 흥분하며 말했다.

"그럼요, 물론이죠! 아버지 역시 운명의 장난에 휘말렸겠죠. 이 저택에는 죽음의 그림자가 감도니까요. 여기에 멜라마르 가문의 악령이 우리를 둘러싸 나락으로 떨어뜨리는 거죠. 우리 남매가 지금 알 수 없는 피해를 당하는 것도 부모님이 돌아가신 후 악령의 저주를 거슬렀기 때문입니다. 과거를 잊고 조상 대대로 내려온 저택에 온 것만 기뻐했죠. 하지만 시골을 떠나 여기 뒤르페가에 들어왔을 때부터 우리 남매는 음산한 위협을 느꼈습니다. 특히 오빠가 더욱 그러했죠. 난 한 번 결혼했다 이혼해서 행복과 불행을 모두 경험했지만 아드리앵 오빠는 매우 우울하게 살았어요. 오빠는 저주스러운 운명을 강하게 믿고 있어서 결혼도 하지 않기로 했으니까요. 멜라마르 가문의 혈통을 끊으면 저주스러운 운명도 피할 수 있고 계속되는 불행의 고리를 끊을 수 있다고 본 거죠. 오빠 스스로 멜라마르 가문의 마지막 생존자가 되기로 한 거예요. 오빠는 정말로 두려워했습니다!"

"무엇을 두려워했다는 거죠?"

아를레트의 목소리는 긴장되어 있었다.

"15년 후에 벌어진 일과 앞으로 일어날 일이 무서웠던 거죠."

"그러면서도 전혀 예상하지 못한 건가요?"

"네. 다만 음산한 어둠 속에서 음모가 꾸며지고 있다는 것은 분명합니다. 적들이 우리 주변을 맴돌고 있어요. 저택에 대한 음모가 서서히 다시 이루어졌으니까요. 그리고 갑자기 공격이 일어났습니다."

"무슨 공격이요?"

"몇 주 전에 일어난 사건이었어요. 얼핏 대수롭지 않은 일 같지만 끔찍한 경고의 의미가 서려 있는 사건이었습니다. 어느 날 아침, 오빠가 일어나보니 초인종 손잡이 띠, 촛농받이 같은 하찮은 물건들이 사라졌다고 합니다! 값진 다른 물건들은 그대로인데 일부러 그런 것들만 없어졌다는 것은 무서운 일이 일어날 것이라는 경고와 같았어요…."

질베르트가 잠시 숨을 고르고 다시 말을 이었다.

"때가 온 겁니다… 곧 벼락이 칠 거라는 의미죠."

특히 마지막 말에서는 알 수 없는 두려움이 느껴졌다. 질베르트의 퀭한 눈은 그동안 백작 남매가 얼마나 공포에 떨며 살아왔는지를 짐작케 했다.

질베르트가 '벼락'이라는 말을 했을 때는 마치 정말로 벼락에 맞아 정신이 피폐해졌다고 이야기하고 있는 듯했다.

"아드리앵 오빠는 맞서려고 했습니다. 그래서 사라진 물건들을 찾는다는 광고를 신문마다 실었습니다. 그렇게 해서라도 운명을 거스르고 싶었대요. 만일 물건을 찾아 원래 위치에 되돌려 놓으면 멜라마르 가문을 그동안 괴롭혀온 불가사의한 힘도 더 이상 우리를 괴롭히지 못할 것이라고 말이죠. 물론 헛된 희망이었지만. 이미 저주를 받았는데 무엇을 할 수 있을까요? 역시나 어느 날 우리 남매가 전혀 만난 적이 없는 두 분이 저택으로 찾아와 우리가 도저히 모르는 일을 이야기하며 범인으로 몰았어요… 그것으로 끝난 거죠. 방어할 수도 없는 일 아니겠어요? 우리 남매 역시 저주스러운 운명의 굴레에서 벗어날 수 없음을 다시 한 번 확인했을 뿐입니다. 멜라마르 가문의 사람들이 영문도 모를 일로 피해자가 된 것이 벌써 세 번째가 되는 거죠. 쥘과 알퐁스 드 멜라마르를 휘감았던 어둠이 우리 남매에게까지 온 겁니다. 이 비극을 끝낼 방법도 역시… 자살이나 죽음이겠죠…. 이것이 우리 가문의 역사입니다…. 그러니 남은 일은 마지막 순간까지 체념한 채 기도하는 일뿐이죠. 섭리에 반항한다는 것은 신성모독과 같으니까요. 그 섭리가 너무 고통스럽긴 합니다! 지난 한 세기 동안 우리 집안이 얼마나 큰 고통을 안고 겨우 목숨을 부지해왔는지 모를 겁니다!"

질베르트는 이처럼 가문의 비밀에 대해 고백했고 사건이 처음 일어났던 때와 마찬가지로 다시 멍한 상태가 되었다. 하지만 질베르트가 기묘하면서도 어딘가 병적인 절절한 고백으로 밝힌 불행은 연민과 동정을 일으킬 만했다. 아무 말 없이 듣고만 있던 앙투안 파즈로가 질베르트에게 다가가 경건하게 손등에 입을 맞추었다. 아를레트도 눈물을 흘리고 있었다. 그나마 좀 더 담담한 레진도 마음은 흔들리고 있었다.

# 7
# 구원자 파즈로

태피스트리 뒤에 있는 장 데느리스와 베슈는 꼼짝하지 않았
다. 기껏해야 데느리스의 손가락이 누르는 힘이 강해질 때마다
베슈가 괴로워 할 뿐이었다. 데느리스는 마치 막간의 휴식 시
간 같은 틈을 이용해 베슈의 귀에 대고 말했다.

"자네 생각은 어떤가? 상황이 명확해지고 있어, 안 그런가?"

베슈도 속삭였다.

"명확해지기는 하지만 그 때문에 뭔가가 더 복잡해지는 것
같군. 멜라마르 가문에 얽힌 사연은 알게 되었으나 사건 자체
는 더 모르겠어. 두 번의 납치 사건과 다이아몬드 도난 사건 말
이야."

"그렇긴 해. 반 우뱅은 운이 없지. 하지만 좀 더 기다려보자
고. 저 파즈로 씨가 점점 흥분하고 있으니까."

정말 그랬다. 앙투안 파즈로는 질베르트를 그대로 두고 나머
지 두 여성 쪽으로 돌아서서 뭔가 말을 하려는 것 같았다. 지금
까지 이야기의 결론을 내리며 앞으로의 계획을 설명하려는 것
같았다. 우선 파즈로는 질문을 했다.

"아를레트 양, 여기 질베르트 드 멜라마르의 이야기를 그대로 믿는 거죠?"

"네."

"레진 오브리 양은 어떻습니까?"

"믿어요."

"질베르트를 믿는다면 그에 따른 행동에 나설 준비를 해도 되는 거겠죠?"

"그래요."

파즈로가 말을 이었다.

"이제부터는 한 가지 목표를 향해 정말 조심스럽게 나서야 합니다. 그것은 바로 멜라마르 백작을 석방시키는 일입니다. 두 분의 힘으로 할 수 있습니다."

아틀레트가 물었다.

"어떻게요?"

"방법은 아주 간단합니다. 내일 하게 될 증언을 좀 더 다듬으면서 연습해보는 겁니다. 그리고 내일 이전 진술이 확실하지 않은 면이 있다고 하면서 증언을 번복하는 겁니다."

레진이 반박했다.

"하지만 이곳 응접실로 납치되어 온 것은 확실해요. 그 사실을 부정할 수는 없어요."

"그렇긴 합니다. 하지만 멜라마르 백작 남매에게 이끌려 여기로 납치되어 왔다고 확신하는 겁니까?"

"적어도 멜라마르 부인이 낀 반지는 기억합니다."

"그것을 어떻게 증명하실 생각입니까? 사법 당국도 여러 가지 추정을 바탕으로 입장을 내놓고 있고 예심도 초기 증언에서 더 나아가지 못하고 있습니다. 이렇게 말하시면 됩니다. '그 반지는 전에 본 적 있는 것과 비슷하기는 해요. 하지만 다시 생각해보니 진주알 배열이 약간 다른 것 같기는 해요.' 이렇게 말입니다. 그럼 상황이 반전될 수 있습니다."

아를레트가 물었다.

"하지만 백작의 여동생 되시는 분이 대질심문에 동석해야만 하는 거 아닌가요?"

그러자 앙투안 파즈로가 대답했다.

"그렇게 해야죠."

연극 같은 상황이 일어났다. 질베르트가 갑자기 놀란 얼굴로 벌떡 일어났다.

"내가 거길 간다고요? …정말 그래야 하나요?"

파즈로가 강하게 말했다.

"그래야 합니다! 대충 둘러대거나 피해서는 안 됩니다. 모든 혐의에 정면으로 맞서서 정정당당히 변호하고 지금까지 당신을 무기력하게 만들었던 체념과 두려움을 떨치고 일어나야 합니다. 백작님도 이 판에 나오게 해야 합니다. 당신도 오늘 밤부터는 이 저택에서 잠을 자야 해요. 장 데느리스가 신중하지 못하게 당신을 도망치도록 했던 이곳에 다시 돌아와 살면서 대질심문이 있으면 당당히 나타나는 겁니다. 승리는 얻은 것이나 마찬가지지만 일단은 그렇게 되려면 스스로 결심을 해야죠."

"하지만 날 당장 잡으려고 할 거예요…."

"아닙니다!"

앙투안 파즈로가 너무 단호하게 말하자 질베르트는 움찔하
며 더 이상 반박하지 못하고 순종하듯 고개를 숙였다.

"우리가 돕겠어요, 부인."

아를레트가 말했다. 이번에는 아를레트도 흥분했지만 이럴
때일수록 논리정연함과 침착함을 잃지 않고 상황을 정리했다.

"하지만 우리의 도움만으로도 충분할까요? 우리 두 사람이
차례로 여기에 납치되었고 이 응접실을 알아본 데다가 은색 튜
닉도 서가에서 발견되었잖아요. 그러니 사법 당국은 멜라마르
백작 남매가 범인이거나 최소 공범이라고 쉽게 생각할 수 있다
는 겁니다. 사건이 발생한 시간에 두 분이 저택 밖으로 나간 적
이 없으니 사건을 목격했거나 동참했을 것이라 볼 것 같아요."

"사법 당국은 아무것도 보지 못했고 알지도 못합니다. 저택
의 구조부터 차근차근 살펴봐야 합니다. 백작 남매가 식사 후
저녁 시간을 보내는 곳은 3층 왼쪽, 정원을 바라보는 거처입니
다… 오른쪽에 있는 하인들 방도 정원을 마주 보고 있습니다…
그러니까 아래층 가운데에는 아무도 없습니다. 마당 부속 건
물 역시 그렇습니다. 그 두 장소는 자유롭게 행동할 수 있는 곳
입니다. 두 납치 사건이 일어난 곳, 즉 두 분이 각각 납치되었던
곳과 아를레트 양이 도망친 곳은 백작 남매가 있는 곳과는 떨
어져 있었다는 뜻입니다."

앙투안 파즈로의 말에 아를레트가 고개를 갸우뚱했다.

"설마…."

"설마라고 생각하면 안 됩니다. 이런 가능성을 그럴듯하게
만드는 것은 수수께끼 같은 사건이 모두 똑같은 상황에서 발생

했다는 사실입니다. 즉, 쥘 드 멜라마르와 알퐁스 드 멜라마르, 그리고 아드리앵 드 멜라마르가 파멸한 것은 멜라마르 저택의 구조와 사건 현장의 구조가 같기 때문입니다."

아를레트가 어깨를 가볍게 으쓱했다.

"그러니까 똑같은 사건이 세 번에 걸쳐 다른 범인에 의해 일어났다는 뜻이네요… 여기 저택의 구조를 잘 알고 있는 범인들에 의해서 말이죠?"

"범인이 각각 다른 것은 맞지만 공통적으로 한 가지 사실을 잘 알고 있었습니다. 멜라마르 가문에는 공포와 파멸의 비밀이 대대로 이어오죠. 또 다른 가문에는 탐욕과 강탈의 비밀이 대대로 내려오고 있죠."

"하지만 범인들은 왜 여기로 온 것일까요? 그냥 자동차 안에서 레진 오브리 씨의 다이아몬드를 빼앗을 수도 있었을 텐데 말이죠. 다이아몬드 가슴받이 하나를 빼앗자고 이 저택까지 위험을 감수하면서 올 필요가 있었을까요?"

"위험을 감수한 게 아니라 치밀한 거죠. 범인들 자신은 무사히 빠져나가고 애매한 사람들이 누명을 쓰게 하려는 계획이었던 겁니다."

"하지만 난 빼앗긴 물건도 없어요. 원래부터 가진 것이 없는데 그런 내게서 무엇을 빼앗겠어요?"

"아를레트 양을 사랑하기 때문에 미행했을 겁니다."

"그럼, 그 때문에 날 여기로 데려왔다는 거예요?"

"그래요. 의심의 눈길을 다른 곳으로 돌리기 위해서죠."

"그 이유만으로요?"

"그건 아닙니다."

"그럼 또 무슨 이유가 있죠?"

"증오심 같은 것이 있었겠죠. 이유는 알 수 없지만 상대 가문을 곤란하게 하기 위해 저지른 작전일 수 있습니다."

"그런 일은 멜라마르 백작 남매도 알고 있지 않을까요?"

"반드시 그런 것은 아닙니다. 그러니까 지금까지 대책 없이 당했겠죠. 파멸을 감수할 수밖에 없었을 거고요. 앙숙인 두 가문은 한 세기 동안 평행선을 걸어오고 있었겠죠. 다만 한쪽 가문은 상대 가문을 전혀 의식하지 못했고 이 덕에 그 상대 가문은 마음 편히 음모를 꾸미며 행동에 나설 수 있었던 겁니다. 그리하여 멜라마르 가문은 지금처럼 저주스러운 운명의 피해자가되었다는 이야기를 할 정도로 위축되게 된 겁니다. 사실은 대대로 악행에 익숙한, 자신들이 갖고 있는 영역을 잘 이용해 나쁜 짓을 저지르고 은색 튜닉처럼 일부러 증거를 남겨 애꿎은 누명을 씌우는 범인들이 있는데 말입니다. 바로 이것이 멜라마르 가문이 계속 누명을 쓰게 된 이유입니다. 아를레트 마졸과 레진 오브리, 두 분 같은 피해자들까지 납치와 감금이 일어났던 장소를 멜라마르 저택이라고 증언해 멜라마르 백작 남매에게 더욱 불리한 상황을 만든 겁니다."

하지만 아를레트는 여전히 미심쩍은 부분이 있는 것 같았다. 파즈로의 설명은 그럴듯했고 질베르트가 말해준 상황과도 잘 맞았지만 뭔가 부자연스러운 구석이 있어 반박할 내용이 생각났으며, 몇 가지 핵심 내용은 아직 시원하게 해명이 되지 않아 개운하지가 않았다. 그래도 긴 설명을 들으니 여러 부분이 진실과 가깝다는 생각을 하게 되기는 했다.

"알았어요… 파즈로 씨가 상상하는 내용을….”

그러자 파즈로가 정정했다.

"상상이 아니라 확신하는 겁니다.”

"파즈로 씨가 확신한 내용을 사법 당국이 받아들일지 거부할지는 나중 문제고, 우선 그 내용을 자세하게 공개해야 할 겁니다. 그런데 그 일을 누가 하죠? 사법 당국이 귀를 기울이고 믿음을 갖게 해줄 사람이 누가 있을까요?”

파즈로가 말했다.

"그야 내가 할 겁니다. 그 일을 할 수 있는 건 나뿐이죠. 내일 질베르트와 함께 출두할 겁니다. 옛 친구니까요. 또한 질베르트가 허락을 해준다면 이제까지 질베르트에 대해 품어온 감정에 맞는 사이가 되고 싶다고 고백할 겁니다. 질베르트에게 거절을 당한 후 수년 동안 사방을 떠돌다가 이 시련이 시작될 때쯤 파리로 돌아왔죠. 질베르트와 백작이 결백하다는 것을 증명하기로 결심하고 질베르트가 숨어 있는 곳을 찾아내 저택으로 돌아오도록 설득했다고 진술할 겁니다… 사법관들은 아를레트 양의 진술 번복과 레진 오브리 양의 새로운 진술로 조금 혼란스러워할 겁니다. 그때 내가 나서서 질베르트가 해준 이야기를 재빨리 정리하여 멜라마르 가문의 비밀을 공개해 원하는 결론이 나올 수 있게 하는 겁니다. 확실히 잘될 겁니다. 다만 성공하려면 아를레트 양과 레진 오브리 양이 첫 단추를 잘 꿰어야 합니다. 아직도 의심이 되고 내가 한 설명이 뭔가 부족하다 싶으면 여기 질베르트 드 멜라마르를 한 번 자세히 보고 자신에게 물어보십시오. 이런 여성이 도둑질을 할 수 있을까라고 말입니다."

마침내 아를레트는 주저하지 않고 대답했다.

"내일 그대로 진술할게요."

레진이 말했다.

"나도요."

"그런데 결과가 생각지 않은 방향으로 나올까 봐 걱정이에요… 우리의 바람대로 되지 않을까 봐요."

아를레트가 중얼거리자 파즈로가 대답했다.

"내가 전부 책임지죠. 내일 저녁에 당장 아드리앵 드 멜라마르 백작이 석방되지 않을지도 모르지만 사법 당국이 질베르트까지 잡지는 못할 겁니다. 그러면 백작도 석방될 날을 기다리며 희망을 갖고 견딜 수 있을 겁니다."

질베르트가 파즈로의 손을 잡았다.

"다시 한 번 감사해요. 옛날에는 당신을 오해했죠. 앙투안, 날 원망하지는 말아줘요."

"질베르트, 한 번도 원망해 본 적 없습니다. 오히려 이렇게 당신을 돕게 되어 얼마나 다행인지 몰라요. 과거를 생각해서라도 당신을 위해 그렇게 할 겁니다. 또한 옳은 행동이기 때문에 그렇게 할 겁니다. 게다가…"

여기에서 파즈로는 더욱 진지해지면서 목소리도 가라앉았다.

"누군가 지켜본다는 생각을 하면 더 열심히 몰두할 수 있는 행동이 있습니다. 반드시 해야 하고, 자연스러우면서도, 대단한 것처럼 느껴지는 행동입니다. 지켜보는 사람들로부터 사랑과 응원을 얻어낼 수 있는 행동이죠."

그냥 하는 말 같았지만, 아를레트를 의미 있게 바라보면서 하는 말이 분명했다. 하지만 방 안에 있는 사람들의 얼굴 표정을 볼 수 없었던 데느리스는 파즈로가 그 말을 질베르트 드 멜라마르에게 하는 것이라 생각했다.

아주 잠깐 데느리스는 파즈로가 아를레트에게 마음이 있는 것인지 의심했고 그때마다 베슈의 어깨 한가운데를 세게 눌렀다. 베슈는 그럴 때마다 통증을 느꼈다. 베슈는 인간의 손가락이 고문용 집게처럼 큰 힘을 낼 수 있으리라고는 생각하지 못했었다. 다행히 이런 시간은 그리 오래가지 않았다.

앙투안 파즈로는 더 이상 이야기를 질질 끌지 않았다. 호출벨을 눌러 하인 부부를 부른 파즈로는 이런저런 지시를 내렸고 증언을 할 경우 어떻게 대답해야 하는지 상세하게 알려주었다. 이와 함께 파즈로에 대해 순간적으로 품었던 의심도 거짓말처럼 흩어졌다.

데느리스는 귀를 더 기울여보았으나 대화는 끝난 것 같았다. 레진이 아를레트에게 자신 좀 데려다달라고 부탁하는 말소리가 들렸다.

데느리스가 중얼거렸다.

"우리도 이만 가자고. 저들도 더 이상 할 이야기가 없는 것 같으니까."

데느리스는 그곳을 떠나면서도 앙투안 파즈로와 아를레트를 생각하면 마음이 왠지 불편했다. 방에서 빠져나와 현관 바닥을 밟고 걸어가면서도 차라리 발소리 때문에 들켰으면 하고 생각했다. 그러면 지금의 이 찝찝한 기분을 풀어낼 수 있으리라.

데느리스는 밖으로 나갔다. 곧바로 덤불 속에서 반 우뱅이 튀어나와 다이아몬드가 어떻게 되었는지 궁금해했다. 데느리스는 그런 반 우뱅을 팔꿈치로 밀어내며 조금이나마 화풀이를 할 수 있었다. 반 우뱅은 당황하며 뒤로 물러섰다.

베슈도 데느리스의 화풀이 대상이 되었다. 데느리스의 기분도 모르고 이렇게 말한 것이다.

"그리 이상한 사람은 아닌 듯….."

"바보!"

"바보라니 왜? 그럴듯하지 않았나? 파즈로의 가정대로라면…."

"대책 없는 바보군!"

데느리스가 예민하게 나오자 베슈도 수그러들었다.

"그래, 알았다고. 트리아농 가게에서 마주쳤을 때 파즈로는 방물장수와 뭔가 시선을 주고받았지. 그 후에 바로 방물장수가 사라진 것도 그렇고… 하지만 파즈로의 가설은 그럴듯하지 않았나?"

데느리스는 더 이상 뭐라고 하지 않았다. 셋은 정원에서 나왔고 데느리스는 베슈와 반 우뱅을 그대로 남기고 서둘러 택시에 올라탔다. 데느리스가 다이아몬드를 빼돌린다고 생각한 반 우뱅은 그를 붙잡으려 했으나 한 방 얻어맞았을 뿐이다. 그로부터 10분 후에 장 데느리스는 자신의 방에 누워 있었다.

데느리스는 열이 치밀어 올라 신중하지 못한 행동을 할 것 같으면 마음을 가라앉히기 위해 이렇게 누워 있곤 했다. 아까 기분대로 행동했다면 아를레트 마졸의 집까지 몰래 따라가 파즈로와는 어떻게 아는 거냐고 물은 다음 파즈로를 조심하라고 경고했을 것이다. 물론 그래 봐야 아를레트가 쉽게 믿어주지는 않았을 것이다. 우선 파즈로가 마련한 모임이 어떻게 된 것인지 과정을 알아보고 나서 자존심이나 질투심 같은 감정이 섞이지 않은 논리적인 결론을 얻어내는 것이 중요했다.

데느리스가 짜증을 내며 중얼거렸다.

"그자가 모두를 쥐락펴락하고 있어. 트리아농 가게에서 마주쳤으니 망정이지 그렇지 않았으면 나도 속았겠지… 더구나… 아냐, 절대 아니지… 그자의 이야기는 말도 안 돼! …하지만 사법 당국은 넘어갈지도 모르지. 그러나 난 달라! 논리적으로 말도 안 되는 이야기니까! 그자가 원하는 것은 뭐지? 왜 멜라마르 백작 남매를 위해 애쓰겠다는 걸까? …어떻게 해서 과감히 베일을 벗고 나설 수 있냐고? 거침이 없어 보였어! 어쨌든 그자에 대해 알아보기는 해야겠어. 과거가 드러나도 과연 당당할 수 있을지 한번 볼까…?"

앙투안 파즈로가 아를레트에게 조금씩 접근해 어느 틈엔가 옆에서 알 수 없는 방법으로 영향력을 발휘해 믿음을 샀고, 그로 인해 아를레트가 자신에게 거짓말을 하고 몰래 행동했다는 사실에 데느리스는 분해 죽을 것 같았다. 그 자체로서도 견디기 힘든 모욕이었다.

다음 날 저녁에 베슈가 흥분하며 들어왔다.

"결국 그렇게 되고 말았어!"

"뭐가?"

"사법 당국이 한층 누그러졌어."

"자네처럼 말이군."

"나? 난 아냐… 아니지, 솔직히 나도…."

"다른 사람들처럼 파즈로의 이야기가 그럴듯하게 들렸고 묘한 착각이 든다는 거지? 어서 말해보라고."

"모든 일이 신속하게 이루어졌어. 대질심문에서 아를레트와 레진은 주장을 번복하고 때론 침묵하면서 예심판사를 당혹스럽게 만들었어. 그 틈에 백작의 여동생과 파즈로가 나섰고 계획대로 연극이 진행되었지."

"파즈로가 주인공이고?"

"당연하지. 말을 엄청나게 잘하는 주인공이더군! 청산유수가 따로 없었어!"

"과장 좀 하지 말게. 그자가 어떤 인간인지 안 봐도 뻔해. 삼류 배우지."

"분명…."

"결론만 말하라고. 면소 판결인가? 백작은 석방되는 건가?"

"모레 정도에."

"베슈, 입장 곤란하겠군. 백작이 체포된 것은 자네 책임이잖아. 그나저나 아를레트는 어떻던가? 파즈로의 조종대로 움직이던가?"

"백작의 여동생에게 잠시 떠날 거라는 말을 하더군."

베슈의 말에 데느리스는 깜짝 놀라며 물었다.

"떠나다니?"

"그래, 시골에 있는 친구 집에서 좀 쉬고 싶다고 하더군."

데느리스에게도 나쁘지 않은 소식이었다.

"잘됐군. 또 보자고, 베슈. 앙투안 파즈로와 트리아농 할멈에 대한 조사 좀 부탁해. 난 잠 좀 자야겠어."

데느리스는 일주일 동안 담배를 피면서 태평하게 있었다. 그 휴식이 방해를 받는 때는 다이아몬드를 찾아내지 못하면 가만 두지 않겠다고 반 우뱅이 협박해올 때, 레진 오브리가 옆에 와 앉았으나 방해가 될까 봐 이내 돌아설 때, 갑자기 전화를 걸어온 베슈가 쪽지를 읽어줄 때였다. 베슈가 읽어준 쪽지의 내용은 다음과 같았다.

앙투안 파즈로.
신분증 나이는 스물아홉.
현재 사망한 프랑스인 부모 사이에서 부에노스아이레스에서 출생.
석 달 전부터 파리로 와 샤토뎅가에 위치한 몽디알 호텔에 거주.
직업 없음.
경마와 자동차경주를 즐기는 사교계 출입 중.
그 외 사생활이나 과거 행적에 대해서는 어떤 정보도 없음.

데느리스는 그로부터 다시 일주일 동안 집에만 틀어박혀 있었다. 생각하고 또 생각했다. 손바닥을 재빨리 비비거나 근심 어린 표정으로 집 안 여기저기를 서성대기도 했다. 어느 날 갑자기 전화벨이 울렸다.

또박또박한 베슈의 목소리가 들렸다.

"이리로 오게. 꾸물댈 시간 없어. 라파예트가 꼭대기에 있는 로샹보 카페에서 기다리겠네. 급한 일이야."

전투가 시작된 셈이었다. 장 데느리스는 생각이 말끔하게 정리가 되어 상황 파악이 어느 정도 되었기에 기꺼이 전투에 뛰어들기로 했다.

로샹보 카페에 도착한 데느리스는 창가 쪽에서 거리를 열심히 감시하는 베슈의 옆에 앉았다.

"설마 쓸데없는 일로 날 방해한 건 아니겠지?"

베슈는 무슨 일만 있다 하면 폼을 잡고 과장하며 말을 하곤 했다. 반장이 입을 열었다.

"내가 조사를 하는 동안…."

"간단히 핵심만."

"트리아농 할멈의 가게 문이 고집을 부리며 닫혀 있는데…."

"문이 고집을 부리지는 않지. 전보문 스타일로 말해보라고… 아예 어눌하게 말하던가."

"어쨌든 가게 문이…."

"그 말은 아까 했잖아!"

"아! 또 날 성가시게 하는군."

"무슨 이야기를 하고 싶은 건가?"

"저 가게의 임대 명의가 로랑스 마르탱이라는 여성의 이름으로 되어 있다는 이야기를 하고 싶은 거라고."

"그렇게 간단히 이야기하면 될 걸 가지고. 로랑스 마르탱이 방물장수의 이름인가?"

"아니. 공증인을 만나봤는데 로랑스 마르탱이라는 여성은 쉰 살도 안 되었다고 하는군."

"그럼 건물을 빌려주거나 다른 사람을 자기 대신 내세웠다는 건가?"

"그런 거지. 즉, 방물장수는 사실 로랑스 마르탱인 거야… 그 할멈은 로랑스 마르탱의 언니가 아닐까 해…."

"그 여자는 어디에 사나?"

"그건 알아내지 못했어. 임대계약이 12년 전에 이루어져서 주소지가 분명하지 않았어."

"그럼, 임대료는 어떤 식으로 낸 건가?"

"아주 나이가 많은 절름발이 노인을 통해 지불했다고 하는군. 그런데 오늘 아침 상황이 반전되어 당황스러웠지."

"듣던 중 반가운 소식이군. 뭔가…?"

"오늘 아침 파리시 경찰청에 갔다가 알게 된 정보야. 어느 부인이 르쿠르쇠 시의회 의원에게 보고서의 내용을 수정해 제출해달라고 했고 그 대가로 5만 프랑을 주겠다고 했다는군. 르쿠르쇠 의원은 평판도 별로인 데다가 최근 스캔들에 시달리고 나서 다시 의원 자리를 노리고 있던 상황이라 얼른 경찰에 신고했다고 해. 르쿠르쇠 의원이 매일 선거구민을 관리하는 사무실에서 뇌물이 전해질 것이라네. 형사 두 명이 바로 옆방에서 망을 보며 뇌물 수수 현장을 지켜보고 있다고 하는군."

"여자가 이름은 밝혔나?"

"아니. 묘한 우연이긴 한데 여자는 기억을 못 하지만 르쿠르쇠 의원이 전에 무슨 일로 알던 여자라 누군지 말 안 해도 알고 있다더군."

"그럼, 그 여자는 로랑스 마르탱이겠군?"

"맞아, 로랑스 마르탱."

데느리스가 기뻐했다.

"좋아! 파즈로와 트리아농 할멈 사이의 공범 관계가 로랑스 마르탱까지 이어지는 거군! 파즈로의 음흉한 본색을 밝힐 수 있는 정보는 뭐든 환영이야! 시의원의 사무실은 어디에 있는 건가?"

"바로 맞은편 건물 중이층. 창문은 두 개밖에 없어. 여느 사무실과 마찬가지로 뒤에는 현관 방향으로 작은 대기실이 하나 붙어 있네."

"또 할 말은?"

"없어. 어쨌든 서둘러야 해. 지금 2시 5분 전이야. 그리고…."

"어서 말해보라고. 아를레트 이야기는 아니지?"

"맞아."

"뭐라고? 무슨 일인가?"

베슈는 갑자기 빈정대는 투로 말했다.

"어제 자네의 아를레트를 봤지."

"뭐? 파리를 떠났다고 하지 않았나?"

"그게 아니더군."

"아를레트를 봤다고? 정말로?"

베슈는 대답 대신 갑자기 반쯤 몸을 일으켜 얼굴을 유리창에 가까이 갖다댔다.

"저기! 마르탱인가 하는 그 여자다…."

정말로 길 맞은편에 여자 한 명이 택시에서 내려 기사에게 돈을 건네고 있었다. 키가 큰 편이고 차림새는 천박했으며 얼굴은 한물간 투박한 인상이었다. 쉰 정도로 보였다. 여자는 문이 활짝 열린 입구로 들어가 모습을 감췄다.

베슈는 나갈 준비를 하며 말했다.

"틀림없이 저 여자야!"

데느리스는 그런 베슈의 손목을 잡으며 막았다.

"갑자기 웬 농담이야?"

"무슨 소리야! 농담이라니?"

"아니, 아까 아를레트 이야기."

"젠장, 지금 맞은편으로 달려가야 한다고!"

"대답 안 하면 못 보내줘."

"알았어. 아를레트가 집 근처 거리에서 누군가를 기다리고 있더군."

"누굴?"

"파즈로."

"거짓말!"

"내가 봤다고. 둘이 함께 어디론가 사라졌어."

베슈는 겨우 데느리스의 손아귀에서 풀려나 보도를 건너갔다. 그러나 건물 안으로 바로 들어가지 않고 뭔가 망설이는 것 같았다.

"아니지. 여기서 기다리는 것이 낫겠군. 여자가 함정을 파놓았을지도 모르니까 우리 쪽에서 미행을 하는 게 낫지. 자네 생각은?"

데느리스가 점점 지나치게 흥분하며 말했다.

"될 대로 되라고 해! 아를레트가 걱정이군. 아를레트의 어머니도 만나본 건가?"

"참, 이런!"

"베슈, 명심해. 대답을 안 하면 내가 저 로랑스 마르탱에게 전부 불어버릴 거야. 아를레트의 어머니는 만나봤나, 안 만나봤나?"

"아를레트는 파리를 떠나지 않았대. 매일 집에서 외출해 저녁 식사 때 돌아온다고 했어."

"말도 안 돼! 날 놀리려고 하는 소리지? 아를레트를 잘 아는데… 그럴 리가 없어…."

그러는 동안 7~8분이 지나갔다. 데느리스는 입은 다물었지만 발을 구르면서 길을 서성거렸고 행인이 앞에서 걸리적거릴 때는 세게 밀쳤다. 한편 베슈는 건물 입구에서 시선을 떼지 않고 있었다. 그런데 갑자기 여자가 건물에서 나오고 있었다. 여자는 베슈와 데느리스를 흘끗 보더니 반대편 방향으로 멀어져 갔다. 걸음을 재촉하는 그 얼굴에는 당황한 표정이 역력했다.

베슈는 얼른 뒤를 쫓았다. 그런데 지하철 계단 입구쯤에서 여자가 갑자기 아래로 내려갔다. 그리고 열차가 역 쪽으로 다가오는 순간, 여자가 표를 내밀었다. 그 때문에 베슈와 거리가 벌어졌다. 베슈는 역 사무실에 전화를 걸까 하고 생각했으나 시간을 낭비해 일을 망칠까 봐 두려웠다.

베슈가 씩씩거리며 데느리스에게로 왔다.

"제길!"

데느리스가 빈정거렸다.

"그럼 그렇지! 해야 하는 일과 정 반대로 해버렸군!"

"어떻게 했어야 하는데?"

"르쿠르쇠 의원의 사무실을 덮쳐 현장에서 마르탱이라는 여자를 체포해야 했어. 그런데 아를레트 이야기를 하며 내 약을 올리려다 내 질문에 대답하며 머뭇거리는 사이, 저 위에서 벌어진 일은 신경도 안 쓴 거지."

"어떤 일?"

"식접 가서 보자고. 사네도 머리 하나는 잘 써!"

베슈는 서둘러 시의원의 중이층 사무실로 올라갔다. 현장은 소란스러웠다. 감시 임무를 맡았던 형사 두 명이 정신 나간 사람처럼 여기저기 전화를 걸고 있었다. 건물 관리인이 올라와 비명을 질렀고 다른 세입자들도 우르르 몰려왔다.

사무실 한가운데 있는 소파에 르쿠르쇠 시의원이 누워 있었다. 시의원은 이마에 구멍이 뚫린 채 피를 흘리며 신음하더니 아무 말 없이 눈을 감았다.

형사들은 베슈에게 상황을 이야기했다. 마르탱이라는 여자가 보고서에 대한 제안을 여러 번 하고는 곧바로 돈을 세었고 형사들은 사무실로 들이닥칠 순간만 기다리고 있었다. 그런데 마음이 급해진 르쿠르쇠가 옆방 형사들을 소리쳐 불렀다. 마르탱이 위험을 눈치채고 옆방으로 잽싸게 달려가 빗장을 채운 모양인지 문은 열리지 않았다.

형사들은 여자가 탈출하는 걸 막기 위해 현관 쪽으로 갔지만 뒷문 역시 닫혀 있었다. 바깥에서는 열쇠나 빗장으로 닫을 수 없는 문인데 잠긴 것이다. 그러다 형사들이 문을 들이받고 있을 때 갑자기 총소리가 났다고 했다.

베슈가 지적했다.

"하지만 마르탱이라는 여자는 이미 바깥으로 나와 있었는데…."

형사 한 명이 물었다.

"그 여자가 죽인 게 아니라는 건가요?"

"그럼 누구 짓이지?"

"현관 벤치 위에는 허름한 차림의 노인밖에 없었는데… 면담 요청을 한 노인이라지만 르쿠르쇠가 마르탱과 면담을 끝내야 만날 수 있는 거고…."

"틀림없이 한패야. 바깥에서는 어떻게 문을 잠근 거지?"

베슈가 물었다.

"문짝 밑에 작은 꺽쇠를 끼워 넣었더군요. 그래서 아무리 애써도 문을 밀 수 없었던 거죠."

"그 노인은 어떻게 되었나? 그 후 목격한 사람은 없나?"

그때 관리인이 나섰다.

"제가 봤습니다. 총소리가 나서 관리실에서 얼른 나오는데 어느 노인이 계단을 내려오며 담담하게 말하더군요. '저 위에서 싸움이 있었습니다. 어서 올라가봐요.' 그 노인이 총을 쐈을 겁니다. 하지만 당시에는 전혀 의심하지 못했습니다… 행색도 꾀죄죄했고 절름발이 노인이라…."

베슈가 큰 소리로 물었다.

"절름발이라, 확실합니까?"

"물론입니다. 심한 절름발이던데요."

베슈가 이를 악물며 중얼거렸다.

"로랑스 마르탱과 한패야. 마르탱이 위험에 처한 것을 알고 르쿠르쇠를 제거해버린거지."

데느리스는 귀를 쫑긋 세우면서도 사무실에 쌓여 있는 서류철을 몰래 훑어보고 있었다. 데느리스가 베슈에게 물었다.

"보고서가 어떤 내용인지 아나? 로랑스 마르탱이 무엇을 원했는지도 알고 있어?"

"아니, 르쿠르쇠 위원이 미처 정확히 밝혀주지 않았어. 하지만 의원이 담당하는 보고서 하나를 수정해달라고 요구한 것은 분명해."

데느리스는 파일의 제목을 훑어봤다. 도살장에 관한 보고서… 동네 시장에 관한 보고서… 비에유 데 마레 거리의 연장 문제에 관한 보고서… 등.

베슈는 불안한 표정으로 왔다 갔다 하다가 데느리스에게 말을 걸었다.

"어떻게 생각하나? 심각한 사건 같지 않나?"

"왜?"

"살인이 일어난 것도 그렇고…."

"자네 이야기엔 관심 없어. 아까도 말했지! 늘상 뇌물을 받던 시의원이 살해당하고 자네는 안절부절하지만 이 일이 나와 무슨 상관인가?"

"하지만 로랑스 마르탱이 살인자라면 파즈로가 공범일 텐데…."

데느리스는 얼굴을 찡그리며 또박또박 말했다.

"파즈로는 살인자야… 불한당이라고… 내 손에 잡히기만 해 봐. 그렇게 될 거지만. 내 이름, 내 진짜 이름을 걸고…."

데느리스는 갑자기 말을 멈추더니 모자를 집어 들고는 서둘러 나갔다.

데느리스가 탄 자동차는 베르드렐가 아를레트의 집으로 향하고 있었다. 시간은 3시 10분 전이었다.

마졸 부인이 말했다.

"데느리스 씨! 오랜만에 뵙네요! 그렇지 않아도 안 오셔서 아를레트가 섭섭해했어요."

"집에 있습니까?"

"아뇨, 이 시간쯤에 매일 산책을 나가거든요. 오시다가 만났을 수도 있는데 이상하네요…."

# 8
# 방화범 마르탱 가문

아를레트와 어머니는 똑 닮았다. 비록 세월의 여파로 나이가 들었지만 마졸 부인은 나이에 비해 탄력 있는 피부에 표정이 살아 있어, 젊었을 때는 아를레트보다 더 아름다웠을 것 같았다. 마졸 부인은 세 아이들을 키우기 위해 열심히 일했고 첫째 딸과 둘째 딸의 실망스러운 행동으로 고통스러워했다. 그리고 그 고통을 잊기 위해 더욱 열심히 일을 해왔다. 지금도 낡은 레이스를 수선하는 일을 하고 있는데 이 일만으로도 충분히 안정된 생활을 꾸릴 수 있을 정도로 솜씨가 보통이 아니었다.

데느리스가 윤이 나고 깔끔한 작은 아파트에 들어와 말했다.

"곧 돌아올 것 같지는 않죠?"

"잘 모르겠네요. 전에 납치를 당한 이후로는 무엇을 하든 아무 말도 안 해요. 날 걱정시키지 않으려는 거지요. 주변에서 이런저런 이야기가 들려도 신경을 쓰고요. 어쨌든 오늘 어디 몸이 안 좋은 모델 친구를 만나러 간다고 했어요. 친구가 도움을 요청하는 편지를 오늘 아침에 받았다고 하더군요. 아를레트는 정말 착해요. 잘 아시죠? 친구들을 얼마나 살갑게 챙기는지 몰라요!"

"그 모델은 여기서 멀리 삽니까?"

"주소는 모르겠네요."

"아, 아를레트 양과 이야기를 나눌 수 있으면 좋을 텐데요!"

"어려운 일은 아닐 겁니다. 아침에 받은 편지를 낡은 서류 뭉치들과 함께 쓰레기봉투에 버린 것 같은데, 아직 태우지는 않았거든요… 어디 보자… 아, 이걸 거예요. 예, 기억나네요. 세실 엘루앵… 주소가… 르발루아 페레 쿠르시 대로 14번지네요. 오후 4시 정도에 도착 예정이었던 것 같아요."

"거기서 파즈로 씨를 만나기로 했겠죠?"

"그게 무슨 말씀이세요! 아를레트는 남자를 만나러 외출하는 그런 아이가 아니랍니다. 오히려 파즈로 씨가 직접 이곳에 자주 들르지요."

데느리스가 긴장한 목소리로 말했다.

"아, 자주 온다고요?"

"거의 매일 저녁마다 들르죠. 아를레트가 관심 많은 주제에 대해 함께 즐겁게 이야기하곤 하죠. 아시지요? …지참금 마련 기금 조성이요. 파즈로 씨가 그 기금을 마련하기 위해 상당한 재정 지원을 하겠다고 했어요. 그래서 둘이서 비용을 열심히 계산하곤 했어요… 서로 열심히 계획을 세웠죠."

"파즈로 씨는 부자인가요?"

"아주 부자죠."

마졸 부인은 자연스럽게 말했다. 아를레트는 어머니가 걱정하지 않도록 최근에 멜라마르 저택에서 있었던 일에 대해 전혀 이야기하지 않은 것 같았다. 데느리스가 중얼거렸다.

"부자에 괜찮은 친구죠…."

마졸 부인도 맞장구를 쳤다.

"맞아요! 우리 모녀에게 신경을 많이 써주거든요."

장 데느리스가 억지로 미소를 지으며 말했다.

"결혼은…."

"데느리스 씨, 농담 마세요! 아를레트가 그런 생각까지…."

"그야 알 수 없죠!"

"아니, 아니에요. 파즈로 씨에게 좋은 감정만 있는 것은 아니에요. 여러 사건을 겪은 후 아를레트가 많이 달라졌어요. 신경도 더 날카로워지고 예민해졌죠. 레진 오브리와 사이가 틀어진 것도 아시죠?"

데느리스가 놀라 외쳤다.

"그럴 리가요?"

"그게 맞답니다. 특별한 이유도 없어요. 나한테는 속 시원히 말을 하지 않아서…."

아를레트와 레진의 사이가 틀어졌다는 소식에 데느리스는 어리둥절했다. 무슨 일이 있었던 것일까?

데느리스와 마졸 부인은 몇 마디 이야기를 더 나누었다. 데느리스는 갈 길이 바빴지만, 설사 앞질러 간다 해도 아를레트를 약속 장소에서 만나기에는 아직 이른 시간인지라 레진 오브리를 찾아갔다. 마침 레진은 외출을 하려는 참이었다. 레진 오브리는 데느리스에게 아를레트와의 이야기를 듣자 펄쩍 뛰었다.

"아를레트와 사이가 틀어지다뇨? 아니에요! 하지만 아를레트 쪽에서 뭔가 섭섭한 게 있는지도 모르죠."

"무슨 일이 있었나요?"

"언젠가 한번 저녁에 아를레트를 찾아간 적이 있어요. 멜라마르 가문의 친구인 앙투안 파즈로 씨도 와 있더군요. 우리는 오랫동안 이야기를 나누었습니다. 그런데 아를레트가 한두 번 내게 쌀쌀맞게 대하는 것 같은 느낌이 들었어요. 이유는 알 수 없었지만 어쨌든 난 자리를 피해주었죠."

"그게 다입니까?"

"그래요. 그나저나 데느리스, 아를레트에게 관심이 많든 적든 파즈로를 조심해요. 파즈로, 그 사람 태도가 어딘지 수상하고 아를레트도 파즈로에게 아주 관심이 없는 눈치는 아니니까요. 그럼, 이만 갈게요."

여기저기 알아보고 다니면서 아를레트와 파즈로의 관계가 가깝다는 것을 확인만 하는 꼴이 되었다. 데느리스는 정신이 번쩍 들었다. 앙투안 파즈로가 아를레트 주변을 맴돌면서 마음을 얻으려 한다는 사실, 아를레트가 자신의 마음속에 큰 자리를 차지하고 있다는 사실을 다시 한 번 깨달은 것이다.

파즈로가 아를레트를 따라다니며 구애한다는 것은 그렇다 쳐도 아를레트도 파즈로를 사랑하는 것일까? 그런 의문이 들자 데느리스는 괴로웠다. 그런 의문을 품는 것 자체가 아를레트뿐만 아니라 자신에게도 모욕처럼 생각되었다.

하지만 데느리스는 이미 자존심이 상했기 때문에 감정이 격해지면서 자꾸 의문점이 생겼다.

데느리스는 약속 장소에서 어느 정도 거리를 두어 차를 세운 뒤 속으로 중얼거렸다.

'지금이 4시 15분 전. 아를레트 혼자서 올까? 아니면 파즈로와 함께?'

쿠르시 대로는 르발루아 페레에서도 센 강에 인접한 공터 가운데에 있었고, 여러 작은 공장과 특수 시설 등 노동자 밀집 지역에서 약간 벗어난 지점을 중심으로 조성되어 있었다. 이름만 대로였지 두 줄로 길게 늘어선 벽돌담 가운데 좁고 지저분한 오솔길이 뻗어 있는 정도였고, 길 끄트머리에는 반쯤 허물어진 방벽의 타르 위에 14라는 숫자가 적혀 있었다.

거기에서부터 낡은 타이어와 폐기 처분된 차체들이 가득한 노천 통로가 마치 갈색 목재 창고를 둘러싸듯이 몇 미터 정도 죽 이어졌다. 외부로 드러난 계단은 달랑 창문만 두 개 있는 지붕 밑 다락방들까지 닿아 있었다. 그 계단 아래에는 문이 하나 있고 '노크하시오'라는 글자가 적혀 있었다.

하지만 데느리스는 노크하지 않았다. 망설이고 있었던 것이다. 아를레트를 밖에서 기다리는 것이 나을 것 같았다. 더구나 뭔가 묘한 느낌이 들었기에 섣불리 행동하지 않았다. 장소가 이상했다. 몸이 아픈 젊은 여자가 이런 외딴 창고 위 다락방에 살고 있다는 것이 어딘가 수상했다. 아를레트가 어떤 함정에 걸린 것은 아닌가 하는 생각이 데느리스의 머릿속을 스쳤다. 이번 사건의 배후인 위험한 범인들의 존재가 어렴풋이 느껴졌다. 범인들이 이제는 노골적으로 움직이고 있었다. 오후 무렵에는 시의원을 뇌물로 매수하려다가 실패하자 살인을 저질렀고, 그로부터 두 시간이 지나서는 아를레트를 유인했다. 로랑스 마르탱, 트리아농 할멈, 절름발이 노인이 행동 대원이었고 앙투안 파즈로가 배후를 조종하는 우두머리가 틀림없었다.

상황이 분명하게 정리되자 더 이상의 의심들은 사라져버렸다. 안이 조용한 것은 아직 범인들이 도착하지 않아서일 것이다. 데느리스는 먼저 들어가 적을 기다렸다가 공격하는 것이 간단할 거라고 판단했다.

데느리스는 아주 조심스럽게 문을 열어봤다. 문은 자물쇠로 단단히 잠겨 있었다. 안에 아무도 없는 게 분명했다.

혹시 공격이 있을지도 몰랐으나 신경 쓰지 않고 자물쇠를 곁 쇠질로 간단히 열었다. 이윽고 데느리스는 문을 밀치고 머리를 빼꼼히 내밀어 안을 살폈다. 역시 아무도 없었다. 잡다한 연장들과 기계 부품들이 쌓여 있었다. 그 가운데에는 기름통 수십여 개가 나란히 놓여 있었다. 수리를 하는 작업장이었다가 현재는 창고로 사용되는 것 같았다.

문짝을 더 열어 어깨까지 들이밀었다. 바로 그때였다. 데느리스는 가슴 한복판에 큰 충격을 받았다. 철판에 고정된 강철 막대가 문짝이 어느 정도까지 열리면 용수철의 힘으로 작동하게 되어 있었던 것이다.

데느리스는 잠시 숨이 막혀 충격 받은 몸을 비틀거리며 저항력을 잃었다. 기름통 뒤에서 엿보고 있던 적들에게는 더없이 좋은 기회였다. 여자 두 명과 노인이라 해도 별 어려움 없이 데느리스의 팔과 다리를 묶고 입에는 재갈을 물린 채 강철 작업대 앞에 묶어둘 수 있었다.

데느리스의 예상이 틀리지 않았다. 아를레트를 노리는 함정이었던 것이다. 데느리스가 아틀레트 대신 먼저 걸려든 것이다. 트리아농 할멈과 로랑스 마르탱의 모습이 보였다. 노인은 오른쪽 다리가 약간 휘었을 뿐 절름발이는 아니었다. 휜 오른쪽 다리를 과장되게 짚으며 걸으면 마치 절름발이처럼 보이게 연기할 수 있었다. 노인이 바로 시의원을 살해한 범인이었다.

세 범인은 흥분하는 것 같지 않았다. 이보다 더 악독한 짓도 많이 해본 것 같았고, 갑자기 들이닥치는 데느리스 같은 남자를 제압하는 것은 일도 아니라 특별히 쾌재를 부를 것도 없다는 태도였다.

트리아농 할멈이 몸을 숙여 데느리스를 살펴보고는 로랑스 마르탱에게 가서 뭐라고 속닥였다. 데느리스는 그들의 대화 몇 마디를 들었다.

"저 남자가 확실해?"

"맞아. 우리 가게로 왔던 그 남자야."

"그럼 저 장 데느리스라는 남자, 우리에게 위협적인 존재군."

로랑스 마르탱이 중얼거렸다.

"라파예트 거리의 보도 위에서 베슈와 함께 있던 것도 저 작자 같아. 마침 저 남자의 발소리를 들었기에 망정이지! 그 아틀레트 마졸이라는 여자와 만나기로 한 것 같아."

"이제 어쩌지?"

방물장수가 묻자 로랑스가 조그만 소리로 대답했다. 데느리스가 이 말을 못 들을 것이라 생각한 것 같았다.

"그야 말할 필요도 없지."

"뭐?"

"참, 저 남자에게는 안된 일이지만."

두 여자는 서로 바라봤다. 로랑스의 얼굴은 음산하고 피도 눈물도 없어 보였다.

"저 남자는 왜 남의 일에 끼어드는 거야? 언니 가게에 간 것도 그렇고… 라파예트가를 서성인 것도 그렇고… 어쩌다 여기까지… 어쨌든 우리에 대해 너무 많이 알고 있어. 이젠 우릴 괴롭힐 일도 없겠지. 아빠에게 물어보자."

로랑스 마르탱이 '아빠'라고 부른 사람의 정체는 더 생각할 필요도 없었다. 광채가 없는 눈동자에 딱딱한 얼굴 표정, 말라비틀어진 피부. 한눈에 봐도 외골수 같아 보이는 노인은 이미 무시무시한 방법을 생각해둔 것 같았다. 행동만 봐도 짐작이 되었다. 노인이 슬슬 움직이고 있었다. 데느리스를 제거하기로 결심하고 르쿠르쇠 시의원을 죽인 것처럼 냉정하게 일을 처리할 것이 분명했다.

반면, 방물장수는 행동이 느려 보였다. 방물장수는 조그만 소리로 계속 뭐라고만 했다. 로랑스가 마침내 짜증을 내며 이렇게 말했다.

"바보 같은 소리 좀 그만해! 언니는 너무 우유부단해서 탈이라고. 할 일이라면 얼른 해치워야지. 저자 아니면 우리가 망하든가 둘 중 하나야!"

"그냥 가둬만 둬도 될 텐데…."

"미쳤어? 이자를 살려둔다고!"

"왜?… 그러면 안 되는 거야…?"

"여자라면 또 모를까…."

로랑스가 갑자기 말을 그치고 귀를 기울이더니 나무판자 구멍을 통해 바깥을 살폈다.

"저기 온다… 길 끝이야… 자, 각자 자기가 할 일이 뭔지 알지?"

세 범인 모두 조용했다. 데느리스는 이들의 얼굴을 관찰했다. 단호한 표정을 지은 세 사람은 너무나 닮아 있었다. 범죄와 악행을 적극 나서서 바로 해버리는 유형이었다. 두 여자는 자매 사이 같았고 노인은 이 두 여자의 아버지가 분명했다. 데느리스는 특히 노인이 으스스하게 느껴졌다. 아무리 봐도 살아 있는 사람 같지가 않고, 조립된 기계장치처럼 미리 정해진 동작을 그대로 하는 것처럼 보였다. 얼굴은 거칠게 조각한 것처럼 울퉁불퉁 각이 지고 투박한 인상이었다. 심술 맞거나 잔혹한 인간이라기보다는 그냥 거칠게 깎은 돌덩어리 같았다.

문에 적혀 있는 대로 누군가 노크했다.

로랑스 마르탱은 문에 기대 살펴보다가 손님을 그대로 밖에 세워둔 채 반가워하는 듯 연기하며 말했다.

"마졸 양이죠? 이렇게 직접 와주시다니 친절도 하셔라! 우리 딸이 저 위에 누워 있으니 올라가시면 됩니다… 그 애가 마졸 양을 보면 얼마나 좋아하겠어요! 2년 전에 같은 양장점에 있었다고요… 뤼시엔 양장점의… 기억 안 나세요? 그 애는 마졸 양을 기억한답니다!"

아를레트가 뭐라 대답하는 것 같았지만 데느리스의 귀에는 들리지 않았다. 밝은 목소리로 봐서 경계하는 눈치는 아닌 것 같았다.

로랑스 마르탱은 아를레트를 위로 안내하기 위해 얼른 밖으로 나갔다. 안에서 방물장수가 큰 소리로 물었다.

"나도 같이 가?"

"그럴 필요 없어!"

로랑스가 대답했는데 그 말투에는 '아무도 필요 없어… 이런 일은 나 혼자서도 충분해…'라는 의미가 있는 것 같았다.

잠시 후에 계단이 삐걱대는 소리가 들렸다. 마치 아를레트가 위험에 한 발짝 다가가는 소리처럼 들렸다.

그러나 데느리스는 왜인지 모르지만 그리 불안하지는 않았다. 아직까지 자신이 살아 있는 것으로 봐서는 먼저 범인들이 해야 할 다른 계획이 있는 것 같았다. 이렇게 시간적 여유가 있다는 것만으로 희망을 가질 수 있었다.

천장 위에서 발소리가 들리더니 갑자기 귀를 찢을 듯한 비명 소리가 들렸다. 또 다른 비명 소리들이 들렸으나 이내 점점 약해졌다. 그리고 조용했다… 제압은 그리 오래 걸리지 않은 듯했다. 데느리스는 아를레트 역시 자신처럼 결박되고 재갈이 물렸다고 생각했다.

데느리스가 속으로 말했다.

'불쌍한 아를레트.'

잠시 후 다시 계단이 삐걱대는 소리가 들렸고 로랑스 마르탱이 들어섰다.

"다 됐어. 아주 쉽더라고. 바로 기절해버리더라고."

로랑스의 말에 방물장수 트리아농이 대꾸했다.

"잘됐군. 그렇게 기절해 있으면 다행이지. 마지막 순간이 되어서야 일이 어떻게 되어가는지 알게 될 테니까….”

데느리스는 몸을 떨었다. 이들이 생각하는 계획의 끝이 무엇인지 그로 인해 겪게 될 고통이 무엇인지 너무나 분명하게 짐작할 수 있어서였다. 느낌은 정확했다. 데느리스는 방물장수가 주저하면서 발끈하자 상황을 확신했다.

“그런데… 저 여자까지 고통을 받게 할 필요는 없잖아? 그냥 깨끗하게 끝내는 게 어때? 아빠 생각도 그렇지 않아요?”

그러자 로랑스가 밧줄 한쪽 끝을 조용히 내밀며 말했다.

“그야 어려운 일도 아니지. 언니가 이걸 그 여자의 목에 감기만 하면 되니까.”

그리고 로랑스는 가는 단도도 빼들며 덧붙였다.

“아니면 이 칼로 목을 찌르든가. 물론 내가 할 일은 아니지. 냉정하게 저지를 수 있는 일은 아니니….”

트리아농 할멈도 더 이상 아무 말도 할 수 없었다. 아버지와 여동생이 나갈 때까지 아무 말도 하지 않았다. 위에 있는 아를레트가 완전히 꼼짝 못하는 상태라는 것을 확인한 ‘아빠’는 즉각 할 일을 했다. 계획이 구체적으로 이루어지면서 끔찍한 위협은 그 모습을 드러냈다. 이는 데느리스에게 냉혹하고 지독한 현실로 다가왔다.

노인은 작업실 주변에 기름통들을 두 줄로 가지런히 놓기 시작했다. 노인이 낑낑거리는 것을 보니 통 안에는 기름이 가득한 것 같았다. 기름통 몇 개는 일부러 기름으로 철철 흘러넘치게 했고 벽과 바닥에 기름을 뿌리기도 했으나 문까지 연결되는 3미터 정도의 마룻널은 기름에 젖지 않게 했다. 작업실 한복판,

기름통을 올려놓을 공간까지 길이 마련되었다.

노인은 로랑스 마르탱이 건네준 긴 밧줄을 기름통 하나에 담 갔다. 노인과 로랑스는 기름으로 축축하게 젖은 밧줄을 통로를 따라 늘어뜨렸다. 노인은 쭈그리고 앉아 밧줄 끝의 올을 풀어 헤친 뒤 호주머니에서 꺼낸 성냥에 불을 붙여 갖다댔다. 불이 완전히 붙자 노인은 몸을 일으켰다.

노인은 이런 비슷한 일을 많이 해봤는지 매우 체계적이고 침 착했다. 행위 자체보다는 이 행위를 통해 앞으로 나타나게 될 결과를 즐기는 것 같았다. 마치 이 일을 '공들인' 작품처럼 생 각하는 것 같았다. 모든 동작이 계획적이고 체계적이었다. 작 업이 끝나자 범인들은 유유히 현장을 떠날 준비를 했다.

세 명은 문을 닫고 망가진 자물쇠를 다시 조립한 후 열쇠로 잠갔다. 잔인한 작업을 제대로 마친 셈이었다. 조금 있으면 목 조 가건물은 마른 대팻밥처럼 화르르 불에 탈 것이고 아를레트 는 잿더미 속에서 흔적이라곤 전혀 찾을 수 없이 깨끗하게 사 라져버릴 것이다. 고의적인 방화인 걸 누가 알아채기라도 할 까?

밧줄이 심지 역할을 하며 무섭게 불에 타들어 갔다. 데느리 스의 생각으로는 약 12분에서 15분 사이에 끔찍한 일이 일어 날 것 같았다.

데느리스는 처음부터 몸에 힘을 주며 부풀렸다 오므렸다 하 며 탈출하기 위해 애썼다. 하지만 밧줄이 묘하게 매듭지어 있 어서 풀려고 하면 할수록 더 살을 파고들 정도로 조여왔다. 데 느리스는 이러한 상황에 대비해 여러 번 연습했고 나름 실력도 좋았지만 제시간 안에 탈출할 수 있을 것 같지 않았다. 기적이 일어나지 않는 한 모든 것이 큰 폭발과 함께 사라져버릴 것 같았다.

고문도 이런 고문이 없었다. 바보처럼 함정에 걸려들어 아무 것도 할 수 없는 처지인 데다가 불쌍한 아를레트마저 정신을 잃고 쓰러져 있었다… 데느리스는 이 끔찍한 상황을 예상하지 못한 것을 후회했다. 이제 앙투안 파즈로와 세 범인이 관계가 있다는 것은 사실로 밝혀진 셈이다. 냉혹하기 이를 데 없어 보이는 노인마저 행동 대원으로 부리는 우두머리 파즈로는 왜 이런 끔찍한 학살극을 벌이려는 걸까? 지금까지 파즈로는 아를레트의 사랑을 얻으려고 노력했는데 사랑하는 여인을 죽여야 할 정도로 계획이 바뀐 것일까?

밧줄은 계속 타들어 갔다. 뱀 같은 불꽃이 밧줄을 따라 계속 다가오고 있었다. 저 위에 있는 아를레트는 완전히 기절한 채 죽음의 순간만 기다리고 있지 않은가. 불꽃이 붙으면 정신을 차릴지도 모른다.

'아직 7분… 6분 남았어.'

데느리스는 고통 속에서 머리를 굴렸다.

밧줄의 매듭 일부가 느슨해졌다. 재갈은 이미 풀렸다. 데느리스는 소리지를 수도 있었다. 아니, 아예 아를레트를 큰 소리로 불러 여기까지 오게 한 다음 그녀에 대한 사랑을 실컷 고백할 수도 있을 것 같았다. 그동안은 몰랐다가 이제 모든 것이 사라져가려는 순간에 깨닫게 된 강렬한 사랑의 감정 말이다. 하지만 지금 고백해봐야 무슨 소용인가? 위에서 의식을 잃고 기절해 있는 아틀레트를 향해 열심히 떠들어봐야 무슨 소용인가?

아니, 믿음을 버려서는 안 된다! 기적은 일어나는 법이었다. 이제까지 목숨을 위협받는 곤경에 처할 때가 많았으나 그때마다 얼마나 기적 같은 도움을 받아왔는가! 남은 시간은 3분이었다. 노인이 마련한 장치만으로는 이 데느리스를 제거할 수 없다는 것을 증명할 수 있을까? 밧줄이 타고 있는 금속 기름통의 중간 정도에서 운명의 불꽃이 꺼져버릴까?

데느리스는 살갗을 파고드는 밧줄의 매듭을 풀려고 애썼다. 팔뚝과 가슴에 초인적인 마지막 힘을 불어넣어야 했다. 밧줄은 끊어질까? 데느리스의 힘이 기적을 일으킬 수 있을까? 그런데 기적은 데느리스가 아니라 전혀 예상하지 못한 곳에서 나왔다. 바깥에서 바쁘게 움직이는 발소리와 함께 이렇게 외치는 목소리가 들려왔다.

"아틀레트! 아틀레트!"

누군가 도움을 주려고 온 소리, 곧 구해주겠다고 알려 용기를 주는 소리였다. 곧 문이 덜컹였다. 하지만 열릴 것 같지 않자 바깥에서 발과 주먹으로 문을 두드려댔다. 마침내 나무판자 중 일부가 떨어져 나갔고 그 틈으로 손이 들어와 자물쇠 주변을 더듬었다.

그것을 본 데느리스는 큰 소리로 외쳤다.

"그래 봐야 소용없습니다! 그냥 들이받는 게 나을 겁니다! 자물쇠가 오래 버티지는 못할 겁니다! 어서요!"

데느리스가 말한 대로 자물쇠가 툭 떨어졌고 그와 동시에 문짝이 반 정도 허물어졌다. 누군가 안으로 달려 들어왔는데…
바로 앙투안 파즈로였다!

파즈로는 상황이 심각하다는 것을 눈치챘고 가장자리에 불
이 붙으려는 기름통을 발로 찼다. 그리고 바닥에서 타는 불꽃
을 발뒤꿈치로 밟아서 끈 뒤 나머지 쌓여 있는 기름통들도 빈
공간으로 치웠다.

한편, 장 데느리스는 탈출하기 위해 더욱 힘을 냈다. 파즈로
넉분에 풀려나는 것도 싫었고 자신을 포로처럼 가련하게 바라
보는 파즈로의 시선도 영 마음에 들지 않았기 때문이다. 하지만
파즈로가 다가와 "댁이었군요"라고 중얼거렸을 때 데느리스는
이미 결박을 푼 상태지만 엉겁결에 이렇게 말해버렸다.

"고맙군요. 몇 초만 늦었어도 큰일 날 뻔했는데."

파즈로가 물었다.

"아를레트는요?"

"저 위에 있습니다!"

"살아 있겠죠?"

"그래요."

파즈로와 데느리스는 동시에 바깥 계단을 쿵쿵거리며 올라
갔다.

파즈로가 외쳤다.

"아를레트! 아를레트! 내가 왔습니다! 겁먹지 말아요!"

아를레트가 있는 곳의 문은 아래층 창고 문보다 쉽게 열렸
다. 파즈로와 데느리스는 좁은 다락방으로 들어갔다. 아를레트
는 침대 모서리에 밧줄로 묶이고 입에 재갈이 물린 채 쓰러져

있었다.

파즈로와 데느리스는 얼른 아를레트의 결박부터 풀었다. 아를레트는 동시에 두 남자가 들어온 것을 보고 놀라워했다. 파즈로가 상황을 설명했다.

"우리 둘은 각자 따로따로 여기 일을 알게 되어 달려오다가 서로 마주치게 되었습니다… 범인들을 잡기에는 너무 늦었죠. 놈들이 어떻게 한 건 아니죠? 많이 무서웠습니까?"

파즈로는 자신이 배후에서 조종한 살인 계획과 미리 꾸민 듯한 구조 작전에 대해서는 아무 말도 하지 않았다.

아를레트는 즉각 대답하지 못한 채 눈을 감고 두 손을 파르르 떨 뿐이었다.

"무서웠어요… 이런 일이 있다니… 도대체 누가… 누가 내게 이런 일을…?"

"누가 당신을 이 창고로 오게 한 겁니까?"

"어느 여자가… 여자 한 명밖에 못 봤어요… 날 여기로 올라오게 하더니 강제로 넘어뜨렸고…."

아를레트는 곁에 두 남자가 있었지만 갑자기 겁에 질린 표정으로 말했다.

"맞아요… 그때 그 여자와 똑같았어요… 확실해요, 같은 여자예요! 그 행동, 목을 누르는 힘, 목소리… 자동차에 있었던 그 여자였어요… 그 여자예요… 그 여자…."

아를레트는 힘이 빠져 쉬고 싶은지 입을 다물었다. 파즈로와 데느리스는 아를레트를 잠시 혼자 놔두기로 하고 다락방 바로 앞에 있는 좁은 층계참으로 나와 서로 마주 봤다.

데느리스는 상대를 지금만큼 증오한 적이 없었다. 다른 사람도 아닌 파즈로가 아를레트와 자신을 구해주었다는 사실이 기분 나빠 미칠 것 같았다. 그 자체가 모욕이었다. 앙투안 파즈로는 주변 상황을 자신에게 유리하게 바꾼 주인공 같았다.

파즈로가 작은 목소리로 말했다.

"생각했던 것보다 아를레트가 침착하군요. 어떤 일이 있었는지 자각을 못 하는 것 같은데 이대로 묻어두는 게 나을 것 같습니다."

마치 데느리스와는 오래전부터 아는 사이인 것처럼 편한, 그러면서도 서로가 생각이 다르다는 것을 알고 있다는 말투였다. 하지만 파즈로는 자기 덕분에 일이 해결되었다는 과시 없이 평상시와 다름없이 침착했고 반쯤 미소를 지을 뿐이었다. 데느리스를 적이나 경쟁자로 보지 않으려는 것 같았다.

그러나 분한 것을 애써 참고 있었던 데느리스는 달려드는 적을 상대하듯 공격적으로 나왔다. 먼저 파즈로의 어깨를 세게 잡으며 말했다.

"우리 둘이서 이야기 좀 하죠. 지금이 기회인 것 같으니까."

"그럽시다. 하지만 소리는 낮추죠. 우리가 싸움이라도 하면 아를레트가 불안해할 테니까요… 싸우려는 것 같아 좀 놀랐습니다."

데느리스의 태도는 공격적이었지만 말투는 침착했다.

"싸움이라니 말도 안 됩니다. 문제를 분명히 짚고 넘어가고 싶을 뿐입니다."

"무엇에 대해서 말입니까?"

"댁의 행동에 대해."

"내 행동은 단순합니다. 숨길 것도 없고요. 다만 그쪽의 요청에 대답하는 것은 아를레트를 사랑하는 사람으로서 사랑하는 여인의 친구인 댁의 입장을 존중하고 싶어서입니다. 뭐든 물어보십시오."

"좋습니다. 우리가 처음 마주친 '트리아농 가게'에서 무엇을 하고 있었던 겁니까?"

"그건 잘 알고 있지 않나요?"

"내가 안다고요? 무슨 소리입니까?"

"내가 다 이야기해주지 않았습니까?"

"댁이? 우린 지금 처음으로 이야기를 나누고 있습니다."

"하지만 내 이야기를 엿들은 건 처음이 아니죠."

"내가 어디서 엿들었다는 겁니까?"

"댁이 베슈와 함께 나를 쫓아 멜라마르 저택까지 온 저녁때였죠. 질베르트 드 멜라마르가 고백을 하고 내가 길게 설명하는 동안 당신들 두 사람은 태피스트리 뒤에 숨어 모두 엿듣고 있었습니다. 두 분이 옆방으로 들어올 때 태피스트리가 살짝 펄럭였죠."

데느리스는 말문이 막혔다. 이자가 모두 알고 있었다는 건가? 데느리스가 더욱 단도직입적으로 물었다.

"댁도 나와 목적은 같다는 겁니까?"

"그동안의 일만 봐도 짐작할 수 있는 거 아닙니까? 댁 못지않게 나 역시 다이아몬드를 훔쳐간 범인들, 멜라마르 가문의 친구들을 곤경에 처하게 한 범인들, 아를레트 마졸을 괴롭히려는 범인들을 찾기 위해 애썼습니다."

"그 범인들 중 한 명이 방물장수인가요?"

"그래요."

"그러면 그 방물장수와 시선을 교환해 나를 경계하라는 듯한 메시지를 보낸 이유는 뭔가요?"

"내 시선을 그렇게 해석한 건 그쪽입니다. 나 역시 그 방물장수를 눈여겨보고 있었을 뿐입니다."

"그럴지도 모르죠. 그리고 바로 방물장수는 가게 문을 닫고 사라졌습니다."

"우리 둘을 경계해서죠."

"그 여자가 범인 중 한 명이라고 보는 거죠?"

"그렇습니다."

"그 여자도 르쿠르쇠 시의원 살인 사건과 관계가 있겠군요?"

앙투안 파즈로는 살인 사건 이야기는 처음 듣는다는 듯 펄쩍 뛰었다.

"예? 르쿠르쇠가 살해당했다고요?"

"세 시간 전에 벌어진 일입니다."

"세 시간 전이라니? 르쿠르쇠 의원이 죽었다고요? 이럴 수가!"

"잘 아는 분입니까?"

"그냥 이름만 압니다. 다만 범인들이 시의원을 찾아가 뇌물을 주고 도움을 받으려 한다는 것은 알고 있었습니다. 정확히 어떻게 된 일인지는 모르지만."

"어쨌든 같은 범인들이 저지른 일이라는 생각이군요?"

"물론입니다."

"시의원에게 뇌물을 주기 위해 범인들이 5만 프랑을 갖고 있다는 것도 알고 있겠군요?"

"당연하죠! 다이아몬드 한 알만 팔아도 얻을 수 있는 금액이죠!"

"범인들의 이름은 알고 있습니까?"

"모릅니다."

데느리스는 파즈로를 뚫어지게 바라보며 말했다.

"조금 가르쳐드리죠. 방물장수에게는 여동생이 있는데 가게를 임대해준 실제 주인으로 이름은 로랑스 마르탱입니다… 그리고 다리를 저는 노인 한 명도 있습니다."

앙투안 파즈로가 흥분하며 말했다.

"그래요, 그렇습니다! 그 세 사람이 여기에 있다가 당신을 그렇게 만든 거죠?"

"그렇습니다."

파즈로는 우울한 표정을 지으며 중얼거렸다.

"정말 운이 없었군! 내가 좀 더 일찍 눈치챘어야 했는데… 그러면 범인들을 일망타진할 수 있었을 텐데…."

"그건 사법 당국이 할 일입니다. 베슈 반장이 범인 세 사람의 신상을 파악하고 있으니 도망쳐 다니기는 힘들 겁니다."

"잘됐군요! 지독한 놈들입니다. 체포하지 않으면 아를레트를 또 해치려 할 겁니다."

파즈로가 하는 말은 진심 같았다. 대답할 때 머뭇대는 기색도 없었고 지금까지 일어난 일을 너무나 자연스럽게 설명하는 것도 어색하지 않았다.

'정말 음흉한 작자군!⋯.'

데느리스는 속으로 중얼거렸다. 데느리스는 너무나 논리적이고 담담한 파즈로에 대해 당황하면서도 경계를 늦추지 않았다.

데느리스는 속으로 아를레트가 앙투안 파즈로 및 세 일당의 덫에 빠졌는데 파즈로가 뻔뻔하게도 구원자인 척하며 나타났다고 생각하고 있었다. 다만 이해가 안 가는 것은 왜 이런 방법이어야 하는지였다. 아를레트가 봐서는 안 되는 일이 무엇일까? 파즈로가 아를레트와 마주해도 자신이 구원자라는 것을 떠벌리지 않고 점잖게 있는 이유는 무엇인가?

데느리스는 파즈로에게 노골적으로 물었다.

"아를레트를 사랑합니까?"

"진심으로 사랑합니다."

열정적인 대답이었다.

"아를레트도 댁을 사랑합니까?"

"그렇다고 생각합니다."

"그렇게 생각하는 이유는요?"

파즈로는 거만함 없이 미소를 지으며 대답했다.

"아를레트가 가장 큰 사랑의 징표를 보여주었기 때문입니다."

"그게 뭡니까?"

"우린 약혼한 사이입니다."

"뭐라고요? 약혼을 했다고요?"

데느리스는 충격적인 말에 놀란 티를 내지 않고 침착한 척하기 위해 엄청나게 애썼다. 가슴을 쑤시는 고통이었다. 데느리스는 두 주먹을 부르르 떨었다.

이어서 파즈로가 더 자세히 말했다.

"그렇습니다. 어제저녁에 약혼했습니다."

"마졸 부인을 아까 뵈었는데 그런 이야기는 없던데요?"

"아직 모르고 계십니다. 아를레트가 아직은 이야기하길 원치 않아서요."

"하지만 마졸 부인이 들으면 좋아하실 텐데요⋯."

"그렇기는 합니다. 하지만 아를레트가 나중에 차차 이야기하자고 했습니다."

"어머니에게는 모르게 하고 나중에 알려드리겠다는 건가요?"

"그렇죠."

데느리스는 순간 신경질적으로 크게 웃었다.

"하하하하⋯ 그런데 마졸 부인은 딸이 남자를 만나러 외출한다고는 전혀 생각하지 못하고 있습니다! 아시면 실망하겠는데요!"

앙투안 파즈로가 진지한 목소리로 말했다.

"나와 아를레트가 어디에서 누구 앞에서 만나 약혼을 하게되었는지 아시면 기뻐할 겁니다."

"아! 누구 앞입니까?"

"멜라마르 저택에서 질베르트와 백작이 보는 가운데 만났습니다."

데느리스로서는 도저히 이해가 가지 않았다. 멜라마르 백작이 파즈로와 아를레트의 연애를 지지하고 있었다니, 특히 사생아 출신의 모델로 행실이 좋지 않은 두 언니를 둔 여자의 사랑을 격려하고 있다니! 아를레트의 어디가 그렇게 마음에 들어 그런 관용을 베푼 것일까?

"백작 남매도 두 분의 사이를 알고 있었던 건가요?"

"그렇습니다."

"모두 찬성한 겁니까?"

"전적으로 찬성해주었죠."

"축하합니다! 그렇게 뒤에서 든든하게 봐주는 분이 있다니! 백작이 댁에게 빚을 많이 졌나 봅니다. 댁이 오랜 세월 동안 그 집안의 친구이기도 했고요…."

"그것보다도 우리를 더 가까이 맺어주는 또 다른 이유가 있습니다."

파즈로의 말에 데느리스가 물었다.

"이유를 알 수 있습니까?"

"물론이죠. 멜라마르 남매는 끔찍한 사건에 대한 기억을 갖고 있습니다. 100년 전부터 멜라마르 가문을 옭아매면서 그 저택에 산다는 이유로 불행을 안겨준 운명의 저주죠. 그 저주 때문에 백작 남매는 중대한 결정을 내렸습니다."

"어떤 결정입니까? 더 이상 거기에 살지 않기로라도 했다는 겁니까?"

"뿐만 아니라 멜라마르 저택을 간수하는 것조차 원하지 않게 되었습니다. 불행을 가져온 것이 그 저택이라 생각한 거죠. 결국 저택을 팔려고 내놓았습니다."

"그럴 리가!"

"거의 그렇습니다."

"사겠다는 사람이라도 있습니까?"

"예."

"누구죠?"

"접니다."

"댁이?"

"그래요. 아틀레트와 나, 우리 둘이 그곳에 살려고 합니다."

# 9
# 아를레트의 약혼

앙투안 파즈로는 늘 장 데느리스의 허를 찌르는 운명의 상대 같았다. 아를레트와의 관계, 예상치도 못한 아를레트와의 약혼, 멜라마르 백작 남매로부터 아를레트와의 사랑을 적극 지지받는 상황, 상상도 못 할 멜라마르 가문의 저택 구입 등 놀랄 만한 이야기들이 파즈로의 입을 통해 술술 나오고 있었기 때문이다.

데느리스는 이렇게까지 상황이 심각해질 것이라곤 생각을 못했다. 상황 파악을 제대로 해보겠다고 느긋하게 있는 동안 파즈로는 마음껏 행동에 나섰던 것이다. 사랑의 라이벌인 파즈로는 고의적으로 도발을 하는 것일까? 데느리스는 솔직히 파즈로에 대한 확실한 증거가 없었고 직감에 의해서만 판단하고 있었다.

데느리스가 농담을 하듯 물었다.

"부동산 매매 계약서에는 언제 서명합니까? 결혼은 언제쯤 할 겁니까?"

"3~4주 후입니다."

데느리스는 언제나 허를 찌르며 원하는 대로 살아가는 이 파즈로라는 남자의 목을 콱 움켜쥐고 싶었다. 바로 그때 아를레트가 창백한 얼굴로 자리에서 일어나 걸어왔고 아직 열에 들뜬 표정을 지으며 비틀거렸다.

"이제 가요. 더 오래 있고 싶지 않아요. 무슨 일이 일어났는지 알고 싶지도 않고요. 엄마에게는 알리지 않았으면 해요. 나중에 기회가 될 때 전부 이야기해주세요."

데느리스가 말했다.

"그러죠. 나중에… 하지만 그때까지 우리가 아를레트 양을 좀 더 안전하게 지켜줄 겁니다. 그러기 위해서는 한 가지 방법밖에 없습니다. 파즈로 씨와 내가 더 친하게 지내는 겁니다. 우리가 손발이 척척 맞는다면 아를레트 양에게 위험은 없을 겁니다."

파즈로가 큰 소리로 외쳤다.

"그렇고말고요. 난 언제나 진실의 편입니다."

"우리 둘이서 진실을 찾아봅시다. 나 역시 내가 알고 있는 것은 전부 알려줄 테니 파즈로 씨도 내게 숨기는 것이 없기를 바랍니다."

"숨기는 건 없습니다."

데느리스는 손을 내밀어 악수를 청했고 파즈로도 악수에 응하며 열심히 손을 흔들었다.

"내가 파즈로 씨를 오해한 것 같습니다. 아를레트 양이 선택한 남자라면 당연히 좋은 분이겠죠."

데느리스의 시원스러운 말과 함께 동맹이 체결된 것이다. 하지만 사실, 데느리스는 여전히 파즈로를 증오하고 있었으나 그런 속마음을 숨긴 채 악수를 청했고 파즈로 역시 시원스럽게 그에 응했다.

세 사람은 화기애애한 분위기 속에서 계단을 내려와 창고 앞까지 왔다. 아를레트는 지쳐서 걷기조차 힘든지 파즈로에게 차를 잡아달라고 부탁했다. 데느리스와 단둘이 남게 된 아를레트는 갑자기 말을 꺼냈다.

"데느리스 씨에게는 잘못한 것이 많네요. 알리지도 않고 너무 많은 행동을 해서요. 기분 상하셨을 것 같아요."

"기분이 상했을 거라니, 아를레트? 당신은 멜라마르 백작 남매를 구하는 데 큰 도움을 주었어요… 나 역시 그렇게 되기를 바랐고. 또한 당신이 앙투안 파즈로의 구애를 받아들여 약혼을 했다고 들었는데 모두 당신이 원하는 대로 하면 되죠."

아를레트는 아무 말도 하지 않았다. 어둠이 깔리자 여자의 얼굴이 잘 보이지 않았다. 데느리스가 물었다.

"그래, 행복한가요?"

"데느리스 씨가 계속 친구가 되어준다면 행복할 것 같아요."

"내가 당신에게 품고 있는 감정은 우정이 아닙니다, 아를레트."

아를레트가 아무런 대꾸도 하지 않자 데느리스는 되물었다.

"내 말뜻 알죠, 아를레트?"

아를레트가 얌전히 소곤거렸다.

"예, 알아요. 하지만 믿을 수가 없어요."

데느리스가 다가오자 아를레트는 말을 이었다.

"아뇨, 아니에요… 더 이상 이야기하지 말아요."

"정말 모르겠습니다. 아를레트! 처음 만났을 때부터 그렇게 이야기했지만 아직도 당신 곁에 있으면 뭔가 숨기는 게 있는 것 같아요. 뭔가 비밀이 있는 것 같은… 이번 사건을 미스터리하게 만들어가는 이들과 관계된 비밀 같은 것…."

아를레트가 분명히 말했다.

"비밀은 없어요."

"아뇨, 분명 있을 겁니다. 내가 그 비밀을 알아낼 겁니다. 아울러 당신을 노리는 적들도 깨끗하게 물리칠 겁니다. 적들에 대해서는 알고 있죠. 무슨 일을 하고 다니는지도 알고… 놈들을 감시하는 중입니다…. 특히 그중에서도 가장 음흉하고 위험한 존재는…."

데느리스는 파즈로의 이름을 말할 뻔했으나 참았다. 어둠 속 아를레트의 얼굴 표정 역시 뭔가 다음 말을 기다리는 것 같았지만 아직 증거가 부족하기 때문에 이름은 말하지 않고 이렇게 말했을 뿐이다.

"결말이 다가오고 있습니다. 결말을 내 손으로 갑자기 앞당겨서는 안 되죠. 아를레트, 당신의 길을 그대로 가면 됩니다. 한 가지만 약속해줘요. 필요하면 언제든 날 만나줘요. 멜라마르 백작 남매가 당신을 환영하듯 당신이 날 환영해주었으면 좋겠습니다."

"약속할게요…."

파즈로가 돌아오고 있었다. 데느리스가 아를레트에게 물었다.

"한마디만 더 하죠. 진짜로 우리는 친구인 거죠?"

"마음속 깊은 곳에서부터 그래요."

"그럼, 됐습니다. 자, 또 봐요, 아를레트!"

자동차 한 대가 오솔길 끝에 멈췄다. 파즈로와 데느리스는 다시 악수를 했고 아를레트는 약혼자 파즈로와 함께 차를 타고는 멀어져갔다.

'일단 가버리라고, 이 자식아… 너보다 힘든 상대도 이겼으니까. 신에게 맹세하지만 넌 절대 내가 사랑하는 여인과 결혼할 수 없으며, 멜라마르 가문의 저택에서 살 수도 없거니와, 가슴받이에 있던 다이아몬드도 내놓아야 할 거야….'

장은 두 사람이 멀어져가는 모습을 보며 중얼거렸다.

그로부터 10분이 지났다. 같은 장소에서 생각에 잠긴 데느리스를 발견한 사람은 베슈였다. 베슈는 헐떡이며 달려왔는데 부하 두 명과 함께였다.

"정보가 있어. 라파예트가에서부터 로랑스 마르탱이 이 근처 어딘가 자신이 세를 놓은 장소에 왔다고 하는군. 창고 같은 곳이라는데 시간은 얼마 안 되었어."

데느리스가 시큰둥하게 말했다.

"자네 정말 대단해, 베슈."

"왜 그래?"

"왜 그러긴. 늘 목표에 정확하게 가니까 그러는 거지. 한발 늦는 게 문제지만… 그래도 목표에 오긴 왔지…."

"무슨 말인가?"

"아무것도 아냐. 다만 범인들을 쉬지 않고 쫓아다녀야 할 거야. 그래야 놈들의 우두머리를 밝히지."

"우두머리도 있나?"

"그래, 베슈. 절대로 만만치 않은 무기를 가진 놈이지."

"무기라니?"

"보기에는 점잖은 얼굴을 하고 있거든."

"앙투안 파즈로를 말하는 거야? 그자를 의심하는 건가?"

"의심도 보통 의심이 아니지."

"그럼, 분명히 말하겠는데 자네 큰 실수를 하는 거라고. 내가 사람 관상은 아주 잘 보거든."

"그러겠지… 내 관상도 잘 볼 테니까."

데느리스는 이렇게 빈정거리고는 자리를 떴다.


시의원 르쿠르쇠 살인 사건과 사건이 일어난 배경은 여론을 흔들었다. 이번 살인 사건이 다이아몬드 가슴받이 도난 사건과 밀접하게 관계가 있고 수배 중인 방물장수가 운영하는 가게의 실제 세입자는 로랑스 마르탱이며 르쿠르쇠 시의원과 면담을 가지기로 한 사람 역시 로랑스 마르탱이라는 사실이 베슈의 설명으로 알려졌다. 그러자 잠시 주춤하던 대중의 관심이 다시 커졌다.

사람들은 로랑스 마르탱, 그리고 공범이자 살인 용의자인 절름발이 노인에 대해서만 열심히 이야기했다. 하지만 살인 동기는 아직 확실히 알려지지 않았다. 특히 로랑스 마르탱이 뇌물까지 준비해 도대체 어떤 보고서에 영향력을 행사하려고 했는지는 밝혀지지 않았다. 다만 너무나 치밀하게 이루어진 사건이고 범인들의 수법도 보통이 아니라, 다이아몬드 가슴받이 도난 사건과 같은 범인들이 멜라마르 백작 남매에게 수상한 누명을 씌운 범인들과 동일한 자들이라는 데에는 모두가 확신하는 분위기였다. 로랑스, 노인, 방물장수로 이루어진 악명 높은 범인들은 순식간에 유명 인사가 되었다. 세 사람의 체포가 얼마 남지 않은 셈이었다.

데느리스는 매일 멜라마르 백작의 저택에서 아를레트를 봤다. 질베르트는 위기의 순간에 자신을 탈출시킨 데느리스의 용기에 고마움을 느끼며 잊지 않고 있었다. 아를레트의 부탁까지 있어서 데느리스는 백작 남매에게 환대를 받았다.

백작 남매는 저택을 처분하고 파리를 떠나겠다고 결심했으나 다시금 삶에 대한 자신감을 얻기 시작한 것 같았다. 두 사람은 저택을 어서 떠나야겠다는 생각이었으며 저주스러운 운명을 벗어나려면 가문 대대로 내려온 저택이라 해도 희생해야 한다고 여겼다.

백작 남매는 그동안 저주스러운 운명에 지긋지긋하게 시달린 탓에 여전히 불안하긴 했지만 젊은 아를레트와 친구 파즈로를 가까이에서 보니 기분이 한결 상쾌해졌다. 한 세기 동안 불행의 구렁텅이에 빠졌던 이 저택은 아를레트의 젊음과 매력, 눈부신 금발과 바른 성격, 넘치는 열정을 선물로 받은 셈이었다. 아를레트는 자신도 모르게 사람들의 사랑을 독차지하게 되었다. 데느리스는 질베르트와 백작이 은인인 파즈로를 위해서라도 아를레트의 행복을 빌어주는 것이 은혜를 갚는 일이라고 생각한다는 것을 잘 알고 있었다.

파즈로는 유쾌하고 활달한 성격으로 아를레트와 백작 남매에게 큰 영향력을 끼치고 있었다. 파즈로는 어떤 불순한 동기도 없이 시원시원하고 자신감이 넘치는 남자였다.

하지만 데느리스는 아직도 아를레트가 걱정이 되어 남몰래 관찰했다! 르발루아 창고에서 다정한 대화를 나누기는 했지만 여전히 데느리스와 아를레트 사이에는 어색함이 흘렀다. 데느리스는 어색함을 굳이 떨치려 하지 않았다. 또한 데느리스는 아를레트도 어색함을 느끼고 있으며 사랑해서 하는 결혼이 아니기 때문에 다른 여자처럼 쉽게 행복을 느끼지 않으리라 생각했다.

아를레트는 결혼을 행복의 전부로 보지 않는 것 같았고 앞으로 살게 될 멜라마르 저택도 신혼의 보금자리로 보는 것 같지 않았다. 아를레트는 대부분 결혼과 저택에 대해 파즈로와 이야기를 나누면서도 그것이 마치 자선사업의 일부인 양 말하곤 했다. 아를레트는 멜라마르 저택을 '지참금 재단'의 본부, 즉 이사회가 소집될 곳으로 보고 있었고 젊은 여성들의 교습소로도 사용할 생각을 하고 있었다. 그렇게 되면 마침내 셰르니츠 양장점의 모델 출신 아를레트의 꿈이 이루어지는 셈이다. 더 이상 애송이 아를레트의 몽상이 아니었다.

파즈로는 아를레트의 계획을 듣고 웃었다.

"하하, 내가 사회사업가와 결혼을 하게 된 거군요! 남편이 아니라 공동 투자자 같은 생각이 들어요."

공동 투자자! 파즈로를 잘 말해주는 단어 같다고 데느리스는 생각했다. 커다란 계획, 저택의 구입과 합자회사 설립, 시설 설비 마련에는 많은 돈이 드는 법이었다. 도대체 그 많은 돈이 어디서 났을까? 베슈 반장이 아르헨티나 공사관 및 영사관을 통해 알아낸 정보에 따르면 파즈로의 가문은 약 20여 년 전에 부에노스아이레스에 정착했고 파즈로의 부모는 그로부터 10년 후에 사망했다고 한다. 가진 것이 없는 집안이다 보니 당시 어린 소년이던 파즈로를 본국으로 돌려보내야 했다. 그 후 파즈로는 어떻게 부자가 되었을까? 멜라마르 남매도 파즈로가 가난했다는 것을 알고 있었다. 최근 반 우뱅의 다이아몬드를 훔친 것이 아니라면 말이다….

매일 오후 저녁 내내 데느리스와 파즈로는 함께 차를 마셨다. 두 사람 모두 활달한 태도와 유쾌한 말솜씨로 서로 공감하며 우정을 뽐냈고 가끔 말도 놓으면서 상대방 칭찬을 했다. 그러면서도 데느리스는 연적인 파즈로를 세심하게 관찰했다! 때때로 영혼을 깊이 들여다보는 것 같은 파즈로의 날카로운 눈빛도 이따금 느끼며 불쾌한 기분이 들었다!

두 사람은 사업 이야기는 전혀 하지 않았다. 데느리스가 이런 이야기 자체를 안 하기도 했지만 만일 파즈로가 이야기를 꺼냈어도 못 들은 체했을 것이다. 두 사람 사이에는 은밀한 도발과 응수, 가식적인 동작과 증오심, 그리고 절제로 이루어진 전투가 진행되고 있었다.

어느 날 아침, 데느리스는 라보르드 작은 광장 근처에서 파즈로와 반 우뱅이 어깨동무를 하고 다정하게 걷는 모습을 보게 되었다. 두 사람은 라보르드 거리를 걷다가 어느 잠긴 문 앞에 멈췄다. 반 우뱅이 손가락으로 간판을 가리켰다.

바르네트 탐정 사무소

그리고 두 사람은 낄낄 웃으면서 가던 길을 갔다.

데느리스가 속으로 생각했다.

'그런 거였군. 음흉한 두 작자가 손을 잡은 거야. 반 우뱅은
내 정체를 눈치채고 파즈로에게 알려주겠지. 데느리스가 전직
바르네트 사설탐정이었다고 말이야. 파즈로 같은 사람이라면
조금만 생각해도 바르네트와 아르센 뤼팽이 서로 관련이 있다
고 쉽게 짐작할 거야. 그러면 날 고발하겠지. 뤼팽과 파즈로, 누
가 누굴 쓰러뜨릴까?'

한편, 질베르트는 이사 준비로 바빴다. 4월 28일 목요일(현
재 4월 15일)에 멜라마르 남매는 그동안 살던 저택을 비워줘야
했다. 멜라마르는 계약서에 서명을 할 것이고 파즈로는 수표를
지불할 것이다. 아를레트는 어머니에게 이야기를 털어놓을 것이
며 결혼 발표가 이루어지고 5월 중순 정도에 결혼식이 치러
질 것이다.

시간은 그렇게 흘러가고 있었다. 데느리스와 파즈로는 속으
로 서로를 너무나 증오하고 있었기 때문에 아무리 친구인 척을
해도 늘 관계가 좋은 것은 아니었다. 두 사람 모두 자신도 모르
게 서로에게 적대적으로 나올 때가 있었다. 예를 들어 파즈로
는 반 우뱅을 멜라마르 저택의 티타임에 데려왔는데 반 우뱅은

데느리스에게 차갑게 굴었다. 반 우뱅은 또다시 다이아몬드 이야기를 했고 앙투안 파즈로는 도둑을 찾고 있다고 했다. 그 말투가 너무나 도발적이라 데느리스는 자신에 대한 음모를 꾸미고 있다는 생각이 들었다.

더 이상 싸움을 미룰 수 없는 상황이 되어가고 있었다. 이를 간파한 데느리스는 전투할 날짜와 시간을 미리 정해놓았다. 다만 또 허를 찔리게 될까 봐 걱정되었다. 이런 상황에서 불길한 징조라고 할 수 있는 사건이 또 일어났다.

데느리스는 파즈로가 머물고 있는 몽디알 팔라스 호텔의 짐꾼을 매수해 정보원으로 활용하고 있었다. 또한 감시 업무가 특기인 베슈의 도움까지 받아 파즈로에 대한 정보를 얻고 있었는데 파즈로는 그동안 편지를 받은 적도, 누군가를 맞아들인 적도 없었다. 그러던 어느 날 아침, 데느리스는 파즈로와 어느 여자가 주고받은 아주 짧은 전화 통화 내용을 듣게 되었다. 밤 11시 반에 샹 드 마르스 공원의 지난번 그 장소에서 만나자고 약속하는 내용이었다.

그날 밤 11시, 장 데느리스는 에펠탑 아래와 주변 공원을 서성였다. 칠흑처럼 어두운 밤이었다. 열심히 살폈지만 파즈로의 모습은 보이지 않았다. 자정이 다 되어 데느리스가 보게 된 것은 머리를 무릎 사이에 묻고 벤치에 쭈그리고 앉아 있는 어느 여자였다.

"이봐요! 이렇게 길에서 잠을 자면 안 됩니다! 이봐요, 비라도 오면 어쩌려고….."

데느리스가 외쳤지만 여자는 꼼짝도 하지 않았다. 몸을 숙여 손전등을 비추자 모자를 쓰지 않은 회색빛 머리와 모래 바닥에 끌릴 정도로 늘어진 소매 없는 망토가 나타났다. 데느리스는 여자의 고개를 억지로 들어봤지만 곧 다시 아래로 떨구어졌다. 그러나 그 짧은 순간에도 죽은 시체의 백지장 같은 허연 얼굴은 볼 수 있었다. 그건 방물장수, 즉 로랑스 마르텡의 언니였다!

시신이 있는 곳은 중앙 오솔길에서 떨어진 숲 한복판이었으나 육군사관학교 건물이 그리 멀지 않은 곳에 있었다. 마침 경찰 두 명이 자전거를 타고 지나가고 있었다. 데느리스가 휘파람을 불어 도움을 청했다.

데느리스가 속으로 생각했다.

'이런, 내가 바보 같은 짓을 했군…. 이런 일에 내가 나서봐야 좋을 게 뭐야?'

데느리스는 경찰 두 명이 다가오자 시신을 발견했다며 자초지종을 설명했다. 여자의 옷을 걷어보니 어깨 아래에 깊숙하게 박힌 단도의 손잡이가 나타났다. 여자의 손은 얼음장처럼 차가웠다. 약 30~40분 전에 사망한 것 같았다. 주변 모래 바닥에는 희생자가 저항을 한 듯 신발 자국이 여기저기 나 있었다. 그러나 비가 갑자기 내리면서 모래 바닥의 발자국은 지워졌다.

"자동차가 있어야겠군. 경찰서까지 시체를 옮기자고."

그러자 데느리스가 이런 제안을 했다.

"일단 길가까지만 옮기십시오. 그다음 내가 차를 타고 돌아오겠습니다. 택시 정류장이 근처거든요."

그리고 데느리스는 곧장 정류장으로 가 택시를 불러 기사에게 장소만 알려준 후 경찰관들이 기다리고 있을 곳으로 보냈다.

물론 자신은 그와는 정반대 방향으로 멀어져갔다.

'괜히 열심히 나설 필요는 없지. 경찰관들이 내 이름을 물을 거고 그러면 예심에 소환되겠지. 조용하게 살고 싶은데 그러면 곤란하지! 그나저나 방물장수는 누가 죽인 거야? 만나기로 한 앙투안 파즈로? 걸리적거리는 언니를 제거하고 싶은 로랑스 마르탱이? 분명 범인들 사이에 분란이 있어. 그렇다면 파즈로의 정체와 계획 등이 모두 드러나게 되어 있지…'.

다음 날 신문들은 샹 드 마르스 공원에서 일어난 노파 살인 사건을 몇 줄로 간단히 보도했다. 하지만 저녁이 되자 더욱 놀라운 사실이 밝혀졌다. 희생자의 신원은 생 드니가에서 방물장사를 하는 노파로 밝혀졌고, 로랑스 마르탱과 절름발이 노인이 공범인 것은 확실한데 죽은 노파의 호주머니에서 위조한 것 같은 서툰 필체의 종이쪽지가 발견되었다는 것이다. 쪽지의 내용은 이렇다고 했다.

아르센 뤼팽

또한 자전거를 타고 가던 경찰관들은 시체 곁에서 맴돌다가 달아난 남자의 이야기에 대한 증언을 했다. 그러자 아르센 뤼팽이 다이아몬드 가슴받이 도난 사건에 관계되었을지 모른다는 것이 사실처럼 퍼져나갔다!

하지만 대중이 보기에도 뭔가 이상해 반론도 만만치 않았다. 아르센 뤼팽은 살인을 하지 않는다, 아르센 뤼팽인 것처럼 일을 꾸민 것일 수도 있지 않은가 하는 반론이었다. 장 데느리스는 이 일을 심각하게 받아들였다. 갑자기 뤼팽의 이름이 나왔다는 것은 분명 심각한 일이었다. 이는 직접적인 경고였다. '이 일에서 손을 떼라. 날 내려버 둬라. 그렇지 않으면 널 고발하겠다. 데느리스에서 바르네트까지, 바르네트에서 뤼팽까지 그 관계를 공개할 수 있는 증거가 있다'라는 의미의 경고 아닐까?

그런 의미까지는 아니더라도 베슈 반장에게 이 이야기가 흘러가도 문제였다… 그동안 베슈는 데느리스의 카리스마에 눌려왔으나 이제 그동안 당한 것을 처절하게 앙갚음할 것 아니겠는가?

그렇게 상황이 흘러가고 있었다. 앙투안 파즈로는 다이아몬드 도난 사건을 조사한다는 말로 반 우뱅을 데려온 것처럼 이번에는 베슈를 멜라마르 저택으로 초대했다. 베슈가 이날따라 데느리스 앞에서 어색해 하는 것으로 봐서는 벌써부터 데느리스를 의심하고 있는 것이 분명했다. 이미 베슈는 데느리스를 뤼팽으로 의심하고 있었다. 지금까지 바르네트 같은 활약상을 보여주고 베슈가 여지껏 당한 일을 꾸밀 수 있는 인물은 오로지 뤼팽뿐이었기 때문이다. 베슈는 파리시 경찰청장의 허락을 받고 장 데느리스를 체포하기 위해 준비하고 있는 것이 분명했다.

상황은 점점 데느리스에게 불리하게 돌아갔다. 샹 드 마르스 사건 이후 불안해 보이던 파즈로는 점차 안정되어갔고 데느리스에게 친근하게 대했다. 그러나 일부러 그러는 것인지는 몰라도 가끔 무례하게 나올 때도 있었다. 파즈로는 자신감이 넘쳐 보였다. 손가락만 까딱해도 작전이 성공할 것 같은 분위기였다.

부동산 매각이 있기 전인 토요일, 파즈로는 데느리스를 한쪽 구석으로 데려가 물었다.

"이 모든 일에 대해 어떻게 생각합니까?"

"이 모든 일이라뇨?"

"그래요, 뤼팽이 개입한 일에 대해서 말입니다."

"아! 그 일… 그 점에 대해서는 회의적입니다."

"하지만 뤼팽의 짓이라고 의심되는 증거들이 나오고 있습니다. 아마 포위망이 좁혀오고 있어서 곧 잡힐 겁니다."

"그건 두고 봐야죠? 워낙에 약삭빠른 인물이라."

"아무리 약삭빨라도 이번 위기를 잘 넘길 수 있을지 모르겠습니다."

"그건 내 알 바 아니죠."

"나도 그렇습니다. 그냥 제삼자의 입장에서 해보는 소리입니다. 하지만 만일 내가 그자라면….."

"그자라면?"

"외국으로 도망칠 겁니다."

"아르센 뤼팽답지 않죠."

"아니면 타협을 하거나….."

데느리스가 순간 놀랐다.

"누구와 무엇을 타협한다는 겁니까?"

"다이아몬드를 갖고 있는 사람과 타협하는 거죠."

그러자 데느리스가 실실 웃으며 말했다.

"아, 그렇군요. 하지만 들리는 소문에 따르면, 뤼팽이 타협을 위해 내세우는 조건은 결정하기가 쉽다더군요."

"어떤 조건이랍니까?"

"다 내 것이고 네 것은 없다고!"

파즈로는 갑자기 놀라는 표정을 지었다. 마치 자신에게 하는 말처럼 생각한 것 같았다.

"뭐라고요? 그게 무슨 말입니까?"

"뤼팽이 늘 하던 말투로 그에 맞는 표현을 한 것뿐입니다. 전부 뤼팽 차지이고 나머지 사람들 것은 하나도 없다는 말이죠."

그러자 파즈로가 큰 소리로 웃었다. 표정이 너무나 자연스러워 데느리스는 꽤 거슬렸다. 파즈로의 넉살 좋은 표정, 다른 사람들의 호감을 사는 밝은 얼굴이야말로 데느리스가 정말로 보기 싫은 것이었다. 파즈로가 도발해도 여유롭게 대할 것이라고 생각하던 데느리스는 그 웃음에 자존심이 상했다. 데느리스는 더 이상 봐주지 말고 무기를 들어야겠다고 생각했고 아까의 농담투를 거두고 적대적인 말투로 얘기했다.

"우리 사이에는 더 이상 여러 말이 필요 없습니다. 꼭 필요한 말만 하는 겁니다. 서너 마디면 충분하죠. 난 아를레트를 사랑합니다. 댁도 그렇죠. 댁이 아를레트와 결혼한다면 난 가만 있지 않을 겁니다."

데느리스의 갑작스러운 협박에 파즈로는 순간 멍했으나 다시 정신을 차리고 대답했다.

"난 아를레트를 사랑하고 있고 꼭 결혼할 테니 그렇게 아십시오."

"그러니까 내 부탁을 거절한다?"

"거절입니다. 댁의 무례한 지시에 내가 따라야 할 이유는 없지요."

"좋아요, 그럼 만날 날짜만 정하면 되겠군요. 다음 주 수요일이 매매 계약서에 서명하는 날이죠?"

"그렇습니다. 오후 6시 반입니다."

"나도 참석할 겁니다."

"무슨 자격으로요?"

"멜라메르 백작 남매가 그다음 날 떠날 테니 작별 인사를 하려고요."

"그렇다면 낭연히 오셔야죠."

"수요일에 봅시다."

대화가 끝났다. 데느리스는 전혀 머뭇거리지 않았다. 이제 남은 시간은 나흘이었다. 그 기간 동안에는 경솔하게 행동하지 않을 것이다. 데느리스는 잠수를 타기로 했다. 그 이후 데느리스를 봤다는 사람은 없었다. 치안국 형사 두 명이 데느리스의 숙소 1층을 서성였고 다른 형사들은 아를레트 마졸의 집, 또 다른 형사들은 레진 오브리의 집, 나머지 형사들은 멜라마르 저택의 정원에 인접한 거리를 감시했으나 데느리스의 흔적은 찾을 수 없었다.

데느리스는 나흘 동안 파리에 있는 깔끔한 은신처에 머무르면서 변장을 하고 돌아다녔다. 최후의 결투를 준비하는 데 온 신경을 썼다. 그 어느 때보다도 완벽하게 준비를 해야 했다. 강한 적에게 맞서려면 최악의 결과를 예상하고 마음을 다잡아야 했다.

데느리스는 이틀 동안 남몰래 조사를 하면서 그동안 부족했던 정보들까지 얻게 되었다. 머릿속으로는 여러 상황을 연결시키고 사건 전체를 심리학적으로 정리해가고 있었다. 일명 멜라마르 가문의 비밀이 무엇인지, 멜라마르 백작 남매도 아주 일부밖에 모르는 가문의 비밀이 무엇인지 알게 되었다. 백작 남매를 괴롭히던 미스터리한 적들이 누구인지도 알게 되었다. 특히 앙투안 파즈로의 정체를.

수요일 아침에 잠에서 깬 데느리스가 외쳤다.

"바로 그거야! 하지만 상대도 눈을 뜨면서 나처럼 이렇게 외치고 있을지 모르니 정신 차려야지. 생각지 못한 위험이 도사릴 수도 있으니까. 어쨌든 해보자고!"

데느리스는 점심 식사를 일찍 마치고 산책을 나갔다.

머릿속으로는 여러 가지 생각을 했다. 데느리스는 센 강을 건너며 조간신문을 사서 펼쳤는데 자극적인 내용이 눈에 띄었다. 데느리스는 걸음을 멈추고 기사를 읽었다.

아르센 뤼팽에 대한 포위망은 점점 좁혀오고 있다. 사건은 최근에 일어난 여러 일로 새로운 방향을 맞이하는 중이다. 지금까지 알려진 바로는 말쑥한 옷차림의 어느 젊은 신사가 몇 주 전부터 방물장수의 행방을 찾아다니며 정보를 모았다고 한다. 그 신사가 알고자 했던 주소의 거주자는 생 드니 거리의 그 방물장수라는 것이었다. 그 신사의 인상착의는 샹 드 마르스에서 시체와 함께 있었던 남자, 바로 자전거를 타고 가던 경찰들이 목격한 남자와 일치했다. 더구나 그 남자는 이후에 행방이 묘연하다고 한다. 파리시 경찰청은 그 의문의 신사가 아르센 뤼팽이라고 보고 있다.(3면에 이어짐)

3면에는 '애독자' 코너의 단편 기사가 아래와 같이 실려 있었다.

여러 정보에 따르면 현재 추적 대상인 말쑥한 신사의 이름은 데느리스라고 한다. 장 데느리스 자작이란 말인가? 모터보트 한 대를 타고 세계 일주를 해서 작년 모든 사람들의 환영을 받았던 그 장 데느리스 자작. 또한 바르네트 탐정 사무소의 그 유명한 짐 바르네트 역시 아르센 뤼팽일지도 모른다는 설이 있다. 이 모든 것이 사실이라면 뤼팽 – 바르네트 – 데느리스로 이어지는 묘한 삼위일체가 수사의 포위망에 걸려들 것이라고 기대해볼 수 있을 것 같다. 그날이 오면 상대하기 힘든 그 존재를 우리 사회에서 영원히 없애버릴 수도 있을 것이다. 이를 위해 베슈 반장에게 모든 힘을 실어주어야 할 것이다.

데느리스는 신문을 팍 구겨버렸다. '애독자' 코너의 글은 분명 앙투안 파즈로의 생각에서 나온 것이 틀림없었다. 여기저기서 정보를 얻고 베슈 반장도 마음대로 조종하고 있는 앙투안 파즈로가 아니면 누가 이런 대담한 기사를 싣는단 말인가?

데느리스가 이를 갈며 중얼거렸다.

"이놈, 어디 두고 보자고! …대가를 치르게 해주지!"

데느리스는 기분도 안 좋았고 움직이기도 싫었다. 벌써 올가미에 걸려든 기분이었다. 지나가는 사람들도 자신을 감시하는 경찰들처럼 생각되었다. 파즈로가 권한 것처럼 도망치는 것이 나을까?

데느리스는 언제든지 사용할 수 있는 탈출 수단 세 가지를 머릿속에 떠올렸다. 비행기, 자동차, 그리고 현재 가장 쉽게 사용할 수 있는 수단인 센 강 위의 낡은 배.

　데느리스가 속으로 중얼거렸다.

　'아니야, 그건 바보 같은 짓이지. 나 같은 사람은 행동에 나설 때 포기하지 않아. 다만 데느리스라는 멋진 이름을 곧 버려야 한다는 생각이 화가 나는 거지. 젠장! 밝으면서 프랑스적인 이름인데 말이지. 그리고 항해사 신사라는 멋진 별명도 이젠 안녕이겠군!'

　데느리스는 공원과 인접한 거리를 본능적으로 기웃거리며 바라봤다. 아무도 없었다. 경찰은 더욱이 보이지 않았다. 데느리스는 저택 주변을 서성였는데 뒤르페가에는 수상한 기미가 없었다. 베슈와 파즈로는 아마도 데느리스가 스스로 위험한 소굴로 들어오진 않을 거라고 생각하고 있을지도 모른다. 파즈로도 이를 내심 바랄 것이다. 아니면 저택에서 모든 준비가 되어 있을지도 모른다.

　데느리스는 오기가 생겼다. 비겁하다는 평가는 절대 참을 수 없었기 때문이다. 데느리스는 호주머니를 뒤졌다. 혹시 권총이나 단도 같은 쓸모없는 도구를 가지고 오지는 않았는지 확인하기 위해서였다. 데느리스는 가벼운 마음으로 마차가 드나드는 대문으로 걸어갔다.

　하지만 마지막 순간에는 조금 주저했다. 부속 건물들의 우중충한 벽이 마치 감옥의 벽처럼 느껴졌기 때문이다. 또한 아를레트의 순수하면서 화사한 모습도 순간 머릿속에 떠올랐다. 그런 아를레트를 보호하지도 않고 이대로 물러날 수 있는가?

데느리스는 속으로 농담을 했다.

'아냐, 뤼팽, 널 속이려 하지마. 아를레트를 지키겠다고 굳이 함정 속으로 들어가 너의 소중한 자유를 위태롭게 할 필요는 없어. 그건 아니지. 그냥 백작에게 짧은 편지를 써서 멜라마르 가문의 진짜 비밀이 무엇인지, 그 비밀에 대해 앙투안 파즈로가 어떤 역할을 하고 있는지 공개하겠다고 쓰면 돼. 네 줄이면 충분하지. 그 정도면 충분해. 아니, 아니지. 아무 이유나 대서 여기 초인종을 누르고 들어가면 돼. 큰일도 아니고. 네가 좋아하는 모험이잖아. 늘 하려고 한 싸움이잖아. 파즈로와 일대일로 붙어보고 싶은 것 아니었어? 하지만 위험한 일일 수도 있어. 이미 저들은 널 맞을 준비를 한 상태로 기다리고 있겠지! 하지만 그래도 무기 하나 없이 맨몸으로 적의 소굴에 들어가 미소를 띠우고 적들과 멋진 한판 승부를 벌이는 거야. 네가 늘 열광하는 모험이잖아….'

마침내 장 데느리스는 초인종을 울렸다.

# 10
# 주먹 다툼

데느리스는 경쾌한 걸음걸이로 안마당을 지나며 말했다.

"잘 있었나, 프랑수아!"

"안녕하십니까. 오랜만에 뵙습니다…."

"그렇군."

데느리스는 프랑수아와 농담을 주고받을 때가 많았는데 프랑수아가 반갑게 맞는 것으로 봐서는 아직 자신에 대한 소문을 듣지 못한 것 같았다.

"그렇게 되었네! 집안에 일이 좀 있어서… 시골에 사는 삼촌의 유산상속 문제였지… 100만 프랑 정도….'

"축하드립니다."

"글쎄! 아직 상속 결정이 난 것은 아니니까."

"그게 무슨 말씀이십니까?"

"100만 프랑이 사실은 빚이라서….'

데느리스는 자신도 모르게 농담을 했다. 아직도 머리가 굳지 않았다는 생각에 흐뭇해했다. 바로 그때였다. 창문에 드리워진 명주 커튼 하나가 슬쩍 움직이는 것이 데느리스의 눈에 보였다. 순식간의 일은 아니라 베슈 반장의 얼굴이 스쳐 사라지는 것을 볼 수 있었다. 베슈는 대기실로 사용되던 방에서 1층을 감시하고 있었다.

"반장이 보초를 서나 보군. 아직 다이아몬드 사건 조사 때문인가?"

"늘 그렇죠. 새로운 소식이 조만간 있을 것 같기는 합니다. 베슈 반장이 형사 세 명을 배치했거든요."

데느리스는 속으로 기뻐했다. 실력 있는 형사 세 명일 테니 경비는 삼엄할 듯했다. 잘된 일이었다! 경비가 탄탄할수록 데느리스에게도 좋았다. 그의 계획이 성공하려면 공권력이 필요하기 때문이었다.

데느리스는 여섯 개의 현관 앞 계단을 올라가 중앙 계단으로 향했다. 응접실에는 백작 남매, 아를레트, 파즈로, 반 우뱅이 와 있었다. 백작 남매에게 작별 인사를 하러 온 것이다. 분위기는 평화로웠고 모두 화기애애했다. 그 좋은 분위기가 2~3분 안으로 깨질 것을 생각하니 데느리스는 망설여졌다.

질베트르 드 멜라마르가 데느리스를 친절하게 맞았다. 백작도 데느리스에게 악수를 청했다. 조금 떨어진 곳에서 이야기를 나누고 있던 아를레트도 데느리스를 반갑게 다가왔다. 이 세 사람은 아직 신문 기사를 읽지 않은 것이 분명했다. 데느리스가 호주머니 속에 구겨 넣은 신문에 대해 아직 모르는 것이다. 따라서 데느리스가 어떤 상황에 처했고 이에 대해 어떤 준비를 하는지 눈치채지 못하고 있는 게 당연했다.

하지만 반 우뱅과의 악수는 매우 차가웠다. 반 우뱅은 신문을 읽은 것이다. 파즈로는 창문 사이 의자에 앉아 꼼짝하지 않고 사진첩만 뒤적였다. 한 장소에 따뜻한 환대와 차가운 적대가 공존했다. 데느리스는 얼른 행동에 나서기로 하고 이렇게 큰 소리로 말했다.

"파즈로 씨는 행복에 취해 내게는 눈길도 안 주는군요… 내가 반갑지 않나 봅니다…."

파즈로는 아직은 전투를 벌이지 않겠다는 것에 찬성하는 듯 마지못해 반응을 보였다. 하지만 데느리스는 파즈로의 어정쩡한 태도를 다른 뜻으로 받아들였다. 어서 공격을 해보라는 것으로 받아들인 것이다. 데느리스는 먼저 명장처럼 공격해 적을 제압하는 것이 중요하다고 생각했다. 선수를 쳐야 승리의 절반을 차지할 수 있다.

데느리스는 그동안 모습을 보이지 않은 이유에 대해 설명한 후 백작 남매의 이사 계획에 대해 들었다. 그러고는 갑자기 아를레트의 두 손을 붙잡고 말했다.

"아를레트, 행복해? 정말로 행복한 거야? 아무 미련이나 후회 없이 행복해? 당신에게 맞는 행복을 느끼는 거야?"

데느리스가 아를레트에게 편하게 말을 놓자 주변 사람들이 놀라 쳐다봤다. 모두 데느리스가 화기애애한 분위기를 깨려 한다고 느꼈다.

파즈로는 그 갑작스러운 행동에 놀라 자리에서 일어났다. 파즈로도 나름 생각한 계획이 있었을 텐데 데느리스가 먼저 나서서 그런지 너무 놀라 얼굴이 백지장처럼 하얘졌다.

백작과 질베르트도 너무나 놀랐다. 반 우뱅에게선 욕설까지 새어 나왔다. 세 사람은 일단 아를레트의 표정부터 살폈다. 그런데 아를레트는 전혀 기분 상하지 않았고 오히려 눈웃음을 지으며 데느리스를 바라보았다. 특별히 친한 친구에게 보내는 것 같은 눈빛이었다.

"행복해요. 내 계획이 모두 이루어질 테니까요. 덕분에 많은 친구들이 원하는 사람과 결혼을 할 수 있게 될 거예요."

그러나 아를레트의 이러한 대답에 물러설 데느리스가 아니었다. 그냥 그렇게 넘어갈 거였으면 아예 시작도 하지 않았을 것이다. 데느리스는 한술 더 떴다.

"당신 친구들이 중요한 게 아냐. 아를레트 당신이 중요한 거라고. 정말 원해서 하는 결혼인지가 궁금해서 그래. 정말 그런 거야, 아를레트?"

아를레트는 얼굴을 붉혔고 아무 말도 하지 못했다.

백작이 큰 소리를 내며 끼어들었다.

"그런 질문을 하시다니 놀랍군요! 그건 앙투안과 약혼녀 둘 사이의 문제라고 생각합니다."

반 우뱅도 끼어들었다.

"아니, 저 말도 안 되는…."

데느리스가 부드럽게 가로막으며 이야기했다.

"말도 안 되는 것은 따로 있죠. 아를레트가 다른 사람을 위해 자신의 인생을 희생하며 사랑 없는 결혼을 서두르고 있는 게 말도 안 되는 일이죠. 지금 상황이 그렇습니다. 하지만 아직 시간은 있습니다. 그러니 백작님도 꼭 알아야 하는 사실이 있습니다. 아를레트는 앙투안 파즈로를 사랑하지 않습니다! 사랑이 아니라 단순히 그저 그런 호감만 갖고 있죠. 그렇지 않아, 아를 레트?"

아를레트는 말없이 고개만 숙였다. 백작은 팔짱을 끼며 당혹스러움을 감추고 있었다. 반듯하던 데느리스가 갑자기 왜 저렇게 무례하게 나오는지 백작으로서는 이해가 되지 않았다.

하지만 앙투안 파즈로는 그냥 그대로 있지 않았다. 파즈로는 데느리스의 앞으로 다가갔다. 파즈로의 여유롭고 유쾌한 표정은 온데간데없었다. 분노와 알 수 없는 두려움이 묘하게 섞인 적대적인 얼굴이 있었다.

"지금 여기가 어디라고 끼어드는 겁니까?"

"나와 관련된 일이니까요."

"나에 대한 아를레트의 감정이 댁과 관련이 있다고요?"

"그렇습니다. 아를레트의 행복이 달린 일이니까요."

"그러니까 아를레트가 날 사랑하지 않는다?"

"당연하죠!"

"도대체 원하는 게 뭡니까…?"

"이 결혼을 못 하게 막는 겁니다."

파즈로가 펄펄 뛰었다.

"아! 그래… 좋아. 그렇게 나온다면 나도 가만히 있지는 않을 거야! 더 이상 봐주지 않는다고! 어디 해보자고…."

파즈로는 데느리스의 호주머니에 들어 있던 구깃한 신문을 얼른 빼더니 백작 앞에서 펼치며 말했다.

"이 기사를 한번 읽어보십시오! 이 신사분의 정체를 알게 될 겁니다. 특히 3면의 기사를 좀 보십시오… 아주 확실한 증거가 있습니다…."

파즈로는 평소의 침착한 태도는 온데간데없이 흥분해 펄펄 날
뛰면서 '애독자' 코너에 실린 기사 한 토막을 서둘러 읽어갔다.

백작 남매는 뭐가 뭔지 모르겠다는 표정을 지으며 귀를 기울
였다. 아를레트는 눈을 크게 뜨며 장 데느리스를 바라봤다.

정작 데느리스는 아무 말 없이 꼼짝도 하지 않았다. 파즈로
가 열심히 기사를 읽을 때 이렇게 끼어들기만 했다.

"그렇게 열심히 읽을 필요는 없어, 앙투안. 이미 외웠을 텐데.
그냥 줄줄 이야기하지, 무엇 때문에 자신이 쓴 기사를 힘들게
읽나?"

그러자 파즈로는 뭔가 선언이라도 하는 듯한 말투로, 손가락
은 데느리스를 가리키며 계속 기사를 읽었다.

또한 바르네트 탐정 사무소의 그 유명한 짐 바르네트 역시 아
르센 뤼팽일지도 모른다는 설이 있다. 이 모든 것이 사실이라
면 뤼팽 – 바르네트 – 데느리스로 이어지는 묘한 삼위일체가
수사의 포위망에 걸려들 것이라고 기대해볼 수 있을 것 같다.
그날이 오면 상대하기 힘든 그 존재를 우리 사회에서 영원히
없애버릴 수도 있을 것이다. 이를 위해 베슈 반장에게 모든 힘
을 실어주어야 할 것이다.

모두 조용히 있었다. 파즈로가 읽어준 기사 내용은 멜라마르 백
작 남매를 소스라치게 놀라게 했다. 데느리스가 미소를 지었다.

"자, 자네의 베슈 반장을 부르라고. 그래야 멜라마르 백작님

이 앙투안 자네가 베슈와 형사들을 부른 이유가 나 때문이라는 것을 알게 될 테니까. 난 오늘 방문할 것이라고 미리 이야기한 적이 있어. 내가 약속을 잘 지키는 사람이라는 것은 누구나 알지. 이제 그만 들어오라고, 베슈! 폴로니어스(〈햄릿〉에서 오필리아의 아버지 – 옮긴이)처럼 태피스트리 뒤에 숨어 있는 것 다 알고 있다고. 자네 같은 능력 있는 경찰이 그렇게 숨어 있으면 안 어울리지."

그러자 베슈가 태피스트리를 젖히며 단호한 표정으로 나타났다. 알맞은 때를 기다렸다가 상황을 제압하겠다는 태도였다.

반 우뱅은 어쩔 줄 몰라 하며 베슈에게 달려갔다.

"어서 뭐라고 해봐요, 베슈 반장! 저자를 체포해요! 다이아몬드 도둑이란 말이오. 전부 내놓으라고 해야 합니다. 여기서는 반장이 제일 세니까!"

그때 멜라마르 백작이 끼어들었다.

"잠깐만요, 일단 우리 집에 오셨으니 모든 문제는 조용하고 원만하게 해결되었으면 좋겠습니다."

백작은 데느리스를 향해 덧붙였다.

"선생, 당신은 어떤 분이십니까? 아까 그 기사 내용에 반박을 해달라는 것이 아니라 내가 지금까지 알던 그 데느리스 씨가 맞는 건지 궁금해서 그럽니다…."

"아니면 괴도 아르센 뤼팽인지 궁금하시다는 거죠?"

데느리스가 미소를 지으며 맞받아쳤다. 이어서 데느리스는 아를레트 쪽을 돌아보며 말했다.

"아를레트, 일단 앉으라고, 정신이 없겠지만 복잡하게 생각할 것 없어. 어떤 일이라도 다 잘될 거라고 믿으면 돼. 내가 이러는 건 모두 당신을 위해서니까."

이어서 백작에게 말했다.

"멜라마르 백작님, 질문에 굳이 대답을 하지는 않겠습니다. 그건 내가 누구인지는 중요하지 않고 오히려 여기 앙투안 파즈로가 어떤 사람인지 아는 것이 훨씬 중요하기 때문입니다."

파즈로는 발끈했고 반 우뱅은 다이아몬드 이야기만 했다. 백작이 두 사람을 말렸다. 데느리스가 이야기를 계속했다.

"내게 불리한 기사가 실린 신문을 호주머니에 넣고 파즈로의 요청을 받은 베슈 반장이 체포 영장을 들고 기다리는 이곳에 굳이 온 데에는 다 이유가 있습니다. 내게 다가올 위험보다 큰 위험이 있을 것이라고 생각해서입니다. 바로 **우리의 사랑하는 아를레트**를 그대로 두면 큰 위험이 생길 테니까…. 그리고 백작님과 여동생분 역시 큰 위험에 처하게 될 테니까요. 나의 정체는 베슈 반장과의 문제입니다. 그건 나중에 해결을 볼 것입니다. 그러나 지금 가장 중요한 것은 앙투안 파즈로의 정체에 대해 아는 것입니다"

파즈로가 길길이 날뛰며 소리를 질렀다. 멜라마르 백작이 막을 수 없는 수준이었다.

"그래, 내가 누군데? 어서 말해보라고! 말해! 내가 누구야? 내가 누구로 생각되냐고?"

데느리스는 마치 손가락으로 계산을 하는 것처럼 하나씩 따졌다.

"가슴받이를 훔친 도둑이고…."

파즈로가 끼어들었다.

"거짓말! 내가 가슴받이를 훔쳤다니!"

데느리스는 동요 없이 말을 이었다.

"레진 오브리와 아를레트 마졸을 납치한 범인이고."

"거짓말!"

"응접실 물건을 훔친 도둑이고…."

"거짓말!"

"로랑스 마르탱과 그 아버지의 공범이고."

"거짓말이야!"

"샹 드 마르스 공원의 벤치에서 살해당한 방물장수의 공범이고…."

"거짓말!"

"75년에 걸쳐 멜라마르 가문을 괴롭혀온 잔인한 가문의 계승자고!"

파즈로는 자제할 수 없을 정도로 흥분했다. 데느리스가 죄목을 나열할수록 파즈로는 몸을 부르르 떨며 소리를 질렀다.

"거짓말! 거짓말! 거짓말!"

데느리스의 이야기가 다 끝나자 파즈로는 데느리스 앞에 서서 공격적인 태도와 말투를 보였다.

"거짓말이라고! 거짓말이지… 아를레트를 사랑하니까 질투가 나서 그러는 거 다 알아… 그러니까 날 증오하겠지. 처음부터 눈치는 챘지. 지금 두려우니까, 내가 증거를 갖고 있다고 생각하니까 두려운 거라고… 거의 모든 증거가 여기에 있지(파즈로는 지갑이 들어 있는 윗도리를 손으로 툭툭 쳤다). 바르네트와 데느리스가 아르센 뤼팽이라는 증거지… 그래, 아르센 뤼팽! 아르센 뤼팽!"

파즈로는 아르센 뤼팽의 이름을 부르면서 완전히 흥분했다. 목소리가 점점 커지고 한 손으로 데느리스의 어깨를 움켜잡기도 했다.

데느리스는 물러서지 않고 조용히 말했다.

"소리 좀 줄이라고. 모두 귀가 아프겠어. 이러면 힘들지…."

파즈로는 잠시 주춤했으나 소리는 계속 커졌다.

"이런, 마지막 경고야. 목소리 낮춰. 그러지 않으면 곤란한 일이 생길 거라고… 고집을 계속 부리겠다고? 좋아, 소원이라면 어쩔 수 없지. 난 분명히 참을 만큼 참았어. 조심하라고…!"

데느리스와 파즈로는 너무 가까이 있다 보니 몸이 서로 부딪칠 것 같았다. 데느리스가 총탄처럼 재빨리 파즈로의 턱 끝에 주먹을 날렸다!

파즈로는 다친 짐승처럼 비틀거리더니 무릎을 꿇고 그대로 쓰러졌다.

한바탕 소동이 일어나 소란스러운 분위기가 되었다. 백작과 반 우뱅은 데느리스를 붙들려고 했고 질베르트와 아를레트는 쓰러진 파즈로를 살펴보느라 정신이 없었다. 데느리스는 두 팔을 뻗어 네 사람을 모두 떼어내더니 베슈를 급하게 불렀다.

"날 좀 도와줘, 베슈! 도와달라고. 내 전우여! 자네는 나의 활약을 지켜본 적 있으니까 잘 알 거야. 내가 제멋대로 행동하는 적이 없고 웬만해서는 흥분하지 않는다는 것을 말이야. 이번 사건에서 나와 자네는 같은 입장이야. 그러니 날 도와달라고,

베슈."

베슈는 이 모든 광경을 유심히 보고 있었다. 마치 결투를 구경하되, 원인을 다 알고 난 뒤에야 판결을 내리는 심판처럼 보였다. 베슈가 보기에는 양쪽 모두에게서 얻어낼 게 있을 것 같았다. 방금 일어난 심각한 결투도 데느리스와 파즈로를 꼼짝 못하게 할 수 있는 덫처럼 보였다. 그러니 아무리 전우라 불러도 마음이 흔들리지 않았다. 베슈는 현실적으로 행동해야겠다고 결심했다.

베슈가 데느리스에게 말했다.

"아래층에 세 명이 지키고 있어, 알고 있나?"

"알고 있어. 자넬 믿지만 특히 이 악당을 체포할 때 불러달라고."

베슈가 빈정댔다.

"자네도 포함되어 있는 거지."

"자네 생각이 그런 거라면 할 수 없지. 오늘의 승패는 자네의 손에 달렸으니까. 자네 마음대로 게임을 해보라고. 그게 자네의 권리이자 의무니까."

베슈는 데느리스의 의지에 영향을 받았는데도 마치 스스로 생각하는 것처럼 굴었다.

"멜라마르 백작님, 사법 당국을 대표해 부탁드리지만 일단 한번 들어와 주십시오. 앙투안 파즈로의 혐의 내용이 잘못된 것인지 알아낼 수 있을 겁니다. 앞으로 일어나는 모든 일은 제가 책임을 지겠습니다."

베슈가 재량권을 데느리스에게 넘긴다는 의미였다. 데느리스는 이 기회를 틈타 과감하게 나섰다. 호주머니 속에서 갈색 물약이 든 작은 약병을 꺼내 역시 미리 준비한 솜에 절반쯤 쏟았다. 클로로포름 냄새가 확 올라왔다. 데느리스는 그 솜을 파즈로의 얼굴에 갖다댔고 끈으로 묶어 고정시켰다.

백작이 데느리스의 도를 넘은 황당무계한 행동에 놀라자 베슈는 백작 남매를 다시 한 번 진정시켰다. 아를레트도 아무 말 없이 눈물을 글썽이며 생각에 잠겼다. 반 우뱅만 흥분해서 펄쩍 뛰었다.

이미 되돌릴 수 없었기에 베슈도 굳게 말했다.

"백작님, 저자는 제가 잘 압니다. 일단 지켜보는 것이 좋을 것 같습니다."

데느리스는 파즈로를 일단 제압하고는 자리에서 일어나 멜라마르 백작에게 다가와 말했다.

"양해 부탁드립니다. 불필요한 폭력이나 장난을 하고 있는 것이 아닙니다. 진실을 남다른 방법으로 밝혀야 하는 경우도 있습니다. 지금 밝히려는 진실은 백작님과 백작님의 가문 전체에게 피해를 끼친 음모의 정체에 대한 비밀입니다… 일명 멜라마르 가문의 비밀이라고 불리던 것이죠… 그게 무엇인지 알기에 밝히려고 합니다. 백작님의 재량에 달려 있습니다. 20분 동안 절 믿고 이야기를 들어주시면 됩니다. 딱 20분입니다."

그러나 데느리스는 멜라마르 백작의 대답을 기다리지도 않았다. 그만큼 백작에게 데느리스의 제안은 거부하기 어려운 것이었다. 데느리스는 반 우뱅을 바라보며 거칠게 말했다.

"날 배신했더군요. 하지만 그 일은 넘어가도록 하죠. 도둑맞은 다이아몬드를 찾고 싶습니까? 그러면 그만 조용히 하는 게 좋을 겁니다. 파즈로가 돌려줄 테니까."

이제 데느리스는 베슈를 바라보며 말했다.

"이제 자네 차례야, 베슈. 자네가 가져갈 것도 있지. 바로 진실을 알려주겠다는 거지. 그동안 파리시 경찰청 사람들이 자네를 통해 알아내고 싶어 했던 진실을 드디어 당당하게 보고하면 되는 거지. 그리고 앙투안 파즈로는 자네에게 맡기겠어. 지금 파즈로는 걸을 수도 없으니 마치 시체를 넘겨주는 것 같군. 끝으로는 이자의 공범 두 명인 로랑스 마르탱과 그 아버지를 넘겨줄 거야. 지금은 4시니까 6시에는 범인들의 정보를 얻을 수 있을 거야. 어때?"

"괜찮군."

"그럼, 타협은 이루어진 거로군, 다만…."

"다만 뭐?"

"끝까지 내 편이 되어주어야 해. 만일 내가 저녁 7시까지 약속을 지키지 못한다면, 그러니까 내가 멜라마르 가문의 비밀을 밝히고 범인들을 넘기지 못한다면… 순순히 수갑을 찰 것이고 내가 데느리스인지 바르네트인지 아르센 뤼팽인지 정체를 밝히는 방향으로 협조할 거야. 그러니 그때까지는 이번 사건의 비밀을 해결할 사람은 나라고. 베슈, 혹시 경찰청 차량이 근처에 있나?"

"이 근처에 있어."

"이쪽으로 세워놓게. 그리고 반 우뱅 씨, 자동차 가지고 있습니까?"

"4시에 와 있으라고 기사에게 말해두었소."

"몇 사람 탈 수 있죠?"

"다섯 명."

"운전기사는 필요 없으니 차가 오면 그냥 돌아가도 좋다고 해요. 당신이 대신 운전하고."

마지막으로 데느리스는 앙투안 파즈로에게로 가서 이리저리 살펴보며 진찰했다. 심장박동은 이상이 없었고 호흡도 규칙적이었으며 안색도 정상이었다. 데느리스는 솜을 더 난난하게 고정시키며 말했다.

"20분 후면 깨어날 거야. 그 시간이면 충분하지."

베슈가 물었다.

"무엇을 하는데?"

"우리의 목표를 이루어야지."

"예를 들면?"

"이제 알게 될 거야. 가자고!"

더 이상 토를 다는 사람이 없었다. 모두 데느리스의 권위에 눌린 것이었다. 자세히 말하자면 모두 아르센 뤼팽이라는 인물의 카리스마에 휩쓸린 것이었다. 저 유명한 아르센 뤼팽의 전설적인 모험과 활약상이 데느리스에게서도 알게 모르게 느껴졌다. 아르센 뤼팽과 장 데느리스가 섞이면서 두 존재가 어떤 기적이라도 행할 수 있는 막강한 존재가 되었다.

아를레트는 눈을 크게 뜨고 데느리스를 바라봤다.

백작 남매는 흥분하며 기대에 들떠 있었다.

반 우뱅마저 고개를 돌리더니 말했다.

"이봐요, 데느리스. 내 생각은 여전히 그대로입니다. 도둑맞은 내 물건을 찾아줄 사람은 오직 데느리스 씨뿐입니다…."

자동차 한 대가 안마당으로 들어왔다. 경찰관 세 명과 파즈로를 태운 자동차가 주변을 에워쌌다. 베슈가 경찰관들에게 목소리를 낮춰 얘기했다.

"경계를 늦추면 안 돼… 이자는 물론이고 데느리스에게도… 꼭 붙들고 놓치면 안 돼, 알았지?"

이어서 베슈가 데느리스 쪽으로 왔다. 멜라마르 백작은 공증인에게 전화를 걸어 약속을 취소했고 질베르트도 서둘러 망토와 모자를 챙겼다. 이들 모두 아를레트와 함께 반 우뱅의 차에 탔다.

데느리스가 지시를 내렸다.

"튈르리 공원 끄트머리쯤에서 센 강 쪽을 지나요. 그리고 곧장 우회전해서 리볼리가로 가는 겁니다."

모두 쥐 죽은 듯이 조용히 있었다. 질베르트와 아드리앵 남매는 불안한 흥분감 속에 그저 지켜보고만 있었다. 이 차를 타고 가는 이유는 무엇인가? 어디로 가는 것일까? 진실은 어떤 모습을 드러낼까?

갑자기 데느리스가 뭔가 말하기 시작했다. 누군가에게 이야기하는 것이라기보다는 혼자 중얼거리는 듯한 작은 소리였다.

"멜라마르 가문의 비밀! 밝혀내기 위해 그동안 얼마나 노력했는지 몰라. 레진과 아를레트가 처음 납치된 사건 때부터 직감적으로 느꼈지. 현재의 문제를 해결하려면 머나먼 과거부터 거슬러 올라가야 한다고 말야… 그런 문제일수록 흥미를 자아내지! 해결한 것도 많고! 이번 사건도 딱 한 가지는 분명했어. 즉, 멜라마르 백작 남매는 절대로 나쁜 짓을 할 사람들이 아니라는 것! 그렇다면 누군가 백작 남매의 저택을 범행의 무대로 사용했다고 생각해봐야 하는 것일까? 앙투안 파즈로의 주장도 그러했지. 그런데 누구나 그렇게 믿고 사법 당국도 그런 방향으로 수사를 하다 보니 파즈로만 유리해져갔어. 또 하나의 의문점은 아를레트와 레진을 납치한 범인이 어떻게 멜라마르 남매와 프랑수아 부부에게 들키지 않고 버젓이 그 저택을 활보할 수 있었냐는 것이지…."

데느리스는 잠시 숨을 가다듬었다. 아드리앵 드 멜라마르가 몸을 기울이고 긴장된 얼굴로 속삭였다.

"계속해보십시오… 어서요… 제발요…."

하지만 데느리스는 느긋했다.

"아닙니다… 이야기만 갖고는 진실을 알 수 없습니다… 조금만 기다리시죠…."

그리고 말을 이었다.

"사실, 너무나 간단한 것이었어! 진실을 찾으려던 사람들이 왜 그것을 간파하지 못했는지 모르겠어. 무슨 잡을 수 없는 그림자처럼 생각하면서 말이야! 난 몇 가지 사실들을 연결하면서 바로 이해가 되던데… 아, 백작님이 당한 이상한 도난 사건도 수상했습니다. 하찮은 물건들만 사라졌으니까요. 이 설명하기 힘든 일은 뭔가 의미가 있는 거죠. 일반적으로는 하찮은 물건이라 해도 그것들이 도난을 당했다면 도둑들에게는 뭔가 특별한 의미가 있다는 뜻이 됩니다!"

데느리스가 말을 멈췄다. 귀 기울이던 백작은 그 뒷이야기를 듣고 싶어 안달했다. 조금 있으면 진실을 확인하게 되겠지만 그 전에 더 빨리 알고 싶어 하는 것이다. 질베르트도 답답해했다. 데느리스는 백작 남매를 바라보며 말했다.

"부탁입니다… 멜라마르 가문은 100년 이상 기다려왔습니다. 이제 몇 분만 더 기다리면 됩니다! 두 분과 가문 사이에 얽힌 진실이 곧 밝혀집니다."

이어서 데느리스는 베슈를 돌아보며 농담을 던졌다.

"베슈, 슬슬 감이 오겠지? 뭔가 조금이라도 느끼지 않았나? 아직 아니라고? 안타깝군… 사실, 이번 사건에는 정말로 독특하고 어려운 비밀이 숨어 있지… 마치 수정처럼 영롱하면서도 컴컴하지… 안 그런가? 그러나 놀라운 비밀일수록 뒤집어보면 콜럼버스의 달걀이란 말이지… 한번 생각해볼 필요가 있는 사건이었어… 반 우뱅, 좌회전 하십시오. 이제 거의 다 왔습니다."

이어서 차는 복잡하게 얽힌 좁은 길들을 몇 번 더 들어갔다. 상점과 소규모 공장들, 보세창고들과 낡은 건물 안에 있는 작업실들이 가득한 오래된 동네였다. 쇠로 된 발코니와 높이 있는 창문들, 커다란 문마다 참나무 난간이 있는 넓은 층계들도 가끔 보였다.

"속도를 줄여요, 반 우뱅… 좋습니다… 이제 오른쪽으로 천천히 차를 세워요. 몇 미터 더. 자, 다 왔습니다."

데느리스는 먼저 차에서 내렸고 질베르트와 아를레트를 차에서 내릴 수 있게 도왔다.

경찰차는 반 우뱅이 몰고 온 차 바로 뒤에 주차했다. 장이 베슈에게 말했다.

"저 친구들은 아직 움직일 때가 아냐. 일단 파즈로가 깨어나는지 감시하라고 해. 2~3분 뒤에는 파즈로도 데려갈 거니까."

서쪽에서 동쪽으로 이어진 음산한 분위기의 거리였다. 왼쪽에는 밀가루와 통조림 공장이 운영하는 창고 건물들이 죽 늘어서 있었다. 오른쪽으로는 네 채의 소형 주택들이 나란히 있었다. 모두 낡았고 창문에는 커튼도 없었으며 지지분했다. 사람은 거의 살고 있지 않는 것 같았다. 원래는 녹색이었으나 지금은 칠이 거의 벗겨져 있는 입구의 문에는 선거용 포스터가 덕지덕지 붙어 있었다.

여기서 무엇을 하겠다는 것인가? 누구를 찾으려 하는 것인가? 아무도 다니는 것 같지 않는 이곳에서 어떤 비밀의 해답이 있다는 것인가?

데느리스는 현대식으로 만들어진 길고 가는 열쇠를 호주머니에서 꺼내고는 안전 빗장의 틈새에 집어넣었다.

데느리스는 일행을 힐끗 보며 미소를 지었다. 일행 네 명은 긴장한 얼굴이었다. 이들의 삶은 데느리스에게 달려 있는 셈이었다. 이들은 뭔가 놀라운 진실이 있을 것이라 기대했다. 전혀 생각지 못한 진실일 것이라 생각했다. 아르센 뤼팽이 미지의 풍경을 가린 장막을 거두면서 보게 될 놀라운 비밀을 잔뜩 고대하고 있었다.

데느리스는 마침내 열쇠를 돌리고 안으로 들어가서는 일행을 맞아들였다.

질베르트가 겁에 질려 비명을 지르며 백작에게 기댔다. 백작
도 비틀거리며 놀라워하기는 마찬가지였다.

장 데느리스는 백작 남매를 모두 부축해야 했다.

# 11
# 애첩 발네리

놀라운 기적이었다! **멜라마르 저택의 안마당에서 나온 지 10여 분 만에 또 멜라마르 저택의 안마당에 있는 것이었다!** 센 강을 분명 한 번 건넜는데! 원래 출발점으로 돌아가려고 미리 원을 그린 것도 아니었다. 뒤르페가를 벗어나 3킬로미터 정도를 달렸는데(3킬로미터, 즉 옛날 파리에서 앵발리드와 보주 광장 사이의 거리다) 다시 **멜라마르 저택의 안마당에 와 있는 셈이었다!**

그래, 기적이었다! 아까의 안마당과 지금의 안마당, 똑같지만 서로 다른 장소라고 생각하려면 엄청난 논리와 생각이 필요했다. 눈으로만 보고 본능적으로만 생각하면 아까의 멜라마르 저택과 지금의 멜라마르 저택은 같은 곳이었다. 이곳과 저곳, 앵발리드 근처와 보주 광장 근처에 똑같이 존재하는 장소 말이다.

단순히 두 곳이 건물의 모양과 색이 똑같기 때문에 닮았다는 것이 아니었다. 세월만이 만들어낼 수 있는 분위기, 근처 강에서 실려온 습한 공기를 머금은 장방형 벽들이 주는 분위기까지 똑같았다. 기적이라고밖에 볼 수 없었다.

건축용 석재도 같은 채석장에서 같은 크기로 깎은 것이고 그 위에 묻은 세월의 때까지 똑같았다. 포석도 똑같았고 포석 주변에 난 풀에 끼친 계절의 영향도 똑같았다. 지붕을 이는 석재에도 똑같이 푸르른 이끼가 뒤덮여 있었다.

질베르트는 어리둥절해 하며 중얼거렸다.

"아! 이럴 수가!"

아드리앵 드 멜라마르는 그동안 저주스러운 운명에 시달린 가문의 역사를 떠올렸다.

데느리스는 일행을 데리고 현관 계단 쪽으로 갔다.

데느리스가 입을 열었다.

"자, 아를레트. 당신을 멜라마르 저택의 안마당으로 처음 데려갔을 때 무척 놀라워한 적 있죠. 레진과 당신이 납치되어 올라간 여섯 계단을 당신은 바로 알아보았습니다. 여기가 그때의 안마당이고 바로 그 계단입니다."

"정말 똑같아요!"

아를레트도 맞장구를 쳤다.

정말로 현관 앞 계단이 똑같았다. 여섯 개의 계단과 그 위에 드리워진 짝이 안 맞는 유리 차양도 뒤르페 거리의 백작 남매 저택의 것과 똑같았다. 마침내 비밀의 저택 안으로 들어갔다. 생산지와 무늬까지 똑같은 타일 바닥이 깔린 현관이 나왔다.

"발소리까지 똑같이 나는군."

백작이 현관을 걸어가며 중얼거렸다. 백작의 목소리는 원래의 저택에서와 마찬가지로 똑같은 음으로 울렸다.

백작은 시간만 있어도 1층의 다른 방들을 전부 보고 싶은 마음이었다. 그러나 데느리스는 시간이 없다며 어서 중앙 계단을 올라가라고 했다. 역시나 똑같은 무쇠 난간에 똑같은 양탄자가 있는 스물다섯 개의 계단이었다. 층계참도 똑같았다… 역시 정면에 문이 세 개나 나 있었고… 응접실까지 이어진 구조도 똑같았다.

이어서 데느리스를 따라온 일행은 안마당에서보다 더 놀라운 것을 보게 되었다. 방의 분위기만 똑같은 것이 아니었다. 가구, 골동품, 여기저기 낡은 천으로 된 벽지, 빛바랜 태피스트리, 바닥의 무늬, 샹들리에, 가지 달린 촛대, 서랍장 손잡이, 촛농받이, 반 토막 남은 초인종 손잡이 등 모두 판박이처럼 똑같았다.

데느리스가 아를레트에게 물었다.

"아를레트, 갇혀 있던 곳이 여기지? 그 장소를 잊을 수는 없을 거야."

"백작님 저택의 그곳과 내가 갇혔던 여기가 아주 똑같아요."

"바로 여기가 당신이 올라간 벽난로, 그리고 당신이 엎드린 서가지… 당신이 달아났던 창문은 저기고."

데느리스는 아를레트를 창가로 데려가 관목들이 심어져 있고 높은 담벼락이 둘러싼 정원을 보여주었다. 정말로 저 끝에 외딴 별채가 있었다. 좀 더 낮은 담장이 이어지면서 아를레트가 열었던 쪽문이 보였다.

데느리스가 베슈에게 지시했다.

"베슈, 파즈로를 여기로 데려오게. 자네 차는 현관 앞에 주차하는 게 낫겠어. 경찰들이 곧 필요할 테니까 대기시키고."

베슈가 서둘렀다. 문이 삐걱대는 소리도 뒤르페가의 그 저택 대문에서 나던 소리와 똑같았다. 심지어 들어서는 자동차 소리마저 똑같이 들렸다.

베슈는 현관 계단을 오르다가 멈추더니 부하 한 명에게 명령했다.

"자네 부하 두 명은 여기 현관에 대기하고 있으라고 하게. 자네는 얼른 경찰청으로 가서 인력을 세 명 더 요청하고. 그냥 긴급한 업무라고만 해. 자네가 추가 인력을 직접 데려와서 저기 문이 보이는 지하실 계단 입구에 대기시키게. 도움이 필요하지 않을 수도 있으나 준비는 철저히 해야지. 경찰청에 자세한 이야기를 할 필요는 없어. 대어를 낚을 기회는 우리 몫으로 하자고. 알겠지?"

끌려 들어온 파즈로는 안락의자에 앉혀졌고 데느리스는 문을 닫았다.

원래 예정된 20분의 시간이 그리 많이 지난 것은 아니었다. 파즈로는 몸을 천천히 움직이기 시작했다. 데느리스는 파즈로의 입을 막는 솜을 떼어낸 후 창문으로 던진 뒤 질베르트에게 말했다.

"죄송하지만 모자와 외투를 안 보이게 해주셨으면 합니다. 그리고 마치 여기가 뒤르페가에 있는 저택인 것처럼 연극을 해야 합니다. 우리가 뒤르페가의 저택을 떠나 있다고 파즈로가 눈치채게 해서는 안 됩니다. 그리고 내가 말하는 것과 다른 방향의 말은 해서는 안 됩니다. 나보다는 여기에 계신 분들이 더 절박한 심정일 겁니다."

파즈로가 깊게 숨을 쉬었고 졸음을 쫓으려는 듯 손으로 이마를 짚었다. 데느리스는 파즈로를 뚫어지게 바라봤다. 백작이 물었다.

"이 사람이 그 가문의 후손…?"

"그렇습니다. 대략 느끼셨을 테지만 그 가문의 자손입니다. 한쪽에는 멜라마르 가문이 있고 또 한쪽에는 정체를 알 수 없는 원수 가문이 있습니다. 하지만 그 사실만으로는 완전한 해답이 되지 못합니다. 수수께끼가 완전히 풀리려면 사건을 둘로 나누어 해석해야 하고 사건의 장치인 방, 가구들도 따로 생각해야 합니다. 아를레트와 레진이 백작님의 응접실에 있는 물건들을 본 것은 맞지만 사실 여기에 있는 똑같은 물건들을 본 것이죠."

데느리스는 잠시 말을 멈추었다. 자신이 의도한 대로 분위기가 흘러가는지 확인하려고 사람들을 둘러봤다. 모두 바짝 정신을 차리며 긴장하고 있었다. 그동안 앙투안 파즈로는 천천히 잠에서 깨어나고 있었다. 클로로포름의 농도가 그리 진하지는 않았다. 잠시 후 파즈로는 무슨 일이 일어났었는지 기억해볼 수 있을 정도로 의식을 회복했다. 파즈로가 제일 먼저 머리에 떠올린 것은 얼얼한 주먹 한 방이었다. 그 후 앞이 캄캄했고, 어떻게 잠이 든 것 같긴 했는데 무슨 일이 있었는지는 알 수 없었다.

앙투안이 꿈을 꾼 듯 중얼거렸다.

"무슨 일이야? 갑자기 기절한 것 같은데… 시간이 꽤 흐른 것 같군…."

데느리스가 웃으면서 말했다.

"그건 아냐. 겨우 10분 정도 지났어. 그나저나 모두 너무 놀라워하는 중이지. 복싱 챔피언이 시시한 주먹 한 방에 링 위에서 10분 동안 뻗어 있는 것 같아서 말이야! 그렇게 세게 치려고 한 건 아닌데 미안하게 되었군."

앙투안이 험악한 표정을 지었다.

"그래, 이제 기억나는군. 자네의 가면을 벗겨 뤼팽의 정체를 보여주겠다고 했지."

데느리스가 씁쓸한 표정을 지으며 말했다.

"아직도 그 얘기인가? 자네가 10분 잠들어 있는 동안 많은 일이 일어났다고! 뤼팽이건 바르네트건 다 재미없는 이야기라고! 여기에 그 누구도 그런 말도 안 되는 소리에는 관심 없어!"

"그럼 무엇에 관심이 있지?"

파즈로는 아까까지도 친구들이라 생각했던 사람들이 차가운 표정을 짓고 시선을 피하자 캐묻듯이 말했다.

"무엇에 관심이 있냐고? 그야 자네가 살아온 이야기에 관심이 있지. 자네의 이력과 멜라마르 가문의 내력 말이야. 그 두 이야기는 하나로 연결되니까."

"하나로 연결되다니?"

"하나로 연결되지! 자네도 무척 궁금해 하는 이야기일 거야. 자네도 일부만 알지 전체 이야기는 모르니까."

데느리스와 파즈로가 이야기를 하는 동안 다른 사람들은 아까 데느리스가 지시한 대로 아무 말도 하지 않고 열심히 듣고 있었다. 모두 데느리스와 같은 편이었고 뒤르페가를 벗어난 적이 없는 듯 연극을 하고 있었다. 파즈로가 의심을 한다 해도 백작 남매가 너무나 태연했기 때문에 그는 여기가 멜라마르 저택의 응접실 안이라고 확신했을 것이다.

"좋아. 어디 시작해보라고. 당신이 나의 내력을 어떻게 알고 있는지 궁금하군. 그다음은 내가 당신을 분석할 거니까."

"아, 내 이야기도 전부 알고 있다고?"

"당연하지."

"자네 호주머니에 든 그 서류의 도움으로?"

"물론."

"하지만 지금은 없을걸…."

파즈로는 얼른 지갑을 뒤저보고는 거칠게 말했다.

"나쁜 놈! 훔쳐갔군."

"내가 말했잖아. 여기 모인 우리는 내 일에 관심 없다고. 자네에게 관심이 있다고 말이야. 그러니 입 좀 다물어."

파즈로는 일단 참았다. 팔짱을 낀 채 아를레트를 보지 않기 위해 고개를 돌렸다. 꽤 도도하고 무관심한 척하는 태도였다.

이제 데느리스는 파즈로를 없는 사람으로 치고 오직 백작 남매를 향해서만 이야기를 했다. 드디어 멜라마르 가문의 비밀이 완전히 공개되는 순간이었다. 데느리스는 군더더기 없이 말문을 열었다. 가설이 아니라 확실한 자료를 갖고 이야기하는 것 같았다.

"우선 백작님 가문의 오래전 이야기부터 해야 하니 양해 바랍니다. 저주스러운 운명이 꽤 오래전부터 시작이 되었으니까요. 두 분은 아무 죄 없는 선조 두 분이 갑자기 돌아가신 불길한 두 날짜에만 관심을 가지셨겠지만 그 두 날짜는 사실은 이미 18세기 정도에 일어난 어느 치정 사건과 연결이 되어 있습니다. 가문의 저택이 세워지고 25년이 지난 때의 일입니다."

백작이 맞장구를 쳤다.

"맞아요! 석재 건물 중 하나에 1750이라는 연도가 새겨져 있습니다."

"장군이면서 대사를 지낸 분의 부친이자 감방에서 사망한 분의 조부가 되시는 프랑수아 드 멜라마르께서 아마 1772년 정도에 지금의 모습으로 저택의 가구들을 배치하셨죠. 그렇지요?"

"맞습니다. 그 당시 건축 견적서를 갖고 있습니다."

"그 당시 프랑수아 드 멜라마르는 어느 부유한 가문의 딸인 앙리에트라는 아름다운 여성과 결혼했습니다. 두 사람은 열렬히 사랑했습니다. 프랑수아 드 멜라마르는 사랑하는 아내에게 맞는 환경을 만들어주고 싶어서 내부 장식에 큰돈을 들인 겁니다. 그러나 단순히 사치를 부린 게 아니라 세련된 안목을 유지하며 최고의 예술가들에게만 작업을 의뢰했습니다. 어쨌든 프랑수아 드 멜라마르와(그 자신의 표현대로 하면) '다정다감한' 앙리에트는 행복한 부부였습니다. 프랑수아 드 멜라마르의 눈에 아내보다 더 아름다운 여성은 없었습니다. 또한 내부 장식으로 주문된 가구와 예술품 역시 그의 눈에는 최고였습니다. 프랑수아 드 멜라마르는 내부 장식 물품을 정리하고 목록을 만드는 일에 시간을 많이 쏟아부을 정도였습니다… 평화롭고 아늑한 삶이었습니다. 아이 교육에 몰두하는 앙리에트는 늘 행복했지만 남편 프랑수아 드 멜라마르는 슬슬 지루해합니다. 운명의 장난인지는 모르지만 프랑수아 드 멜라마르는 발네리라는 여배우에게 홀딱 빠지고 말았습니다. 발네리는 젊고 예쁘고 활달했습니다. 재능은 별로였지만 야심은 매우 컸습니다.
겉으로는 별 변화가 없었습니다. 프랑수아 드 멜라마르는 여전
히 아내를 사랑하고 존중했습니다. 아내를 자기 존재의 8분의
7을 차지하는 여인이라고까지 칭찬했습니다. 그리고 매일 아
침 10시에서 오후 1시까지 산책을 하거나 유명 화가의 아틀리
에에 가겠다는 핑계를 대며 정부인 발네리와 식사를 했습니다.
프랑수아 드 멜라마르가 늘 조심했기 때문에 '다정다감한' 앙
리에트는 한 번도 의심을 하지 않았습니다… 프랑수아 드 멜라
마르가 발네리와 만나면서 마음에 들지 않는 것 하나는 포부르
생제르맹 지역의 한가운데에 있는 뒤르페가의 저택, 그 안의
골동품과 잠시 아쉬운 작별을 하고 볼품없는 것으로 가득한 발
네리의 집으로 가는 일이었습니다. 아내에 대해서는 양심의 가
책이 별로 없었지만 본가 저택에 대해서는 애정이 대단한 겁니
다. 결국 프랑수아 드 멜라마르는 파리 시가지의 반대편 끝, 즉
늪지였던 곳을 개간해 부르주아 귀족들이 전원풍 주택을 짓고
사는 지역에 본가인 뒤르페가의 저택과 똑같은 집을 짓게 했
습니다. 가구들도 본가와 완전히 똑같은 것으로 들였죠. 하지
만 저택과 안마당을 제외한 외부는 완전히 다르게 해서 그 누
구에게도 들키지 않게 했습니다. 프랑수아 드 멜라마르는 새로
운 저택 이름을 폴리 발네리라 불렀습니다. 이 안마당에만 들
어오면 본가의 저택과 같은 환경 속에서 새로운 생활을 계속할
수 있다고 생각한 겁니다. 그래서 문이 닫히는 소리도 본가 저
택의 것과 똑같이 나도록 했습니다… 안마당도 생산지가 똑같
은 포석이 깔려야 했고 현관 앞 계단, 현관의 타일, 방마다 가구

와 물건도 본가의 것들과 똑같아야만 했습니다. 취향과 습관을 그대로 유지한 겁니다. 공간만 이동했지 본가의 저택에서 그대로 사는 것과 마찬가지였습니다. 집 관리도 똑같이 했습니다. 분류하고 목록을 작성하는 일도 그대로 했습니다. 그런 작업이 괴상한 취미처럼 점점 집요해졌고 아무리 사소한 물건도 늘 있던 곳에 놓여 있지 않으면 견디지 못하게 되었습니다… 세련된 취향과 즐거움을 주는 버릇이 오히려 프랑수아 드 멜라마르를 파멸로 이끌고 수 세대에 걸쳐 가문의 운명을 불행 속으로 몰아가게 됩니다. 날이 갈수록 프랑수아 드 멜라마르에 대한 이야기가 살롱에서 거리까지 퍼져갔습니다. 사람들이 수근거리기 시작했습니다. 마르몽텔, 갈리아니 신부, 배우인 플뢰리 같은 유명 인사들도 회고록과 편지에 프랑수아 드 멜라마르에 대한 소문을 풍자적으로 표현했습니다. 프랑수아는 계속 이런 상황을 숨겼으나 발네리마저 알게 되었습니다. 애인을 자신이 쥐락펴락하고 있다 생각한 발네리는 당황하면서 프랑수아 드 멜라마르에게 선택을 요구했습니다. 본부인과 자신 중 하나가 아니라 본가 저택과 자신의 저택 중 하나를 선택하라고 한 겁니다. 프랑수아는 주저하지 않고 본가인 뒤르페가의 저택을 선택했고 발네리에게는 따로 쪽지를 보냈는데 그 내용이 작가 그림 형제(독일의 형제 작가 – 옮긴이)의 글을 통해 전해지고 있습니다.

나는 10년을 더 산 셈이오.
아름다운 플로랭드, 그건 당신도 마찬가지겠지.

그러니 우리의 관계가 20년이 된 거요.

20년이나 되었으면 이제 헤어질 때도 되지 않았소?

　프랑수아 드 멜라마르는 비에유 데 마레 거리의 저택을 고스란히 물려주고 발네리와 헤어졌습니다. 발네리에게 준 저택 안에 있는 골동품들은 본가의 저택과 똑같기 때문에 섭섭해 하지 않고 단념하면 되는 거였죠. 다시 집으로 돌아와 앙리에트를 의식하지 않고도 아끼는 물건들을 실컷 곁에 둘 수 있고… 그러나 이런 결별을 원한 것이 아닌 발네리는 분노하면서 뒤르페가의 저택까지 쳐들어왔습니다. 앙리에트가 마침 집에 없어 다행이었습니다. 행패를 부리는 발네리를 보고 프랑수아는 가만히 있지 않고 욕하고 힘으로 밀어붙여 난폭하게 쫓아냈습니다. 그때부터 발네리는 오직 복수만을 생각하게 되었습니다. 그로부터 3년 뒤에 대혁명이 일어났습니다. 세월에 의해 거칠고 추해졌지만 발네리는 여전히 돈이 많아 혁명에서 어느 정도 공을 세웠고 그 덕에 푸키에 탱빌의 측근 중 하나인 마르탱 씨와 결혼하게 되었습니다. 발네리는 미처 도망치지 못하고 있던 귀족 멜라마르 백작을 고발해 테르미도르의 반동이 일어나기 며칠 전에 단두대 위에 올리는 데 성공했습니다. 물론 '다정다감한' 앙리에트도 마찬가지로 최후를 맞았습니다."

　데느리스는 일단 여기서 말을 멈췄다. 모두 매우 궁금해 하며 귀를 기울였으나 파즈로는 무관심한 표정이었다. 멜라마르 백작이 말했다.

　"선조의 개인 사연들은 우리 대에까지는 공식적으로 전해진 것이 없습니다. 발네리라는 삼류 여배우가 우리 증조부와 증조모를 고발했다는 이야기만 구전을 통해 얼핏 들은 적이 있을 뿐 그 외에는 혁명 중에 기록이 사라져서 가문 대대로 내려오는 자료라고 해봐야 상세 물품 목록과 장부들뿐입니다."

데느리스는 다시 말을 이었다.

"그러나 마르탱 부인은 비밀을 생생히 기억했죠. 과부가 된 마르탱 부인은(푸키에 탱빌의 측근이던 남편은 단두대에서 처형되었습니다) 폴리 발네리에 다시 정착해 은둔하는 삶을 살아갔습니다. 그녀는 남편과의 사이에서 태어난 아들에게 멜라마르 가문에 대한 증오심을 어릴 때부터 심어주었습니다. 프랑수아와 앙리에트의 죽음만으로는 분이 풀리지 않던 마르탱 부인은, 멜라마르 가문의 맏아들인 쥘 드 멜라마르가 나폴레옹 군대에서 공을 세우고 왕정복고 시대의 주요 외교관직을 맡으며 가문의 명예를 되찾아가는 것을 보면서 불에 기름을 붓듯 증오심과 복수심이 새롭게 불붙었습니다. 마르탱 부인은 멜라마르 가문을 몰락시키는 데 평생을 바쳤습니다. 쥘 드 멜라마르는 나라에 공을 세워 훈장을 받았고 뒤르페가의 옛 저택을 복구했죠. 그때부터 마르탱 부인은 무시무시한 음모를 본격적으로 꾸몄습니다… 결국 쥘 드 멜라마르는 자신도 모르는 여러 혐의의 범인으로 몰리고 이에 대한 불리한 증거들의 공격을 받았습니다. 자신이 하지도 않은 일로 고발을 당하는 일이 많았습니다. 자신의 저택의 응접실, 가구들, 태피스트리를 정확히 묘사하는 피해자들의 증언으로 자신의 저택에서 범행을 저질렀다는 누명을 쓰게 되었습니다. 발네리의 복수가 두 번 성공을 거둔 것이죠… 그로부터 22년 후에 발네리는 거의 백 살이 되어 세상을 떠났습니다. 열다섯 살 손자가 남아 있었죠. 손자의 이름은 도미니크 마르탱. 역시 어릴 때부터 할머니에 의해 멜라마르 가문에 대한 증오심을 키우게 되어 못된 인간으로 자랐습니다. 똑같이 생긴 멜라마르 저택의 비밀을 이용해 어떤 악행을 저지를 수 있는지 일찍부터 교육을 받았습니다. 도미니크 마르탱도 성인이 되자마자 치밀하고 능숙하게 음모를 꾸며 마침내 나폴레옹 3세의 전속부관 알퐁스 드 멜라마르를 두 명의 여자 살해 용의자로 몰락시켜버리게 됩니다. 범행 장소가 뒤르페 거리의 저택 응접실로 밝혀지면서 알퐁스 드 멜라마르는 억울한 마음에 자살을 했습니다. 도미니크 마르탱은 현재 사법 당국에서 수배 중인 범인이며 로랑스 마르탱의 아버지입니다… 진짜 드라마틱한 이야기는 지금부터입니다.”

데느리스의 말대로 진짜 드라마는 이제 시작이었다. 지금까지는 서론에 불과했다. 본격적으로 전설적인 분위기의 과거에서 벗어나 지금의 현재 이야기로 접어들게 되기 때문이다! 배우들도 그대로이고 이들이 저지른 악행이 직접 피부로 느껴지는 단계였다.

데느리스가 이야기를 계속했다.

“두 사람은 끈질기게 살아남아 18세기 마지막 25년의 상황을 20세기 초까지 이어오게 됩니다. 100년이라는 세월을 뛰어넘어 프랑수아 드 멜라마르의 내연녀가 시의원 르쿠쉬의 살인자인 손자에게 영향을 미쳤으니까요. 발네리가 도미니크 마르탱에게 명령을 내리고 증오심을 부추긴 것과 같죠… 그런데 복수심 말고 다른 새로운 욕구가 생겨나게 됩니다… 대대로 내려오는 증오심은 여전했죠. 그러나 이는 주입된 양심이었으나 여기에 새로운 동기가 더해지게 됩니다. 바로 돈에 대한 욕심입니다. 황제의 전속부관인 알퐁스 드 멜라마르를 복수심에서 몰락시킨 것이라면 이제는 약탈과 사기 범죄까지 생겨났습니다. 도미니크는 얼마간의 이자와 조상에게 물려받은 유산이 있었으나 전부 탕진해버렸죠. 살기 위해 갖은 악행과 도둑질을 마다하지 않았습니다. 그런 상황인데도 뒤르페가의 저택과 관련된 비밀을 활용해 범죄를 저지를 수 없습니다. 멜라마르 저택은 한 세대 이상 문이 닫혀 있었습니다. 후손들이 시골에 살았기 때문입니다. 도미니크는 사업도 제대로 할 수 없었고 대대로 내려오는 원수 집안도 괴롭히지 못하고 답답하게 살아왔습니다… 그 당시 도미니크가 무엇을 하며 살았고 부하들과 어떻게 자잘한 악행들을 벌였는지 정확히 말씀드릴 증거는 없습니다. 다만 초기에 도미니크 마르탱은 아주 정숙한 여성과 결혼을 했습니다. 아내는 고생만 하다가 세상을 떠났습니다. 도미니크 마르탱과 아내 사이에는 딸 세 명밖에 없었습니다. 빅토린, 로랑스, 펠리시테였죠. 이 세 딸은 폴리 발네리 저택에서 무럭무럭 자랐습니다. 빅토린과 로랑스는 일찍부터 아버지를 닮아 여러 못된 짓을 도왔지만 어머니를 닮아 성품이 정직했던 펠리시테는 이를 따르지 않았습니다. 펠리시테는 파즈로라는 성을 가진 어느 선한 남자를 만나 결혼해 미국으로 갔습니다… 그 후 15년의 세월이 흘렀습니다. 마르탱 집안의 형편은 여전히 좋지 않았습니다. 그런데도 도미니크와 두 딸은 마지막

유산인 낡은 저택만은 팔 마음이 없었습니다. 저당이나 양도도 하지 않았습니다. 저택이 있으면 배는 고파도 마음은 자유로울 수 있기 때문입니다. 더구나 언젠가 올 기회를 포기할 수도 없고요. 어떤 욕심인데 쉽게 포기하겠습니까? 기다리던 보람이 있었는지 드디어 뒤르페아에 위치한 저택이 문을 열게 되었습니다! 아드리앵 드 멜라마르 백작과 여동생 질베르트가 과거의 끔찍한 교훈을 잊고 파리에서 살기 위해 온 것입니다. 절호의 기회였죠. 쥘과 알퐁스 드 멜라마르에게 사용한 수법을 다시 쓸 기회가 온 것입니다! 이때부터 저주스러운 운명이 멜라마르 가문을 향해 다시 다가오게 되었습니다. 미국으로 도망치듯 떠난 펠리시테가 부에노스아이레스에서 죽었고 남편도 뒤이어 세상을 떠났습니다. 두 사람 사이엔 아들이 있었는데, 당시에 열일곱 살이었습니다. 땡전 한 푼 없는 처지라 할 수 있는 게 뭐가 있었겠습니까. 그 소년은 파리를 알고 싶어 했습니다. 어느 화창한 날, 그 누구에게도 위험하다는 경고를 받지 못한 소년은 할아버지와 이모들이 사는 집의 초인종을 누릅니다. 문이 열렸습니다. '누구십니까?'… '앙투안 파즈로입니다.'"

데느리스로부터 자신의 이름 이야기가 나오자 앙투안 파즈로는 고개를 살짝 돌려 어깨를 으쓱했다. 속으로는 집안의 어두운 내력이 궁금했지만 애써 모른 체하며 비아냥거렸다.

"무슨 쓸데없는 소리가 그렇게 긴 거야? 그 말도 안 되는 이야기는 어디에서 들은 건가? 발네리? 비에유 데 마레의 저택? 두 저택이라고? 그런 바보 같은 소리는 처음 들어보는군! 상상력 하나는 끝내주는군!"

데느리스는 비아냥거리는 파즈로의 말에 대꾸하지 않고 침착하게 계속 말했다.

"당시 앙투안 파즈로는 대략 들을 수 있는 이야기를 통해서만 과거사를 아는 상태로 프랑스에 왔습니다. 별로 아는 것이 없었죠. 똑똑하고 어머니를 존경하는 선한 청년이었습니다. 어머니가 가르쳐준 방식으로 인생을 바라봤습니다. 그래서 할아버지와 이모들도 아직 때가 묻지 않은 파즈로를 조심스럽게 대했습니다. 하지만 얼마 안 있어서 할아버지와 이모들은 파즈로가 단정하기는 해도 게으르고 우유부단하며 낭비벽이 있다는 것을 알고 시간을 두고 천천히 키우는 게 낫겠구나 하고 생각했습니다. '실컷 즐겨라. 사교계도 나가보고 인맥도 쌓아라. 돈이란 써야 생기니 마음껏 써라'라고 가르쳤습니다. 결국 파즈로는 돈을 쓰고 노름하고 빚을 지게 되었고 자신도 모르게 점점 비양심적이고 방탕해져갔습니다. 어느 날 이모들은 파즈로를 불러 '이제 파산 상태니까 일을 해야 해. 제일 어른인 빅토린도 일을 하고 있지 않니? 생 드니 거리의 가게에서'라고 말합니다. 파즈로는 일을 하라는 소리에 불만을 갖게 되었습니다. 자신처럼 재주도 있고 호감 가는 인상에 잘생긴 스물네 살 청년이라면 노동보다 더 근사한 일을 하는 게 낫지 않을까? 거추장스러운 양심만 벗어던지면 인생을 멋지게 살 수 있지 않을까? 더구나 파즈로는 더 이상 예전의 그 소심했던 청년이 아니었습니다. 두 이모는 기다렸다는 듯이 파즈로에게 과거에 대한 이야기를 들려주었습니다. 프랑수아 드 멜라마르와 발네리의 이야기, 서로 똑같은 두 저택에 얽힌 비밀, 살인까지 하지 않아도 큰돈을 만질 수 있는 일거리에 대해 들려주었습니다. 그로부터 두 달 후, 파즈로는 잔꾀를 부려 멜라마르 백작 남매에게 자신을 소개할 수 있었고 뒤르페가의 저택을 드나들 수 있는 호의를 누렸습니다. 호박이 굴러 들어온 셈이었습니다. 질베르트는 최근에 이혼한 이혼녀. 아직 예쁘고 부자인 질베르트와 결혼하지 않을 이유가 없죠."

여기서 파즈로가 강력하게 반발했다.

"말도 안 되는 거짓말에 지금까지 하나하나 대꾸하지 않은 것은 나만 더 체면이 구겨질까 봐였어. 그러나 하나만은 그냥 넘어갈 수 없어. 질베르트 드 멜라마르에 대한 내 감정을 왜곡하는 것은 그냥 넘어갈 수 없다고!"

데느리스는 직접 답을 하는 대신 어느 정도는 인정하는 투로 말했다.

"아니라고는 말 안 하겠습니다. 젊은 파즈로는 진실하고 낭만적인 때도 있었으니까요… 이 문제는 파즈로에게 앞으로 더 지켜볼 일이었습니다. 그러나 일단 중요한 것은 어느 정도 재산이 있는 것처럼 보이는 것이었기에 돈이 필요했습니다. 파즈로는 이모들에게 발네리의 유품인 가구들 중 몇 가지를 팔아 돈을 좀 마련해달라고 부탁했습니다. 도미니크 마르탱은 말도 안 된다고 펄쩍 뛰었죠. 파즈로는 1년 동안 질베르트에게 조심스럽게 관심을 보였으나 매번 성공하지 못했습니다. 더구나 그 당시 파즈로는 멜라마르 백작에게 신뢰도 얻지 못했죠. 어느 날 파즈로가 계속 구애해오자 질베르트 드 멜라마르는 부담스러웠던 나머지 호출 벨로 하인을 불러 파즈로를 내보냈습니다… 젊은 파즈로는 꿈이 무너지는 것 같았습니다. 참담했죠. 처음부터 다시 시작해야 했으니까요. 이 비참한 처지에서 어떻게 해야 벗어날 수 있을까요? 파즈로는 수치심과 원망을 느끼면서 어머니에게 물려받은 착한 마음이 점점 없어졌고 대신 발네리 가문의 악한 본능이 그 자리를 채워갔습니다. 파즈로는 복수를 맹세하게 되었습니다. 여기저기 돌아다니며 이런저런 소소하고 불량한 행동에 재미를 붙였습니다. 어쩌다 파리에 올 때는 빈털터리 신세였고 그때마다 할아버지와 말다툼을 하면서까지 가구를 팔아 몰래 돈을 마련했습니다. 샤쥐의 서명이 있는 가구들이 팔려서 외국으로 빠져나갔습니다. 베슈와 내가 확인한 사실입니다… 그렇게 저택 안의 물건들이 사라져갔습니다. 그러나 중요한 것은 저택의 건물을 제대로 지키고 응접실, 중앙 계단, 현관, 안마당만 손대지 않으면 되는 것이죠. 이에 대해서는 이모들 역시 같은 생각이었습니다. 멜라마르 저택의 응접실과 여기 저택의 응접실은 완전히 똑같아야지, 그렇지 않으면 범죄의 현장을 뒤집어씌울 수 없고 모든 것이 탄로 날 수 있으니까요. 이들에게는 프랑수아 드 멜라마르가 옛날에 기록한 가구와 물품 목록 사본이 있었기에 물건 하나라도 빠뜨리지 않을 수 있었죠. 특히 로랑스 마르탱은 보통 집요한 게 아니었습니다. 로랑스 마르탱은 발네리, 그리고 자신의 아버지가 대대로 갖고 있던 뒤르페가의 저택 열쇠를 갖고 있었습니다. 여러 번 밤에 뒤르페가의 저택에 숨어들어 갔습니다. 그러던 어느 날, 멜라마르 백작은 저택의 사소한 물건들이 없어지고 있다는 것을 눈치챘습니다. 로랑스는 자기 집에서 초인종 손잡이 띠가 없어지자 뒤르페 거리 저택의 초인종 손잡이 띠를 잘라냈고, 촛농받이와 서랍장 손잡이도 없어지자 뒤르페가 저택에서 똑같은 것을 가져왔습니다. 과연 하찮은 물건일까요? 저택에 사는 사람이라면 그럴 수 있다 생각하지만 방물장수를 하는 빅토린에게는 하찮은 물건이란 없습니다. 빅토린은 일부는 벼룩시장에 팔았고 일부는 자기 가게에 놓았습니다. 그 벼룩시장은 내가 우연히 구경을 간 곳이었습니다. 그러다가 그 가게에 조사를 위해 들렀다가 여기 파즈로와 우연히 마주친 겁니다… 이 당시 마르탱 가문은 상황이 최고로 어려울 때였습니다. 돈 한 푼 없고 먹을 것도 별로 없었습니다. 더 이상 내다 팔 물건도 없었습니다. 웬만한 물건은 할아버지가 완강하게 지키고 있어서입니다. 그렇다면 어떻게 해야 할까요? 마침 오페라 극장에서 대규모 자선 행사가 열리게 되고 경비는 삼엄했습니다. 머리가 좋았던 로랑스 마르탱은 순간 대담한 계획을 떠올렸습니다. 다이아몬드 가슴받이를 훔쳐내자는 계획… 앙투안 파즈로는 좋은 생각이라며 흥분했습니다. 하루 만에 모든 준비가 끝났습니다. 자선 행사가 열리는 저녁에 파즈로는 무대 뒤로 몰래 들어가 조화 다발에 불을 붙였고 레진 오브리를 재빨리 납치해 훔친 자동차에 태웠습니다. 그냥 차 안에서 가슴받이만 빼앗고 말았다면 완벽했을 겁니다. 로랑스 마르탱은 그 이상을 원했습니다. 로랑스도 발네리의 증손녀이기 때문에 집안 대대로 멜라마르 가문에 품는 증오심은 그대로 갖고 있었습니다. 집안 대대로 내려오는 비밀을 이번 사건에 접목해보자고 생각했습니다. 그래서 다이아몬드 가슴받이는 비에유 데 마레 거리의 저택 응접실에서 빼앗았습니다. 멜라마르 저택의 응접실과 똑같은 장소에서요. 그러면 일이 발각된다 해도 오히려 뒤르페가의 저택에 대해 수사가 이루어질 테니까요. 잘만 하면 쥘과 알퐁스 드 멜라마르에게 성공했던 복수를 현재의 백작에게도 써먹을 수 있게 되었습니다. 범행 장소는 발네리의 응접실이었습니다. 로랑스는 질베르트와 똑같이 진주 세 알이 삼각형 모양으로 배열된 반지를 끼고 범행 때 이를 일부러 슬쩍 보였습니다. 또한 검은 벨벳 무늬가 있는 짙은 자주색 드레스도 일부러 입었습니다. 앙투안 파즈로는 멜라마르 백작을 흉내 내기 위해 밝은색의 장화를 신었습니다… 다이아몬드 가슴받이를 훔치고 두 시간 뒤에 로랑스 마르탱은 다시 멜라마르 백작의 저택으로 몰래 들어가 서가 책 속에 은색 튜닉을 감추었습니다. 몇 주 후 나와 베슈가 확실하게 찾아낸 그 옷 말입니다. 백작은 바로 체포되었고 여동생은 도망쳤습니다. 멜라마르 가문의 명예가 세 번째로 손상된 겁니다. 감옥과 자살이 예견되었죠. 정작 발네리의 자손들은 죄를 저지르고도 무사할 테지만."

데느리스의 설명에 이의를 다는 사람이 없었다. 데느리스는 손동작을 하며 박자에 맞추어 또박또박 말했다. 목소리도 또렷해졌다. 데느리스는 범죄의 비밀에 대해 논리적으로 설명했다. 모두 마치 직접 그 비밀을 체험하는 느낌이었다.

갑자기 앙투안이 자연스러운 느낌으로 웃었다.

"하하하, 참 재미있군그래. 꽤 그럴듯한 이야기야. 반전과 기발한 장치까지 있는 연재소설 같군그래! 정말 대단해, 데느리스. 나에 대한 이야기는 좀 어설펐지만. 마르탱 가문과 난 아무 상관도 없어… 똑같이 생긴 두 저택 이야기는 자네의 상상에서 나온 거지. 이제까지 듣지도 보지도 못한 거니까. 그리고 날 나쁜 놈으로 몰아갔지만 완전히 잘못 본 거지. 이제까지 사람을 납치한 일도 없고 다이아몬드 가슴받이를 훔친 적도 없으니까. 멜라마르 가문의 친구들, 아를레트, 베슈, 심지어 자네도 내가 얼마나 정직하고 계산적이지 않으며 헌신적이고 따뜻한 사람인지를 봐왔을 테니까… 데느리스, 잘못 짚어도 한참 잘못 짚었군!"

파즈로의 반박은 꽤 그럴듯했고 적어도 백작 남매를 약간은 움찔하게 할 수 있을 정도였다. 파즈로가 겉보기에는 행동에 별 이상한 점이 없었던 것은 사실이다. 더구나 파즈로는 두 번째 저택이 있는지 모를 수도 있었다. 데느리스는 피하지 않고 반응을 하면서도 돌려서 이야기했다.

"사람을 속이는 표정, 사람들의 판단을 흐리게 하는 태도가 있긴 합니다. 하지만 난 파즈로의 가식적인 성실한 모습에 속은 적이 없습니다. 빅토린의 가게에서 처음 마주쳤을 때부터 적이라고 직감했습니다. 베슈와 함께 태피스트리 뒤에서 엿들은 저녁에는 더욱 그렇게 생각하게 되었습니다. 파즈로는 연기를 하고 있었습니다. 처음 마주쳤던 날부터 파즈로의 행동에 이해가 안 갔던 점이 있었습니다. 뭔가 행동에 모순이 있거나 내 허를 찌르거나 했습니다. 예를 들어 멜라마르 백작님과 여동생분을 공격할 거라고 생각한 시점에 오히려 파즈로는 백작 남매의 편을 들어주는 등 어느 편인지 알 수 없는 행동을 했습니다. 왜 그랬을까요? 이유는 간단했습니다! 우리의 예쁘고 상냥한 아를레트가 파즈로의 인생에 들어온 겁니다…."

파즈로가 어깨를 으쓱하며 웃었다.

"점점 더하는군! 데느리스. 아를레트로 내 본성이 바뀐 걸까? 내가 자네보다 먼저 범인들을 추적했고 범인들을 내 손으로 몰아세웠는데 그런 내가 범인들과 같은 편이라고?"

데느리스는 이번에도 파즈로의 반응에 대꾸하지 않고 계속 말했다.

"아를레트가 파즈로의 인생에 들어오게 된 지는 이미 어느 정도 되었습니다. 멜라마르 백작님, 기억합니까? 아를레트가 죽은 딸과 너무도 닮아 몇 번 그 뒤를 따라갔었죠. 그런 백작님을 늘 남몰래 감시하던 파즈로는 직접 알아보거나 이모들을 통해 백작님이 따라다니는 여자가 누구인지 알 수 있었습니다. 이번에는 파즈로가 멀리 거리를 두며 아를레트를 뒤따라 집 근처까지 다가가거나 어둠 속에서 서성거렸습니다. 어느 날 저녁에는 아를레트가 밖으로 나오길 기다렸다가 직접 다가가기도 했습니다. 처음엔 호기심이었지만 점점 강한 애정으로 변했습니다. 아를레트를 보면 볼수록 그 감정은 더욱 강해졌죠. 파즈로는 자신만의 세계 속에서 낭만적인 몽상을 했습니다. 도중에 포기하지도 않고요. 레진을 납치하면서 대담해진 파즈로는 망설이지 않았습니다. 로랑스 마르탱은 위험한 일이라고 충고했으나 파즈로는 고집대로 했고 마침내 로랑스의 도움을 받아 아를레트를 납치한 겁니다… 아를레트를 가둬놓고 통제해 결국 아를레트가 지쳐 포기할 때 강하게 다가서기로 한겁니다. 그러나 그리 호락호락하지 않았습니다. 아를레트가 도망쳤죠. 그때 파즈로는 심각한 절망 상태였습니다. 며칠 동안 아주 고통스러 웠고 더 이상 아를레트 없이는 살 수 없었습니다. 아를레트가 보고 싶고 아를레트에게 사랑받고 싶었습니다. 어느 날 저녁 파즈로는 이제까지 하던 계획을 뒤집어엎고 아를레트 모녀를 만나러 갔습니다. 자신을 백작의 죽마고우라고 소개했고요. 파 즈로는 백작 남매가 결백하다고 말했고 아를레트는 백작 남매 가 결백하다는 것이 밝혀질 수 있도록 파즈로를 돕고 싶었습니 다… 멜라마르 백작님, 파즈로가 새로운 계획에서 무엇을 얻고 어떤 방법으로 목표를 이뤄갈지 짐작되실 겁니다. 백작 남매를 범인으로 몬 자신의 실수를 만회할 수 있어 안심하게 된 아를 레트는 적극적으로 파즈로에게 협력한 겁니다. 또한 파즈로는 질베르트로부터도 감사의 인사를 받았습니다. 질베르트에게 사법 당국에 자진 출두하라고 설득한 후 이렇게 변론하라고 제 안했습니다. 오빠를 구해야 하니까요. 또한 내가 일련의 사건 으로 생각을 정리하는 동안 파즈로는 백작님의 응접실에 여유 롭게 앉아 있었습니다. 수호천사라도 되듯이 모두에게 환영을 받았습니다. 파즈로는 아를레트가 품은 계획을 구체적으로 실 현해주기 위해 수백만 프랑을 지원하겠다고 제시했습니다(다 이아몬드를 훔친 경력이 있어 이 정도는 돈도 아니었겠죠?). 결국 파 즈로는 자신이 절망에서 구해준 사람들에게 열렬한 지지를 받 았고 아를레트에게서 결혼 약속도 받아냈습니다!"

# 12
# 아르센 뤼팽

파즈로는 조용히 앞으로 다가왔다. 모든 것이 밝혀지면서 빈 정대는 듯한 무관심한 태도도 점점 약해졌다. 클로로포름의 영향으로 아직 몸이 무거웠고 머리가 어지러웠다. 특히 막강한 힘과 정보를 가진 만만치 않은 상대를 대하고 있다는 생각이 들었다. 파즈로는 데느리스 앞에 서서 분노를 애써 억누르면서 어쩔 수 없이 이야기를 들어야 했다. 데느리스의 막강한 힘에 압도당한 것이다. 파즈로는 반박을 하려 했으나 이렇게 중얼거리기만 할 뿐이었다.

"거짓말! 넌 불쌍한 작자에 불과해… 질투심 때문에… 내게 이러는 거니까!"

"어쩌면 그럴지도 모르지."

데느리스가 큰 소리로 대답했다. 데느리스는 지금까지 일부러 모른 척을 했지만 이제는 도전에 정면으로 응하는 듯 고개를 돌려 파즈로를 노려봤다.

"나도 아를레트를 좋아하니까 이러는지도 모르지! 하지만 자네의 적은 이제 나 혼자만이 아니야. 자네의 진짜 적은 예전의 공범들이지. 자네는 새로운 삶을 살려고 노력해보지만 언제나 과거에 매달려 사는 자네의 할아버지와 이모들이 진정한 적이지."

파즈로가 크게 외쳤다

"난 그 사람들을 몰라! 물리쳐야 할 적으로만 알고 있다고! 그들을 물리치기 위해 노력했단 말야!"

"그자들이 방해가 되니까 싸운 거지. 그자들과 한패가 될까 봐 두려웠던 거지. 할 수만 있다면 그자들을 무력하게 만들고 싶어 했지. 하지만 그자들 같은 악당, 정신병자 들은 완전히 물리칠 수가 없지. 시의회에서는 마레 지구의 비에유 데 마레 거리를 포함한 도로 몇 개에 대한 확장 공사 계획이 있었어. 그 계획대로 이루어지면 발네리의 저택으로 새 길이 지나가게 되지. 도미니크 마르탱과 두 딸이 절대로 받아들일 수 없는 일이야. 그 낡은 저택은 그들에게는 성스러운 존재니까. 그 저택이야말로 마르탱과 두 딸에게 살이자 피와도 같아. 따라서 저택이 손상되는 것은 신성모독이나 다름없지. 이를 막기 위해 마르탱과 두 딸은 어떤 짓이든 할 수 있었지. 로랑스 마르탱은 이 문제와 관련해 시의원 한 명과 거래를 하려고 했어. 부패 문제에 연루된 시의원이었지. 하지만 로랑스는 덫이 놓였다는 것을 눈치채고 도망쳤고 그 틈을 틈타 도미니크 마르탱이 르쿠쇠 시의원을 권총 한 방으로 없앴지."

"그게 나와 무슨 상관이지? 살인 사건을 알려준 건 바로 당신이야!"

"그렇다고 해두지. 그래도 자네 할아버지와 그 딸 로랑스 마르탱이 살인자라는 것은 분명한 사실이지! 그리고 바로 그날, 자네 할아버지와 이모들은 자네가 사랑하는 여인을 제거하기로 하고 공격했어. 자네가 아를레트를 몰랐다면, 아니, 알았어도 반대를 무릅쓰고 결혼하려 하지 않았다면 지금처럼 자네가 집안을 배신하는 일은 없었겠지. 아를레트만 안된 거지. 자네 할아버지와 이모들은 걸리적거리는 존재는 일단 제거하는 스타일이니까. 외딴 창고로 유인된 아를레트는 자네가 그때 제때 와주지 않았다면 산 채로 불에 타서 죽었을 거야."

파즈로가 외쳤다.

"그러니까 난 아를레트 편이고, 그 악당들의 적이라지 않는가!"

"틀린 말은 아냐. 하지만 그 악당들은 자네 가족이기도 해."

"거짓말!"

"자네 가족이라고. 증거도 있어. 그날 저녁 자네는 할아버지, 이모들과 말싸움을 벌이며 아를레트에게 하던 일을 비난하고 살인은 안 된다고 소리쳤지만 소용없는 일이지. 자네 역시 그들과 연대 의식이 있으니까."

파즈로는 공격을 받을수록 자신도 모르게 움츠러들었다.

"악당들과는 연대하지 않아!"

"아니, 전에는 그자들과 공범이었고, 그자들과 협력하여 도둑질을 했지."

"난 뭔가를 훔친 적이 없어!"

"다이아몬드를 훔쳤지. 그 다이아몬드를 지금도 독차지하여 숨겨두고 있으니 더 나쁜 거지. 할아버지와 이모들이 다이아몬드를 배분하자고 했지만 바로 거절했어. 그 때문에 자네 가족이 미친 듯이 서로 물고 뜯은 거야. 가족끼리 죽기 살기로 전쟁이 벌어진 거지. 도미니크 마르탱과 두 딸은 사법 당국의 추적을 받기도 하고 자네에 의해 언제 사법 당국에 넘겨질지 몰라 불안해했어. 결국 저택을 나와 교외의 별장으로 피신했어. 하지만 그렇다고 단념할 저들이 아니지. 다이아몬드를 원하고 저택을 앞으로도 지키며 살고 싶어 해! 그래서 저들은 자네에게 계속 편지를 보내고 전화를 한 거야. 이틀이 지나 샹 드 마르스 공원에서 만나기로 약속했지. 그러나 역시 의견은 좁혀지지 않았어. 자네는 다이아몬드를 나누려 하지 않았고 결혼도 그대로 밀고 나갈 것이라고 했어. 결국 도미니크 마르탱과 두 딸은 최종적으로 의논했어. 아예 자네를 제거하기로 한 거지. 컴컴한 공원에서의 싸움은 그야말로 처절했지. 더 젊고 힘이 있는 자네가 이기는 싸움이었지만, 빅토린 마르탱이 너무 가까이 다가와 늘어지다 보니 자네가 단도 한 방으로 끝내버린 거야."

파즈로가 얼굴이 창백해지면서 비틀거렸다. 그 끔찍했던 순간이 다시 생각나자 당황스러운 듯했다. 이마에는 땀이 송글송글 맺혀 있었다.

"그때부터 자네는 더 이상 두려울 것이 없어 보였어. 모두에게 호감을 얻었고, 멜라마르 백작 남매와는 허심탄회하게 이야기할 수 있는 사이가 되었고, 반 우뱅과도 친구가 되었고, 베슈에게도 조언을 해주는 입장이 되면서 상황을 유리하게 이끌어 갔지. 자네가 바랐던 것은 뭘까? 발네리 저택이 국고로 환원되고 허물어지게 하여 과거로부터 멀어지겠다는 거지. 마르탱 가문과 연을 끊은 다음 어느 정도 시간이 지나면 적당한 때에 적절한 보상을 하겠다고 생각했겠지. 다시 성실한 사람이 되어 아를레트와 결혼하고 뒤르페가 저택을 사기로 했어… 그렇게 자네를 통해 두 원수 집안이 결합하면 더 이상 '쌍둥이'처럼 닮은 저택을 이용한 도둑질이나 사기 사건이 일어날 필요가 없지. 자네는 진짜 저택의 주인이 되어 후회나 두려움 없이 편안한 삶을 살게 되는 거고! 그런데 그런 계획에 방해가 되는 존재가 바로 나였어. 내가 자네에게 적대적인 것은 알고 있었지만, 아를레트를 좋아한다는 사실은 아직 모르고 있었지. 자네는 특유의 치밀하고 신중한 성격으로 나를 함정에 빠뜨리려고 했어. 그게 더 확실한 방법일 테니까. 공격보다는 방어를 택한 거겠지? 그래서 아르센 뤼팽이라는 이름을 쪽지에 쓴 다음 방물장수의 호주머니 속에 넣었어. 새로운 방향으로 사건을 몰아가는 거지. 뤼팽이 장 데느리스라고 믿게 하려고 신문사들마다 찾아다니며 소문을 퍼뜨렸어. 베슈까지 이용해 날 꼼짝 못하게 하려고 했고. 상황이 그렇다면 우리 둘 중 누가 유리한 위치를 차지하게 될까? 누가 먼저 상대를 제압하게 될까? 바로 자네겠지. 자네는 승리할 것이라 자신했기 때문에 본격적으로 내게 도전을 해온 거야! 이제 대단원의 막이 다가오고 있을 거라 생각했겠지. 일분일초도 아까운 시간문제였을 거야. 우리가 서로 마주 보고 있었고 경찰까지 우리 둘을 바라보고 있었으며 베슈는 우리 둘 중 하나를 선택하기로 되어 있었지. 상황이 그랬어. 순간 너무 위험하다고 생각한 나는 서둘러 반전을 꾀해야 했지. 그래서 자네 턱을 주먹으로 친 거라고…."

앙투안 파즈로는 동정이나 도움을 얻고 싶은지 주변을 두리 번거렸지만, 백작 남매와 반 우뻥은 차가운 눈으로 노려보고 있었고, 아를레트는 외면했으며, 베슈는 금방이라도 달려들 듯 이 심각한 태도를 하고 있었다.

파즈로는 몸을 떨면서도 계속 데느리스와 맞서기 위해 몸을 꼿꼿이 했다.

"증거는 있는 거야?"

"아주 많지. 지난 일주일 동안 마르탱가를 몰래 관찰했어. 로 랑스와 자네가 주고받은 편지를 손에 넣었지. 뿐만 아니라 여 러 장부와 수첩, 방물장수인 빅토린 마르탱이 발네리의 이야기 와 집안의 이야기를 기록한 비밀 일기까지 전부 손에 넣었어."

"그럼… 왜 그것을 전부 경찰에 넘기지 않은 거지?"

파즈로가 베슈를 손가락으로 가리키며 더듬거렸다.

"일단은 모든 사람들 앞에서 자네가 얼마나 음흉하고 비열 한지 증명해 보이고 싶었고, 동시에 자네에게 마지막으로 구원 받을 기회를 주기 위해서지."

"그게 뭐야?"

"다이아몬드를 내놔."

"다이아몬드는 나한테 없어!"

앙투안 파즈로가 펄쩍 뛰며 외쳤다.

"아냐, 있어. 로랑스 마르탱이 일기장에 자네가 다이아몬드 를 숨겨놓았다고 했어."

"어디에 숨겨두었다는 거야?"

"발네리 저택 안에."

앙투안은 더욱 흥분했다.

"실제 있지도 않은 그 저택에 대해 잘 아나보지? 그 말도 안 되는 저택 말이야."

"당연하지! 로랑스가 시의원을 매수하려고 하던 날, 난 문제의 보고서가 도로 확장에 대한 보고서라는 사실을 알게 되었어. 다음은 쉽더군. 내가 잘 아는 도로였으니까. 앞에는 뜰이 있고 뒤에도 정원이 있는 넓은 저택이 있는 땅만 찾으면 되는 거였지."

"우리를 그곳으로 데려가지그래? 날 당황하게 해서 다이아몬드를 내놓게 하려는 게 목적이라면 발네리 저택으로 우릴 데려가는 것이 낫지 않아?"

"지금 여기야."

데느리스가 조용히 말했다.

"뭐, 뭐라고?"

"클로로포름을 조금 사용해 자네를 기절시켰고 그사이에 멜라마르 백작 남매와 함께 자네를 이리로 데려온 거야."

"여기?"

"그래, 발네리 저택."

"말도 안 되는 소리! 지금 여기는 뒤르페가의 저택이라고!"

"아니, 자네가 레진의 다이아몬드를 훔치고 아를레트까지 납치해 온 그 응접실에 와 있는 거야."

파즈로가 멍하니 중얼거렸다.

"거짓말… 거짓말…."

"이런. 두 저택이 얼마나 똑같으면 발네리의 증손자이자 도미니크 마르탱의 손자인 자네도 헷갈리는 거야?"

"거짓말! 거짓말이야! 말도 안 돼!"

파즈로는 사물들을 열심히 바라보며 다른 점을 찾아내기 위해 애쓰는 것 같았다.

데느리스는 차가운 눈으로 그 모습을 바라봤다.

"여기라고! 자네가 마르탱가 사람들과 살았던 곳이지. 지금은 저택이 거의 비어 있는 상태지만 이 응접실만은 가구들이 전부 그대로야. 계단과 안뜰도 원래의 모습 그대로고. 여긴 발네리의 저택이야."

"거짓말! 거짓말이야!"

파즈로가 고통스러워하면서 더듬거렸다.

"여기라니까. 이 저택은 현재 포위되어 있어. 베슈도 같이 와 있다고. 경찰들은 안마당과 지하실에 있어. 앙투안 파즈로. 여기가 맞아! 이 오랜 저택에 집착하는 도미니크 마르탱과 로랑스 마르탱이 조금 있다가 여기로 올 거야. 그자들을 보고 싶나? 체포되는 것을 보고 싶어?"

"그들을 본다고?"

"저런! 자네가 그자들이 여기에 나타나는 것을 보게 되면 이곳이 뒤르페 거리가 아니라 비에유 데 마레 거리에 있는 저택이라는 것을 믿게 되겠지. 도미니크 마르탱과 로랑스 마르탱은 자기 저택에 오는 것이 맞으니까."

"그 두 사람을 결국 체포할 건가?"

"베슈가 싫다고 하지 않는다면…."

데느리스가 농담을 던졌다. 갑자기 벽난로 위의 추시계가 작은 소리로 6시를 알렸다. 데느리스가 진지한 표정으로 말했다.

"6시야! 그자들은 시간을 정확히 지켜. 어느 날 밤에 그자들이 서로 이야기하는 것을 엿들었는데 6시에 자기들 저택을 한번 돌아보자고 하더군. 파즈로, 창문을 봐. 그들은 언제나 정원 저기에서 모습을 드러낸다고. 어서 봐….."

파즈로는 창가로 다가갔고 자기도 모르게 얇은 망사 커튼을 통해 밖을 내다봤다. 다른 사람들도 긴장하며 의자 위로 몸을 숙여 바깥을 바라봤다.

외딴 별채 근처에서 아를레트가 도망쳤던 쪽문이 천천히 밀렸다. 도미니크가 먼저였고 이어서 로랑스가 들어왔다.

파즈로가 속삭였다.

"이런! 끔찍해… 이건 악몽이야!"

데느리스가 비아냥거렸다.

"악몽이 아냐! 현실이지. 도미니크 마르탱과 로랑스 마르탱이 자신들의 땅을 둘러보는 거라고. 베슈, 부하들을 이 방 아래에 있도록 해주겠나? 낡은 화분이 있는 방 말일세. 소리를 내서는 안 돼. 조금만 수상한 기척이 있어도 도미니크와 로랑스가 얼른 도망칠 테니까. 이 저택에는 속임수 장치가 많아. 예를 들어 정원 아래에 비밀 통로가 있어서 인적이 드문 길가의 마구간 안으로 빠져나갈 수 있게 되어 있어. 저 두 사람이 여기 창문 앞에 열 걸음 정도 다가올 때까지 기다려야 해. 그리고 부하들과 함께 덮쳐서 꽁꽁 묶어 이리로 데려오면 된다고."

베슈는 얼른 밖으로 나갔다. 아래층에서 시끄러운 소리가 들렸지만 이내 조용해졌다.

한편, 도미니크 마르탱과 로랑스 마르탱은 규칙적인 걸음걸이로 천천히 다가오고 있었다. 불안감에 사로잡혀 있다기보다는 눈과 귀를 비롯한 온몸을 바짝 경계하면서 걷는 것이 범죄자 같은 모양새였다.

"아! 이건 악몽이야…."

파즈로가 중얼거렸다.

질베르트는 매우 흥분해 있었다. 두 악당이 걸어올수록 질베르트는 불안에 떨었다. 백작 남매는 순간 여기가 뒤르페가의 저택에 있는 응접실이라고 착각하는 것 같았다. 도미니크와 로랑스는 오랫동안 자신들을 괴롭힌 악롭힌 집안을 대표하는 사람들이었다. 사악한 도미니크 마르탱과 로랑스 마르탱이 어두운 과거에서 갑자기 나타나 한 번 더 멜라마르 가문을 공격해 수치심을 주고 자살로 몰아가려 할 것 같다는 생각이 들었다.

질베르트는 의자에서 스르르 미끄러져 무릎을 꿇었다. 분노에 휩싸인 백작은 두 주먹을 불끈 쥐었다.

데느리스가 말했다.

"움직이면 안 됩니다. 자네도 마찬가지야, 파즈로!"

파즈로가 애원했다.

"저들을 그냥 놔둬! 감옥에 갇히면 자살할 거라고 여러 번 말했다고."

"그게 어때서? 이미 많은 악행을 저질렀는데."

도미니크 마르탱과 로랑스 마르탱은 열다섯 걸음 내지 스무 걸음 정도밖에 떨어져 있지 않았다. 둘 다 표정이 굳어 있었다. 로랑스의 얼굴 표정이 더 잔인한 느낌이었다. 도미니크는 인간이라 볼 수 없을 정도로 각진 돌덩어리 같았고 나이를 알기 힘든 인상이었다.

도미니크와 로랑스는 걸음을 멈추었다. 무슨 소리를 들은 걸까? 뭔가 이상한 낌새를 느낀 걸까? 아니면 위험이 있나 살펴보기 위해 경계를 하는 걸까?

도미니크와 로랑스는 안심이 되었는지 다시 걸어왔다.

바로 그때였다. 사냥개 무리가 먹잇감에게 달려드는 것 같은 장면이 펼쳐졌다. 건장한 남자 세 명이 갑자기 튀어나와 도미니크와 로랑스의 목덜미와 손목을 거칠게 붙잡았다. 두 사람은 저항할 틈도, 비명을 지를 시간조차 없었다. 얼마 후 도미니크와 로랑스는 지하실로 끌려가 더 이상 모습이 보이지 않았다. 그동안 여러 범죄를 저지르고도 벌을 받지 않고 살아온 도미니크와 로랑스는 사법 당국의 끈질긴 추적을 받다가 마침내 잡히게 된 것이다.


오랫동안 침묵이 흘렀다. 질베르트는 무릎을 꿇고 여전히 기도하는 중이었다. 아드리앵 드 멜라마르는 마치 가슴 위에 있던 돌이 사라진 것처럼 개운했다. 데느리스는 앙투안 파즈로 쪽으로 몸을 숙여 어깨를 붙잡았다.

"자, 자네 차례야, 파즈로. 자네는 저주받은 가문의 마지막 계승자라고. 자네도 할아버지와 이모처럼 대가를 치러야지."

앙투안 파즈로는 더 이상 예전의 여유롭고 쾌활한 모습이 아니었다. 불과 몇 시간 만에 파즈로의 얼굴에는 절망이 가득했고 두려움에 떨고 있었다.

아를레트가 데느리스에게 조용히 다가와 부탁했다.

"파즈로 씨를 구해주세요."

"더 이상 빠져나갈 수 없어… 베슈가 지켜보고 있거든."

데느리스가 곤란한 표정을 지었지만 아를레트는 계속 부탁했다.

"제발요… 데느리스 씨가 그렇게 해주면 되잖아요."

"그렇다 해도 파즈로가 원하지 않아, 아를레트. 한마디만 하면 되는데 저렇게 버티고 있잖아."

바로 그때였다. 파즈로가 벌떡 일어나 말했다.

"내가 어떻게 하면 되는 거야?"

"다이아몬드가 어디에 있는지 말해."

파즈로가 주저하자 반 우뱅이 흥분하며 달려들었다.

"다이아몬드를 당장 내놔! …안 그러면 가만두지 않겠어!"

데느리스가 말했다.

"시간 낭비 하지 말라고, 파즈로. 여기는 완전히 포위되었다고. 베슈가 경찰 인력을 재배치하고 있어. 경찰관 수는 자네가 생각한 것보다 많을 거야. 베슈의 손에서 벗어나고 싶다면 내게 말을 하라고. 다이아몬드는 어디 있나?"

데느리스와 반 우뱅이 마치 파즈로의 팔을 하나씩 잡고 다그치는 것 같은 느낌이었다. 파즈로가 물었다.

"그럼 난 풀려날 수 있는 거야?"

"약속하지."

"구체적으로 어떻게 되는 건데?"

"아메리카로 떠날 수 있게 해주지. 반 우뱅이 자네 몫으로 부에노스아이레스에 1만 프랑을 보내줄 거야."

"1만 프랑만인가! 2만 프랑! …아니, 3만 프랑이라도 보내주지!"

반 우뱅은 지키든 말든 일단 약속부터 하고 보자는 식이었다.

파즈로는 여전히 망설였다.

"베슈를 부를까?"

데느리스가 파즈로를 떠봤다.

"아니… 아니… 기다려… 그러니까… 알았어, 알았다고…."

"어서 말해봐."

파즈로가 목소리를 낮추었다.

"바로 옆… 살롱."

"농담하지 마! 살롱은 텅텅 비어 있었어! 가구가 전부 팔렸다고!"

"샹들리에는 그대로지. 할아버지가 소중하게 생각했으니까."

"그 샹들리에 속에 다이아몬드를 감췄다는 건가?"

"감춘 것이 아니라… 샹들리에의 수정 장식에서 작은 것들을 일부 다이아몬드로 바꿔치기했지… 두 자리 건너 하나씩 말이야. 가는 철사 줄에 다이아몬드를 매서 대신 달아놓았어. 그냥 평범한 샹들리에 수정 장식으로 보이도록 한 거지."

데느리스가 외쳤다.

"이런! 정말 그럴듯하군! 자네 정말 보통은 아니군…."

데느리스와 반 우뱅은 옆방으로 통하는 문 앞 태피스트리를 치우고 문을 열었다. 살롱은 텅 비어 있었다. 천장에 매달린

18세기풍의 샹들리에만이 있을 뿐이었다. 샹들리에에는 세공된 수정 장식들이 매달려 있었다.

데느리스는 눈을 크게 뜨고 중얼거렸다.

"이게 뭐지? 어디에 있다는 거야?"

데느리스, 반 우뱅, 파즈로는 고개를 열심히 들고 이리저리 살펴봤다. 반 우뱅이 지친 목소리로 말했다.

"아무리 찾아도 없어… 사슬이 군데군데 빠져 있는데."

"어떻게 된 거지?"

데느리스도 어쩔 줄 몰라 했다.

반 우뱅은 다시 응접실로 건너가 의자를 샹들리에 아래에 놓고 그 의자 위에 올라갔다. 잠시 후 반 우뱅은 몸의 균형을 잃고는 그대로 바닥에 넘어졌다. 반 우뱅은 흥분해서 외쳤다.

"빼갔어! 저기서도 또 빼갔다고!"

앙투안은 당황한 듯 중얼거렸다.

"아니야… 그럴 리가 없어. 로랑스가 눈치챘을 리 없는데…."

"제길, 맞다니까! 다이아몬드를 두 자리 건너 하나씩 매달았다고 했잖아!"

"그래요… 확실합니다."

"그럼, 마르탱 부녀가 전부 빼간 거야… 자, 보라고! 철사 줄이 집게로 하나씩 잘려 있어… 난 망했어! 어떻게 이런 일이 있지? 이제 해결되었다고 생각했는데 또…."

갑자기 반 우뱅은 정신을 차리더니 현관 쪽으로 달려가 이렇게 외쳤다.

"도둑이야! 도둑! 베슈, 큰일 났습니다. 그자들이 내 다이아몬드를 갖고 있어요! 그자들에게 다이아몬드가 어디에 있는지 실토하게 해야 합니다! 손목을 비틀거나 집게로 엄지손가락을 고문하면 금방 말할 겁니다."

데느리스는 응접실로 돌아와 태피스트리를 내리고 파즈로를 조용히 노려봤다.

"분명 샹들리에 다이아몬드를 걸어놓은 건가?"

"다이아몬드를 손에 넣은 그날 밤에 그렇게 했어. 일주일 전에 할아버지와 이모가 집에 없을 때, 마지막에 여기에 들렀을 때도 다이아몬드들은 제자리에 있었다고."

아를레트가 다가와 부탁했다.

"데느리스, 파즈로 씨의 말을 믿어줘요. 분명 진실을 이야기하고 있어요. 파즈로 씨도 약속대로 했으니 데느리스 씨가 약속을 지킬 차례에요. 파즈로 씨를 보내주세요."

하지만 데느리스는 아무 말도 하지 않았다. 다이아몬드가 없어져 찝찝한 기분이 들었기 때문이다. 데느리스는 이를 꽉 물고 대답했다.

"이상해… 이상하다고… 마르탱 부녀가 다이아몬드를 갖고 있는 게 맞다면 여기에는 왜 돌아온 거야? 그리고 다이아몬드는 어디에 숨긴 거지?"

하지만 데느리스도 이러고 있을 수만은 없었다. 멜라마르 백작 남매 역시 아를레트와 마찬가지로 파즈로를 봐달라고 부탁한 것이다. 데느리스는 심각한 표정을 거두고 미소를 지으며 말했다.

"아직 파즈로 씨에게 호감이 있나 보군요! 하지만 그럴 정도로 좋은 사람은 아닙니다… 좋아, 기운 내라고! 꼭 사형수 같은 표정을 하고 있군. 베슈가 무서워서 그래? 이런… 베슈를 따돌릴 수 있는 방법을 알려줄까? 어떻게 하면 그물망을 빠져나가 감옥이 아니라 벨기에로 가서 편안하게 침대에 누워 잠을 잘 수 있는지 궁금한가?"

데느리스는 신나하며 두 손을 비볐다.

"그래, 벨기에! 오늘 밤 당장! 꽤 마음에 드는 계획 아닌가? 좋았어. 내가 발을 세 번 구를 테니 잘 보라고…."

데느리스는 구둣발로 바닥을 두드렸다. 세 번째 발소리에서 쿵 하는 소리가 났고 그와 동시에 문이 활짝 열리더니 베슈가 들어와 소리쳤다.

"꼼짝 마!"

베슈가 약속된 신호에 맞춰 들어온 것을 보고 데느리스는 재미있어하는 것 같았다. 데느리스는 킬킬 웃었지만 다른 사람들은 어리둥절해 하는 표정을 지었다.

베슈는 문을 닫았다. 그리고 여느 때처럼 진지한 표정으로 말했다.

"이건 명령입니다. 내 허락 없이는 아무도 이 저택 밖으로 나갈 수 없습니다!"

데느리스는 의자에 여유 있게 앉아 대꾸했다.

"잘했어! 난 이래서 공권력이 좋다고. 내용은 별 볼 일 없지만 자신감은 넘치니까. 파즈로, 들었겠지? 산책하러 갈 때도 먼저 손을 들고 베슈 반장에게 나가도 되냐고 허락을 받아야 한다고."

그러자 베슈가 버럭 소리를 질렀다.

"농담 좀 그만해! 함께 머리를 맞대고 해결해야 할 문제가 있는데 그리 간단하지가 않아!"

데느리스가 갑자기 웃었다.

"하하하… 베슈, 자네 참 특이해. 자네가 여기에 들어오면서 상황이 재미있게 되었는데 뭐하러 심각하게 있으라는 거야? 파즈로와 나 사이에는 이미 계산이 끝났어. 자네가 아무리 심각한 형사처럼 영장을 흔들어도 소용없어졌지."

"지금 무슨 소리를 하는 거야? 무슨 계산이 어떻게 끝났다는 거야?"

"다 끝났지. 파즈로가 우리에게 다이아몬드를 내놓지는 못했지만 다이아몬드가 사법 당국에 넘어간 마르탱 부녀의 손에 있으니 더 이상 찾을 방법이 없지."

그러자 베슈가 뻔뻔하게 소리쳤다.

"다이아몬드 따위 꺼지라고 해!"

"참 거칠군! 숙녀들 앞에서 그런 상스러운 표현을 쓰다니! 어쨌든 여기에 있는 우리 모두는 이미 다 합의했어. 다이아몬드는 더 이상 문제가 아냐. 또한 멜라마르 백작 남매와 아를레트의 간곡한 부탁으로 파즈로를 풀어주기로 했어."

베슈가 비꼬았다.

"그자에 대해 뭐라고 하더니 웬일이야? 열심히 정체를 폭로해 무력화시킬 때는 언제고?"

"어쩔 수 없었어. 전에 내 목숨을 구해준 적이 있거든. 그걸 잊으면 안 되지. 그리고 생각보다 그리 나쁜 사람은 아니더군."

"그래도 도둑이야!"

"오! 그렇다고 대단한 도둑은 아니지. 잔머리는 잘 굴리지만 거물급 도둑도 아니고, 재주는 있는데 천재는 아니지. 그저 상황을 따라가는 유형이지. 정직한 마음도 남아 있어서 가능성이 있어! 그러니 기회를 주자고. 반 우뱅은 그자에게 1만 프랑을 주었어. 나도 그자에게 미국의 은행 직원 자리를 알아봐 줄까 해."

하지만 베슈는 어깨만 으쓱했다.

"말도 안 되는 소리! 마르탱 부녀는 경찰청 감옥에 넣을 거야. 마침 차에 두 자리가 더 비어 있더군."

"자리가 넓어 편하게 갈 수 있으니 자네에게는 좋은 일이군!"

"파즈로를…."

"파즈로에게 손끝 하나 대지 마. …아를레트 주변이 시끄러워진다고. 그건 내가 원하지 않는 일이야. 우릴 그냥 내버려 둬."

베슈가 점점 신경질적으로 나왔다.

"이런! 내 말이 무슨 뜻인지 몰라? 마르탱 부녀 말고도 자리가 두 개 더 비었다고. 차를 꽉 채워서 경찰청으로 갈 거야!"

"파즈로를 데려가겠다?"

"그래…."

"나머지 한 명은?"

"바로 자네."

"나? 날 체포한다고?"

"당연하지."

베슈는 데느리스의 어깨에 거칠게 손을 올렸다.

데느리스는 깜짝 놀라는 시늉을 했다.

"제정신이 아니군! 자네야말로 가둬야겠군! 어떻게 이럴 수 있어? 사건을 해결한 게 누군데… 열심히 조사한 게 누구냐고? 도미니크 마르탱과 로랑스 마르탱을 순순히 넘겨주고 멜라마르 가문의 비밀을 설명하고 자네가 공을 세울 수 있도록 배려를 해준 것이 바로 나라고… 자네가 사건을 해결한 것처럼 배려해서 특급 반장으로 승진할 수 있는 길을 마련해주었더니 고작 은혜를 이런 식으로 갚는 건가?"

멜라마르 백작 남매는 아무 말도 하지 않고 가만히 듣고 있었다. 베슈가 뭘 하는 걸까? 농담 같기도 하지만 다 이유가 있어서 이러는 것 아닐까? 파즈로는 백작 남매보다는 초조하지 않은 것 같았다. 아를레트는 조금 불안한 표정이면서도 지금 상황을 재미있게 바라보는 것 같았다.

베슈가 과장스러운 말투로 얘기했다.

"마르탱 부녀가 지금 어쩌고 있는지 알아? 경찰관 한 명과 반 우뱅이 눈을 떼지 않고 철저히 감시하고 있지! 저 아래 현관에는 가장 힘센 부하 세 명이 지키고 있어. 정원에도 건장한 부하 세 명이 있고. 가서 얼굴을 보면 만만한 친구들이 아니라는 것을 알게 될 거야. 만일 자네가 도망을 치려는 기미만 보여도 개처럼 두들겨 패서라도 잡으라는 지시를 받은 상태야. 절대적인 명령이지. 내가 호루라기만 불면 모두 달려오게 되어 있다고. 그러면 자네에게는 말이 아니라 총을 선사하게 되는 거지."

데느리스가 이해가 안 된다는 듯이 고개를 설레설레 젓더니 말을 이었다.

"날 체포한다! 데느리스라는 신사를, 유명한 항해사를 체포한다고?"

"데느리스는 아니지….."

"그럼 내가 누구란 말야? 짐 바르네트?"

"아니."

"그럼…?"

"아르센 뤼팽!"

데느리스가 갑자기 웃음을 터뜨렸다.

"푸하하! 자네가 아르센 뤼팽을 체포한다고? 웃기는 이야기군. 이봐, 아르센 뤼팽은 절대 안 잡혀. 데느리스나 바르네트는 잡힐 수도 있겠지만… 하지만 뤼팽은 달라! 베슈, 뤼팽이라는 이름이 무슨 뜻인지 생각해본 적 없나?"

베슈가 고집스럽게 외쳤다.

"그냥 평범한 불량배지. 불량배는 그에 맞게 대해주면 되고!"

데느리스가 힘주어 말했다.

"무슨 뜻인지 알려주지. 아르센 뤼팽은 그 누구에게도 귀찮게 시달린 적이 없는 사람이라는 의미야. 특히 자네처럼 무능한 사람에게는 더욱 당하지 않지. 아르센 뤼팽은 자신의 의지대로 행동하고 인생을 즐기며 필요할 때는 사법 당국에 협조하지만 그것도 자신이 좋아하는 방식으로 하지. 알았으면 이만 가보라고!"

베슈는 얼굴이 빨개졌고 분노로 몸까지 떨었다.

"실컷 떠들었으면 둘 다 따라와."

"말도 안 되지."

"부하들을 부를까?"

"자네 부하들은 여기에 못 들어와."

"어디 보자고."

"여기는 악당들의 은신처였다고. 집 전체가 비밀스럽단 말이지. 증거가 필요한가?"

데느리스는 벽의 목제 패널에 붙은 장미꽃 모양의 장식을 돌렸다.

"이 장식을 돌리면 자물쇠가 잠기게 되어 있어. 자네의 명령이 여기서 나가지 말라는 것이라면, 나의 명령은 여기에 들어오지 말라는 거야."

베슈가 펄펄 뛰었다.

"부하들이 문을 부술 거야! 부술 거라고!"

"불러보라니까."

베슈는 자전거 경찰관용 호루라기를 꺼냈다.

"그 호루라기는 말을 듣지 않을걸."

베슈는 호루라기를 힘껏 불었지만 아무 소리도 나지 않았다. 구멍 틈으로 빠져나가는 바람 소리만 '픽' 났다.

데느리스는 점점 재미있어하는 표정을 지었다.

"이런! 정말 웃기군! 그런데 싸워보겠다고? 이봐, 내가 정말 뤼팽이라면 경찰관을 여기까지 우르르 데려오면서 아무런 대책도 안 세웠겠나? 자네가 배신할 것을 몰랐겠는가? 이 집은 온통 비밀스러운 장치로 가득해. 난 그 장치를 전부 잘 알고 있지."

데느리스는 베슈의 얼굴에 대고 내뱉듯 큰 소리로 외쳤다.

"바보! 미친 사람처럼 마구 나선다니까… 주변에 부하들만 많이 배치하면 날 잡을 수 있을 것이라 생각했나? 비밀 통로는 괜히 있는 것 같아? 발네리와 마르탱 가문이 대대로 숨겨온 비밀의 통로는 아무도 모르지. 파즈로도 몰라. 나만이 유일하게 발견했어. 그렇기 때문에 내가 원한다면 언제든 여기를 마음대로 나갈 수 있어. 파즈로와 함께. 어떻게 해도 못 막지."

데느리스는 베슈를 뚫어져라 쏘아보면서 파즈로를 자기 뒤로 밀어 벽난로와 창문 사이에 서 있게 했다.

"알코브로 사용되던 구석으로 들어가라고, 파즈로. 오른쪽을 만져보면… 낡은 부조 장식이 달린 패널이 있을 거야…. 그 패널은 전체가 움직여. 찾았나?"

데느리스는 말을 하면서 베슈에게서 시선을 떼지 않았다. 베슈는 권총을 쏘려고 했고 데느리스는 그런 베슈의 팔을 잡았다.

"심각하게 굴지 마! 차라리 장난을 치라고! 정말 웃기는군! 아무것도 눈치채지 못하다니 말야… 비밀 통로가 있는 것도 모르고 내가 자전거 경찰관용 호루라기를 바꾼 것도 눈치채지 못했잖아. 자네 호루라기는 여기에 있다고. 자. 실컷 불어!"

데느리스는 말을 마치자마다 그 자리에서 빙글빙글 돌더니 눈 깜짝할 새에 모습을 감추었다… 베슈는 칸막이벽으로 달려가 패널을 주먹으로 두드렸지만 안에서는 웃음소리만 들릴 뿐이었다. 뭔가 작동하듯이 삐걱대는 소리도 들렸다.

참으로 놀랄 일이었다. 베슈는 더 이상 머뭇거리지 않았다.

패널을 두드려봐야 시간 낭비고 주먹만 아플 뿐이었다. 대신 호루라기를 얼른 집어 들며 창가로 달려가 창문을 열고 뛰어내렸다.

정원에서 베슈는 부하들에게 둘러싸인 채 호루라기를 세게 불어댔고 비밀 통로의 출구로 생각되는 외진 거리에 있는 외딴 별채를 향해 달려갔다. 베슈가 불어대는 호루라기 소리가 시끄럽게 허공에 울려 퍼졌다.

멜라마르 백작 남매는 창밖으로 고개를 내밀어 바깥 상황을 살폈다.

"잡히지는 않겠죠? 제발…."

아를레트가 한숨을 쉬며 말했다. 불안하기는 마찬가지였던 질베르트가 대답했다.

"그럼요. 잡히지 않을 거예요. 밤이 깊어져 가고 있어요. 이런 상황에서는 붙잡히지 않겠죠…."

세 사람은 데느리스와 파즈로가 무사하기를 빌고 또 빌었다. 도둑이긴 하지만 파즈로도 무사하기를 바랐다… 정체가 드러난 모험가 데느리스도 무사하기를 빌었다. 더구나 데느리스야말로 이번 사건을 해결한 존재이기 때문에 그 누구라도 경찰이 아니라 데느리스 편을 들 것이다.

1분 정도 지났다… 아를레트가 다시 입을 열었다.

"붙잡히면 큰일인데, 그럴 리 없겠죠?"

바로 그때였다.

"당연히 그럴 리 없지!"

아를레트 뒤에서 활달한 누군가의 목소리가 들렸다.

"비밀 통로라는 것은 애당초 없었으니 찾을 수 없을 테고, 마찬가지로 우리가 잡힐 일은 없다고!"

알코브로 사용되던 구석에서 데느리스와 파즈로가 여유 있게 걸어 나오고 있었다.

데느리스는 여느 때처럼 미소를 짓고 있었다.

"비밀 통로는 없습니다. 패널이 움직이는 것도 아니고! 자물쇠가 저절로 잠긴다는 것도 거짓말이죠! 그저 평범하기 그지없는 낡은 저택이지요. 특별한 구석은 하나도 없어요! 그냥 베슈의 신경을 건드리고 이성을 마비시켜 흥분하게 한 것뿐입니다."

그리고 차분한 말투로 파즈로에게 말을 건넸다.

"파즈로, 이건 마치 한 편의 연극과 같아. 미리 준비부터 하는 게 중요해. 준비가 되면 과감하게 밀어붙이는 거지. 그렇게 하니까 베슈도 감겨 있던 용수철이 튀어나가듯 내가 예상한 방향으로 달려갔지. 경찰들은 이웃하는 마구간으로 가서 아무 잘못 없는 문만 부수겠지. 저기 잔디밭을 열심히 달리는 저들을 보라고…. 자, 파즈로, 이만 가자고. 우리도 여기에서 꾸물거릴 시간이 없어!"

데느리스가 너무나 자신 있게 말하다 보니 주변은 모두 차분해졌다. 더 이상 위험은 남아 있지 않은 것 같았다. 거리를 달려 마구간 문을 부수는 베슈와 부하들의 어리석은 행동을 상상할 수 있었다.

백작이 데느리스의 손을 잡으며 말했다.

"내가 필요하지는 않습니까, 선생?"

"예, 1~2분 정도는 길이 자유롭게 있을 겁니다."

질베르트도 예의 바르게 허리를 숙여 인사하는 데느리스에게 악수를 청했다.

질베르트가 말했다.

"우리를 위해 해주신 일, 정말로 감사합니다."

백작도 덧붙였다.

"우리 가문의 명예를 걸고 진심으로 감사드립니다…."

데느리스는 아를레트를 바라보며 말했다.

"또 만나요, 나의 어여쁜 아를레트… 파즈로, 자네도 어서 작별 인사를 하라고. 아를레트가 편지는 쓸 거야. 부에노스아이레스 은행 창구 직원 앙투안 파즈로 앞으로 편지를 보낼 거라고."

데느리스는 어느 책상 서랍에서 고무로 봉인된 상자를 집어 들었다. 거기에 대해 설명은 하지 않고 마지막으로 인사를 하더니 파즈로를 데리고 방을 나갔다. 멜라마르 남매와 아를레트는 두 사람의 뒷모습을 하염없이 바라보고 있었다.

현관에는 아무도 없었다. 주변은 어두웠다. 안뜰 가운데 자동차 두 대가 얼핏 보였다. 그중 경찰차에는 마르탱 부녀가 묶여 있었고 반 우뱅이 권총을 든 채 기사와 함께 감시하고 있었다.

데느리스가 반 우뱅을 향해 외쳤다.

"성공했어요! 공범 한 명이 벽장 속에 숨어 있었습니다! 다이아몬드를 몰래 가져간 범인이죠. 베슈와 부하들이 도망치는 그자를 쫓고 있어요."

반 우뱅은 조금도 의심하지 않고 물었다.

"그럼, 다이아몬드는?"

"파즈로가 찾았습니다."

"어디서요? 지금 가지고 있나요?"

"물론이죠."

데느리스는 책상에서 가지고 나온 상자를 보여주고 뚜껑을 반쯤 열었다.

"오, 이런! 내 다이아몬드! 어서 이리 줘요!"

"물론 그래야죠. 그렇지만 우선 파즈로 먼저 구해주자고요. 다이아몬드를 돌려주는 조건입니다. 우릴 차에 태워줘요."

반 우뱅은 다이아몬드를 되찾은 그 순간부터 무슨 일이라도 할 준비가 되어 있었다. 세 남자는 비어 있는 자동차에 탔다. 반 우뱅이 운전석에서 시동을 걸었다.

반 우뱅이 물었다.

"어디로 갑니까?"

"벨기에! 시속 100킬로미터로!"

"좋아!"

반 우뱅은 말하면서 데느리스로부터 상자를 빼앗아 주머니에 넣으려 했다.

데느리스가 말했다.

"가져가요. 하지만 경찰청으로부터 오는 전보가 도착할 때까지 우리가 국경선을 넘지 못할 경우, 다이아몬드는 도로 가져갈 겁니다. 자, 경고했어요."

반 우뱅은 다이아몬드가 일단 자신의 주머니 안에 있어 안심은 했지만 다시 빼앗길지도 모른다는 불안한 마음이 들었다.

또한 데느리스에게 이미 압도된 상태라 제대로 판단할 능력이 없었다. 오직 최고 속력을 내야 한다는 생각만 할 뿐이었다. 심지어 마을을 지날 때도 속도를 늦추지 않고 오직 국경선만을 목표로 계속 달렸다.

자정이 조금 넘어 차는 국경선에 도착했다.

데느리스가 말했다.

"저기서 세워요. 200여 미터 못 간 저기 말입니다. 파즈로가 안심하고 갈 수 있게 내가 함께 갈 겁니다. 난 한 시간 정도 후에 돌아올 테니 그때는 곧장 파리로 가는 겁니다."

반 우뱅은 한 시간, 아니 두 시간을 기다렸다. 시간이 지나도 데느리스가 오지 않자 순간 의심이 들었다. 처음 출발했을 때부터 지금까지의 상황을 다시 한 번 생각해봤다. 데느리스가 왜 그런 행동을 했는지, 만일 데느리스가 다이아몬드를 다시 빼앗으려 한다면 어떻게 저항할 것인지에 대해 생각했다. 그렇지만 지금까지 상자 안의 물건이 다이아몬드가 아닐 것이라는 생각은 한 번도 한 적이 없었다.

반 우뱅은 전조등 불빛 앞에서 상자를 확인해보기로 했다. 손이 덜덜 떨렸다. 이럴 수가, 상자 안에는 망가진 샹들리에에서 떼어낸 듯한 수정 장식 알들이 10여 개 정도 가득 들어 있었다!

반 우뱅은 곧바로 파리로 차를 돌려 아까처럼 전속력으로 달렸다. 데느리스와 파즈로에게 속아 두 사람이 프랑스를 빠져나갈 수 있게 도와준 셈이었다. 이제야 깨달았다. 반 우뱅은 다이아몬드를 다시 찾으려면 마르탱 부녀를 추궁하는 방법밖에는 없다고 생각했다.

그런데 파리에 도착하자마자 반 우뱅이 읽은 신문에는 놀라운 기사가 실려 있었다. 간밤에 마르텡 영감이 스스로 목을 맸고 로랑스는 독약을 마셨다는 것이다….

에필로그

Arsène
Lupin

# 아를레트와 장

여러 심각한 사건들이 계속된 하루를 마무리한 것은 마르탱 부녀의 자살이었다. 두 사람의 자살이 얼마나 큰 반향을 불러일으켰는지에 대해서는 누구나 기억하고 있었다. 사건의 전모 대부분이 일반 대중에게 알려졌다. 알려지지 않은 나머지 부분에 대해서는 사람들이 호기심을 갖고 알아내려고 애썼다. 마르탱 부녀의 자살로 몇 주 동안 사람들의 관심을 끈 사건은 막을 내린 것이나 마찬가지였고 수백 년 동안 여러 번 언급되었던 수수께끼도 모두 해결되었다. 그중에서도 중요한 것은 운명의 장난으로 늘 고통에 시달려오던 멜라마르 가문이 드디어 그 괴로움에서 해방되었다는 사실이다.

한 가지 이상한 점이 있다면 이번 사건이 종결되면서 승진이 보장되고 자신감에 차 있을 것 같은 베슈가 실제로는 그렇지 않다는 것이었다. 모든 관심은 데느리스, 즉 아르센 뤼팽에게만 모여 있었다. 언론과 경찰은 데느리스와 뤼팽을 동일 인물로 보고 있었다. 뤼팽은 이번 사건의 주인공이 되어 오랜 세월 이어져온 수수께끼를 풀고 쌍둥이 저택에 대한 비밀과 발네리의 이야기를 밝혀내어 멜라마르 가문을 구했으며 범인들을 사법 당국에 넘겼다. 눈부신 활약을 한 영웅인 셈이다. 반면, 베슈는 한심한 단역으로 뤼팽에게 속아 넘어가기만 한 이미지로 비춰져 체면이 말이 아니었다. 역시 부정적인 인상을 심은 반 우뱅과 함께, 베슈도 뤼팽을 벨기에 국경 너머로 도망치게 만들어준 한심한 인물이 되어 있었다.

다만 언론이나 경찰보다 일반 대중의 의견이 더 혁신적인 점은 사라진 다이아몬드를 아르센 뤼팽의 소행으로 생각한다는 것이었다. 아르센 뤼팽이 모든 것을 계획해 원하는 것을 손에 넣었다고 본 것이다. 베슈도, 반 우뱅도, 멜라마르 남매도 이 점은 전혀 생각하지 못했는데 일반 대중은 그렇게 보고 있었다. 언뜻 논리적인 결론이기도 했지만 더 재미있기도 했다. 마지막 순간에 뤼팽이 다이아몬드를 눈 깜짝할 사이에 빼돌렸다는 것보다 재미있는 결론은 없기 때문이다.

베슈는 화가 머리끝까지 났다. 현실적으로 자신이 멍청했다는 것을 인정하지 않을 수 없었기 때문이다. 진실을 밝히라고 요구하는 대중을 피해 도망칠 마음도 없었다. 대신 베슈는 반 우뱅의 집에 갑자기 들이닥쳐 비난을 하면서 화풀이를 했다.

"거 보십시오! 내가 처음부터 여러 번 그랬잖아요! 그 악마 같은 자는 다이아몬드를 반드시 다시 찾아낼 것이고 그중 한 알도 반 우뱅 씨에게 돌아오지 않을 거라고! 우리가 이제까지 한 일이 오히려 놈을 도왔습니다. 그자는 경찰에게 협력하는 척했고 그 덕분에 공권력의 도움을 받아 문이란 문은 모두 자유롭게 출입했습니다. 그리고 원하는 것을 얻자 그 자리에서

180도 회전해 도망친 거죠."

반 우뱅은 지친 데다가 몸도 안 좋아 침대에 누워, 그저 이렇게 더듬거릴 뿐이었다.

"젠장… 이제 어쩝니까? 더 이상 희망이 없는 겁니까?"

베슈는 솔직히 절망스러운 상황이라며 마침내 점잖은 말투로 자신의 생각을 밝혔다.

"그만 단념하는 게 낫습니다. 그자한테 맞설 수는 없습니다. 엄청난 에너지와 놀라운 수완을 발휘해 원하는 계획을 이루는 인물입니다. 마르탱의 저택에 비밀 통로가 있다며 날 속인 수법도 그렇고 손 하나 까딱하지 않고 날 엉뚱한 곳으로 달려가게 해 다른 쪽으로 빠져나간 수법도 그렇고 천재가 따로 없습니다. 맞서 싸울 대상이 아닙니다. 난 포기했습니다."

반 우뱅이 침대에서 벌떡 몸을 일으키며 말했다.

"나는 아닙니다!"

"한마디만 더 하죠. 다이아몬드를 잃었다고 해서 파산한 겁니까?"

"그건 아닙니다."

"그럼, 남은 것으로 만족하십시오. 다이아몬드는 잊어요. 나도 다시는 반 우뱅 씨 앞에 나타나지 않을 겁니다."

"다이아몬드를 포기하라고요? 다이아몬드를 영영 못 찾는다는 겁니까? 그런 끔찍한… 경찰은 수사를 하고는 있는 겁니까?"

"그냥 형식적으로 할 뿐입니다."

"반장은?"

"나도 더 이상 관여하고 있지 않습니다."

"예심판사는요?"

"사건을 조만간 마무리할 겁니다."

"이런 말도 안 되는… 무슨 권리로요?"

"마르탱가의 사람들은 모두 죽었고 파즈로를 고발하는 내용도 없으니까요."

"뤼팽에 대해서는 조사하지 않는 겁니까?"

"그래 봐야 무슨 소용입니까?"

"조사를 해야 그자를 붙잡든가 하죠!"

"뤼팽은 붙잡을 수 없습니다."

"아를레트에게 물어보면요? 뤼팽이 그 여자에게 홀딱 빠져 있지 않습니까? 그 여자 집 주변을 서성일 겁니다."

"그 점도 생각해서 아를레트의 집 주변에 형사들이 잠복은 하고 있습니다."

"그게 답니까?"

"사실, 아를레트가 도망쳤습니다. 프랑스를 빠져나가 어딘가에서 뤼팽과 만났을 것이라 보고 있습니다."

"젠장! 나도 참 재수 더럽게 없군!"

반 우뱅이 큰 소리로 외쳤다.


아를레트는 도망친 것도, 뤼팽을 만난 것도 아니었다. 그동안 여러 일로 많이 지친 탓에 아직 일할 기운이 없어 파리 근교의 어느 별장에서 쉬고 있을 뿐이었다. 숲으로 둘러싸이고 꽃들이 만발한 정원이 센 강까지 뻗어 있는 작은 별장이었다.

사실, 아를레트는 언젠가 저녁에 레진 오브리에게 쌀쌀맞게 군 것을 사과하기 위해 이 아름다운 여배우가 진행을 맡은 유명한 시사 희극을 보러 갔다. 아를레트와 레진은 서로 꼭 안았다. 아를레트의 얼굴이 창백하고 우울한 것 같다고 느낀 레진은 이유를 물어보는 대신 자신의 별장에서 쉬라고 한 것이다.

아를레트는 그렇게 하겠다고 했고 어머니에게도 휴식을 취하고 오겠다고 말했다. 다음 날에 아를레트는 멜라마르 남매에게 안부 인사차 들렀다. 남매는 장 데느리스 덕분에 알 수 없는 저주스러운 운명에서 완전히 해방되어 더없이 즐겁고 행복해했다. 백작 남매는 뒤르페가의 낡은 저택을 새로 단장해 분위기를 생기 있게 만들려고 계획을 세우고 있었다. 그날 저녁 아를레트는 아무에게도 알리지 않은 채 자동차를 타고 레진의 별장으로 갔다.

그로부터 아무 일 없이 평화롭게 2주가 지나갔다. 아를레트는 조용한 분위기와 7월의 따스한 햇살 덕에 다시 생기를 찾아가고 있었다. 믿을 만한 하인들의 시중을 받으면서 정원 밖으로는 나가지 않았고 예쁘게 꽃을 피운 나무 아래 벤치에 앉아서 꿈꾸는 듯한 표정으로 강을 바라봤다.

연인들을 태운 보트가 강을 유유히 지나가곤 했다. 혹은 나이든 남자가 옆의 제방, 진흙으로 반들거리는 바위틈에 배를 맨 채 낚시를 하곤 했다. 아를레트는 잔잔한 물속에서 춤을 추는 코르크 낚시찌를 보면서 남자와 이야기를 나누기도 했고 종 모양의 큰 밀짚모자를 쓴 옆모습을 아무 생각 없이 바라보기도 했다. 매부리코인 남자는 짚단처럼 까칠한 턱수염이 잘 어울리는 얼굴이었다.

어느 날 오후, 아를레트가 어부에게 다가가자 남자는 아무 말 하지 말라는 신호를 보냈다. 아를레트가 얌전히 그 옆에 앉았다. 물고기 한 마리가 잡힐 것 같은 분위기였다. 하지만 물고기가 경계의 끈을 놓지 않았는지 낚시찌는 움직이지 않았다. 아를레트가 활기차게 말했다.

"오늘은 틀렸나봐요! 또 실패네요."

"아뇨, 월척을 낚았죠…."

남자가 중얼거렸다. 아를레트는 비탈길에 놓은 텅 빈 어망을 가리키며 다시 말했다.

"한 마리도 없는데요."

"아뇨, 있죠."

"뭔데요?"

"아름다운 아를레트…."

처음에 아를레트는 무슨 말인지 잘 알아듣지 못했다. '아블레트(프랑스어로 '잉어'를 의미 – 옮긴이)'라고 발음해야 할 것을 '아를레트'라고 한 줄 알았다. 하지만 그렇다고 해도 어떻게 자신의 이름과 비슷한 단어를 이야기할까?

남자가 다시 한 번 이야기하자 아를레트는 남자가 발음을 잘못한 것이 아니라는 사실을 깨달았다.

"아름다운 아를레트가 다가와서 나의 낚시찌를 물었으니까요…."

순간, 아를레트는 이름 하나를 떠올렸다. 장 데느리스! 분명 나이 든 어부가 데느리스의 부탁으로 하루만 자리를 비운 것이 분명했다.

아를레트는 너무 놀라 더듬거렸다.

"당신, 그만 가세요… 제발 부탁이에요, 얼른 가주세요!"

남자는 종 모양의 커다란 밀짚모자를 벗어 얼굴을 드러내고 는 환하게 웃으며 말했다.

"왜 나보고 가라는 거야, 아를레트?"

"무서워서 그래요… 제발….'"

"뭐가 두렵다는 거야?"

"당신을 찾는 사람들이요! …파리에 있는 우리 집 주변을 서 성이는 사람들!"

"그래서 당신도 모습을 감춘 건가?"

"그래요… 너무 무서워요! 나 때문에 당신이 함정에 빠질까 봐요. 그러니 어서 가세요!"

아를레트의 눈에는 눈물이 맺혀 있었다. 아를레트는 데느리 스의 손을 잡은 채 눈물이 글썽거리는 눈을 깜빡였다. 데느리 스가 부드러운 목소리로 말했다.

"진정해, 아를레트. 날 찾을 가능성은 거의 없으니 찾아다니 지도 않을 거야."

"내 곁에 있으면 그렇지 않아요."

"나를 왜 당신 가까이에서 찾으려 하겠어?"

"그런… 사람들이….'"

아를레트는 얼굴이 빨개졌다. 데느리스가 대신 이야기를 마 무리했다.

"왜냐하면 사람들이 내가 당신을 사랑해서 당신을 보지 않고는 살 수 없다는 사실을 알기 때문이 아닐까?"

아를레트는 벤치로 물러나 앉았다. 데느리스가 침착하자 아를레트는 더 이상 불안하지 않고 안심이 된 듯했다.

"알았으니까 아무 말 하지 말아요… 그런 이야기는 그만해요… 안 그러면 그만 갈 거예요."

두 사람은 서로 마주 봤다. 데느리스가 전보다 더 젊어 보이자 아를레트는 속으로 깜짝 놀랐다. 나이 든 남자의 푸른색 셔츠를 대신 입고 있지만 아를레트와도 비슷한 또래처럼 보이기까지 했다. 데느리스는 아를레트가 자신을 뚫어져라 바라보자 잠시 무안해하며 머뭇거렸다. 아를레트는 무슨 생각을 하고 있는 것일까?

"왜 그래, 아를레트? 나를 보는 눈빛이 그리 반갑지 않은 것 같아."

아를레트는 아무 대답도 하지 않았다. 데느리스가 다시 말했다.

"말해봐. 내가 모르는 무슨 이유로 우리 사이에 어색함이 흐르는 것 같은데!"

아를레트가 입을 열었다. 평소 소녀 같은 예쁜 목소리와 달리 더 신중하고 진지한, 성숙한 여성의 목소리였다.

"하나만 물어볼게요. 여긴 왜 온 거죠?"

"당신을 만나려고."

"다른 이유가 있을 거예요."

데느리스가 잠시 뜸을 들이고는 이렇게 털어놨다.

"그래, 아를레트, 다른 이유도 있지… 당신도 알고 있는 이유일 수도 있어. 내가 파즈로의 정체를 밝혀서 당신의 계획이 흐

트러졌지. 당신이 용기 있는 여성으로 마음에 품고 있는 모든 멋진 계획, 그리고 돈을 벌겠다는 당신의 포부. 그래서 당신이 계속 노력할 수 있도록 돕는 것이 나의 의무라는 생각이 들어서…."

하지만 아를레트는 듣는 둥 마는 둥 하는 것 같았다. 기대하던 내용이 아니라 실망한 듯했다.

결국 아를레트가 물어봤다.

"다이아몬드를 가진 사람은 당신이죠?"

데느리스가 입을 꽉 다물고 중얼거렸다.

"거기에 관심이 있었던 거야, 아를레트? 진작 말하지…."

데느리스는 묘한 미소를 지었다. 본성이 나타나는 미소였다.

"그래, 내가 갖고 있어. 전날에 샹들리에서 발견했지. 아무도 모르는 상황이라면 마르탱 부녀가 의심을 받게 하는 게 낫겠다 싶었지. 이번 사건에서 내가 한 일은 매우 간단한 것일 수도 있었는데 다이아몬드 때문에 주목을 받았지. 일반 대중이 다이아몬드에 대한 진실을 예상하리라고는 생각도 못 했고… 당신은 그 진실이 마음에는 안 들겠지?"

아를레트는 대답 대신 계속 질문을 던졌다.

"그 다이아몬드는 돌려줄 건가요?"

"누구에게?"

"반 우뱅 씨."

"반 우뱅? 말로 안 되는 소리!"

"하지만 반 우뱅 씨 거잖아요."

"아냐."

"하지만…."

"몇 년 전에 반 우뱅은 여행하던 중 콘스탄티노플의 어느 유대인 노인에게서 그 다이아몬드를 훔쳤어. 증거도 있지."

"그러면 그 노인 것이겠네요."

"유대인 노인은 절망감을 이기지 못해 세상을 떠났지."

"그럼, 그 노인의 가족에게 돌려줘야겠네요."

"가족이 없어. 이름도, 출신지도 알 수 없지."

"결국 당신이 갖겠다는 건가요?"

사실, 데느리스는 활짝 웃으며 이렇게 대답하고 싶었다.

'당연하지! 내게도 어느 정도 권리가 있지 않아?'

하지만 입에서는 이런 말이 새어 나왔다.

"아를레트, 이번 사건에서 내 목표는 진실을 밝히는 것, 멜라마르 남매를 저주의 운명에서 해방시키는 것, 앙투안 파즈로를 제압해 당신 곁에서 떼어내는 것이었어. 다이아몬드는 당신이 하려는 일을 위해 쓰일 거야."

하지만 아를레트는 고개를 저으며 분명하게 말했다.

"싫어요… 아무것도 원하지 않아요…."

"이유가 뭐야?"

"지금은 그때의 야심을 모두 접었으니까요."

"그럴 리가? 우울해서 그래?"

"아뇨. 많이 생각해봤어요. 내가 너무 빨리 가려는 것은 아닌가라는 생각이 들었죠. 별것 아닌 성공에 취한 나머지 큰 성공을 이루려면 무조건 사업을 해야 한다고 생각한 거죠."

"그런데 왜 생각이 달라진 거지?"

"아직은 너무나 젊으니까요. 우선 일부터 열심히 하고 재산을 모아도 될 만큼 성숙해지는 것이 중요하다고 생각해요. 아직은 너무 젊은 나이니까요…."

데느리스가 조용히 다가왔다.

"아를레트, 내 제안을 거절하는 것은 그런 돈을 원치 않아서겠지… 내가 정당하지 않다고 생각해서야… 당신 생각이 맞아… 당신처럼 단정한 사람이라면 나에 대해 도는 소문이 당황스럽겠지… 내가 부인하는 것도 아니고…."

그러자 아를레트가 큰 소리로 외쳤다.

"제발 부인하지는 말아요! 난 아무것도 모르고, 알고 싶지도 않아요."

아를레트는 데느리스의 비밀스러운 인생을 생각하며 괴로워하고 있는 것이 틀림없었다. 사실, 진실을 알고 싶지만 두려움 때문에 애써 알고 싶어 하지 않는 것이었다.

"내가 누구인지 궁금하지 않아?"

"누구인지는 잘 알아요, 장."

"내가 누군데?"

"언젠가 저녁에 날 집까지 데려다주고 볼에다 입을 맞춰준 남자… 부드럽고 감미롭던 그 느낌을 잊을 수가 없었죠…."

데느리스는 복받치는 감정을 느끼며 물었다.

"그게 무슨 말이지?"

아를레트의 얼굴이 빨개졌다. 하지만 아를레트는 시선을 내리지 않고 말했다.

"도저히 감출 수 없는 것을 말하는 중이에요. 나의 삶을 지배

하고 있는 것, 진실이기 때문에 전혀 부끄럽지 않은 것을 이야기하는 거예요. 그래요, 당신은 내게 그런 존재예요. 다른 건 전혀 중요하지 않아요. 당신은 그냥 '장'이라는 남자예요."

데느리스가 중얼거렸다.

"그럼… 아를레트… 날 사랑하는 거야?"

"그래요…."

데느리스는 아를레트의 고백에 당황하면서 그 말의 진의를 파악하려 애썼다.

데느리스가 되뇌었다.

"날 사랑한다… 날 사랑한다고…. 당신이… 날 사랑한다… 내가 당신에게 느낀 수수께끼 같은 느낌이 그거였나?"

아를레트가 미소를 지으며 대답했다.

"그래요. 멜라마르 가문에 커다란 비밀이 있듯이… 당신이 잘 모르겠다는 그 아를레트에게도 비밀이 있었죠. 그 비밀은 단순한 거지만. 바로 '사랑'이에요…."

"왜 진작 말하지 않았어…?"

"당신을 믿을 수 없었으니까요… 레진에게도 늘 다정하고… 질베르트 드 멜라마르에게도… 레진에게 특히 다정했어요… 레진이 너무 질투가 나고 자존심도 상하고… 정말 괴로웠어요. 그래서 딱 한 번 레진에게 차갑게 굴었죠. 레진은 왜 그러는지 이해를 못하는 것 같았어요… 당신도 마찬가지고요…."

"레진을 사랑한 적 없어."

"그때는 그렇다고 생각했어요. 너무 슬픈 나머지 앙투안 파즈로의 청혼을 받아들였죠… 그냥 자포자기하는 마음에… 홧

김에요! 더구나 앙투안 파즈로가 당신과 레진의 관계에 대해 여러 가지 거짓말을 했어요. 그런데 멜라마르 저택에서 당신을 다시 만나고 나서야 진실이 보이더군요."

"내가 당신을 사랑하고 있다는 거, 아를레트?"

"그래요. 사실, 그런 기미를 전에도 얼핏 느끼기는 했지만… 당신이 사람들 앞에서 공개적으로 이야기했죠. 진심이라는 생각이 들더군요. 그리고 당신이 여러 위험을 무릅쓰는 것이 전부 나를 위해서라는 생각이 들었어요. 앙투안에게서 해방시켜야 날 차지할 테니까요… 하지만 그때는 이미 늦었죠… 여러 가지 일이 벌어지면서 나도 모르게 거기에 휩쓸려 갔어요."

아를레트는 부드럽고 다정한 목소리로 고백을 하고 있었다. 데느리스는 마음이 들떴다.

"아를레트, 이제는 내가 두려워할 차례인 것 같아…."

"뭐가 두려운데요?"

"이 행복이… 당신이 나만큼 행복하지 않을까 봐 두렵기도 하고, 아를레트…."

"내가 왜 행복하지 못할 것 같아요?"

"아를레트, 당신에게 맞는 것을 내가 해줄 수 없으니까."

데느리스는 목소리를 더욱 낮춰 덧붙였다.

"데느리스와 결혼하는 사람은 없으니까… 바르네트도 마찬가지고… 또…."

아를레트가 손가락으로 데느리스의 입을 막았다. 아르센 뤼팽이라는 이름은 듣고 싶지 않았던 것이다. 바르네트라는 이름도 낯설었다. 아를레트는 데느리스보다는 '장'이라는 이름을 더 편하게 생각했다.

아를레트가 말했다.

"아를레트 마졸과 결혼하는 사람도 없죠."

"아니, 그렇지 않지. 당신은 너무나 사랑스러운 여자야! 내겐 당신의 인생을 망칠 권리가 없어!"

"당신은 내 인생을 망치지 않았어요. 장, 앞으로 내게 무슨 일이 일어나든 그건 중요하지 않아요. 미래에 대해서는 아무 말도 하지 말아요. 우리의 현재 시간을 넘어, 우리의 주위를 넘어 먼 것까지 보지는 말아요. 그러니까 우리의 우정을 넘어…."

"가능하면 우리의 사랑을 넘는다고 하지…."

아를레트가 힘을 주어 말했다.

"더 이상 사랑에 대해서는 이야기하지 말아요."

데느리스가 불안하게 억지로 미소를 지으며 물었다.

"그럼 무엇에 대해 이야기해야 하지? 사랑이 아니면 무슨 말을 해야 할까? 내가 어떻게 했으면 좋겠어?"

아를레트의 말 한마디가 데느리스에게는 슬픔이 될 수도 있고, 기쁨이 될 수도 있었다.

아를레트가 조근조근 말했다.

"이 이야기부터 할게요, 장. 더 이상 내게 말을 놓지 말아요."

"그게 무슨 소리지?"

"그래요… 말을 놓는다는 건 친하다는 뜻이죠… 하지만 나는…."

"우리가 친해지는 것이 싫다는 거야, 아를레트?"

데느리스가 가슴 아프게 물었다.

"그 반대예요. 우린 서로 친하게 잘 지내야 하죠. 하지만 장, 서로 말을 놓지 않는 친구… 말을 놓을 권리도 없고 앞으로도 그렇게 할 친구."

데느리스가 한숨을 쉬었다.

"정말 나한테 어려운 것을 요구하는군요. 더 이상 당신을 나의 어여쁜 아를레트로 불러서는 안 된다는… 건가요? 그렇다면 한번 노력해보죠. 또 바라는 게 있으면 말해주세요, 아를레트."

"이건 좀 주제넘은 것일 수 있는데…."

"말해봐요."

"몇 주 동안 나와 함께 있어주었으면 좋겠어요, 장… 두 달… 아니, 세 달 정도요. 상쾌한 자유 속에서… 안 되겠죠? 친구 둘이서 함께 아름다운 풍경을 바라보며 여행을 즐기는 거죠… 이 휴가가 끝나면 난 다시 일을 하러 가야 해요. 그래서 이번 휴가는 내게 정말 의미가 있거든요… 지금의 행복도…."

"아, 아름다운 아를레트…."

"놀리는 건 아니죠, 장? 사실 걱정되어요… 당신에게 너무 귀찮은 것만 부탁하는 것 같아서. 당신은 밝은 달이 뜬 밤이나 해가 지는 석양빛에서 나와 완벽한 우정을 나누기 위해 시간을 낭비하고 싶지는 않을 테니까요."

데느리스는 얼굴이 창백해졌다. 아를레트의 촉촉한 입술, 장 밋빛 볼, 귀여운 어깨, 가는 허리선을 바라봤다. 내심 기대했던 감미로움을 포기해야 하는 것일까? 데느리스는 아를레트의 맑은 눈을 보면서 연인 사이에서는 너무나 어려운 순수한 우정,

그 우정에 대한 아름다운 꿈을 생각했다. 아를레트는 너무 생각을 많이 하거나 자신이 무엇을 하려는지 너무 깊이 아는 것을 싫어하는 성격 같다고 느꼈다. 아를레트가 너무나 순수하고 진지하게 부탁을 했기 때문에 데느리스는 알 수 없는 미래를 가린 베일을 더 이상 들추지 않기로 했다.

아를레트가 물었다.

"무슨 생각을 하는 건가요?"

"두 가지를 생각하고 있었죠. 하나는 다이아몬드에 대한 생각. 내가 그 다이아몬드를 차지하지 않았으면 하겠죠."

"그래요."

"그럼, 다이아몬드는 전부 베슈에게 보내기로 하죠. 내가 찾았다는 것을 보여주기라도 하게. 반 우뱅에게 그 정도는 해줄 정도로 신세진 것도 있으니까요."

아를레트는 고맙다고 했고 이어서 물었다.

"또 다른 생각은 뭐죠, 장?"

데느리스는 아까보다 더 진지한 말투로 대답했다.

"이건 좀 심각한데요, 아를레트."

"뭔가요? 갑자기 걱정되네요. 많이 심각한가요?"

"아, 꼭 그런 건 아니고… 하지만 해결해야 할 문제가 있습니다…."

"그게 뭔데요?"

"우리의 여행 문제."

"그게 무슨 말이죠? 여행을 할 수 없다는 건가요?"

"그게 아니라…."

"어서 말해주세요!"

"그러죠. 아를레트, 잘 들어요… 옷은 무엇으로 입을까요? 난 플란넬 천 셔츠에 푸른색 바지를 입고 있고 허름한 밀짚모자를 썼는데 말입니다… 당신도 지금은 아코디언처럼 생긴 촌스러운 주름 드레스밖에 없지 않나요?"

아를레트가 큰 소리로 웃었다.

"오! 장, 당신의 그런 부분이 좋아요… 그 유쾌함! 당신을 볼 때 이런 생각이 들 때가 있어요. '어둡고 복잡해 보여'라고 말이죠… 그래서 조금 두렵기도 하고요. 하지만 당신이 웃으면 그런 나의 생각도 모두 사라져버려요! 갑자기 하는 유쾌한 말 속에 바로 진짜 당신의 모습이 있거든요!"

데느리스는 아를레트를 향해 허리를 숙이고는 아를레트의 손끝에 입을 맞췄다. 그리고 말했다.

"아름다운 친구 아를레트, 이제 여행 시작입니다."

갑자기 강가에 있던 나무들이 미끄러지듯 움직이자 아를레트는 깜짝 놀랐다. 아를레트가 모르는 사이에 장 데느리스가 닻줄을 푼 것이다. 배는 물결을 따라 천천히 움직였다.

"오! 지금 어디로 가고 있는 건가요?"

"멀리. 아주 멀리…."

"그러면 안 돼요! 내가 집에 돌아오지 않으면 사람들이 뭐라고 하겠어요? 레진은 또 어떻고요? 그리고 이 배도 우리 것은 아니잖아요?"

"걱정할 필요 없어요. 그냥 흘러가는 대로 살아요. 당신이 있는 곳을 알려준 사람은 레진입니다. 이 배, 밀짚모자와 푸른 작업복도 내가 산 겁니다. 다 잘될 겁니다. 휴가를 즐기고 싶다면서 무엇 때문에 지체한다는 건가요?"

아를레트는 더 이상 아무 말도 하지 않았다. 아를레트는 뒤로 누워 하늘을 바라봤다. 데느리스가 노를 잡았다. 그로부터 한 시간 후, 두 사람이 탄 배는 어느 거룻배 가까이에 가게 되었다. 거룻배에 타고 있던 나이 든 여자가 두 사람을 맞이했다.

"내 어릴 적 유모 빅투아르입니다."

거룻배에는 선실이 두 개 있었다. 모두 깔끔하고 아늑하게 정돈되어 있었다.

"당신 집에 와 있다 생각하고 편히 쉬어요, 아를레트."

세 사람은 함께 저녁을 먹었다. 이어서 장은 닻을 올리라고 지시했다. 엔진이 돌아가는 소리가 크게 울렸다. 거룻배는 강과 운하를 지나 프랑스의 오래된 도시와 아름다운 풍경을 향해 나아갔다.

밤 늦은 시간. 아를레트는 갑판 위에 혼자 편히 누워 있었다. 그리고 하늘에 뜬 달과 별들을 향해 감미로운 생각에 대해, 그리고 황홀하고도 진지한 기쁨으로 가득 찬 꿈에 대해, 조곤조곤 이야기를 하고 있었다….